北京语言大学语言资源高精尖创新中心 组编

新选中国名诗1000首

魏晋南北朝诗鉴赏

韩经太 主编

钱志熙 注评

人民文学出版社

图书在版编目（CIP）数据

魏晋南北朝诗鉴赏/北京语言大学语言资源高精尖创新中心组编；韩经太主编；钱志熙注评．—北京：人民文学出版社，2022（2023.3重印）
（新选中国名诗1000首）
ISBN 978-7-02-017442-3

Ⅰ.①魏… Ⅱ.①北… ②韩… ③钱…Ⅲ.①古典诗歌—诗歌欣赏—中国—魏晋南北朝时代 Ⅳ.①I207.22

中国版本图书馆CIP数据核字（2022）第159058号

责任编辑 李 俊
装帧设计 黄云香
责任印制 任 祎

出版发行 人民文学出版社
社 址 北京市朝内大街166号
邮政编码 100705

印 刷 三河市博文印刷有限公司
经 销 全国新华书店等

字 数 206千字
开 本 880毫米×1230毫米 1/32
印 张 11.5 插页7
印 数 3001—5000
版 次 2022年9月北京第1版
印 次 2023年3月第2次印刷

书 号 978-7-02-017442-3
定 价 55.00元

〔唐〕孙位　高逸图（残卷）

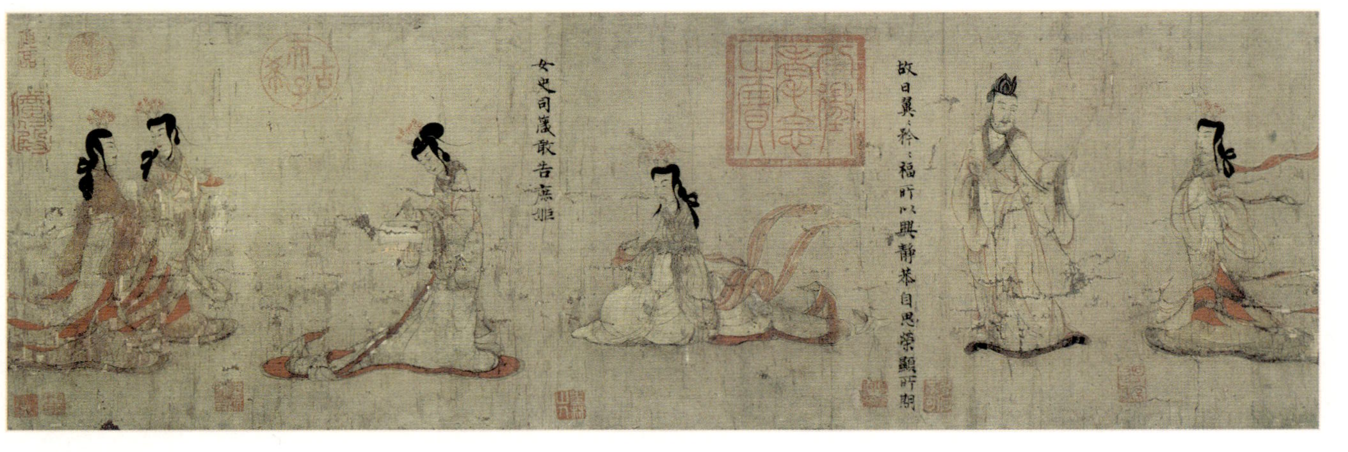

故曰翼翼矜矜福所以興靜恭自思榮顯所期
女史司箴敢告庶姬

〔晋〕顾恺之　女史箴图（唐摹本　局部）

〔明〕沈希远　游仙图（局部）

〔明〕文徵明　兰亭修禊图（局部）

〔宋〕佚名　归去来辞画卷（局部）

〔清〕黄夔　桃花源图（局部）

山西忻州九原岗北朝墓葬壁画（狩猎图　局部）

〔隋〕展子虔　游春图

读懂诗意的中国

——“新选中国名诗 1000 首”丛书总序

韩经太

中华民族伟大复兴之路，也是一条充满诗意的道路，从悠远的历史深处走来，又向光明的未来高处走去，一路上伴随着历史风雨对生活真相的冲刷，也伴随着思想信念对人生理想的雕塑。所有这一切，又通过诗人的艺术语言凝练为文学形象世界中的华彩乐章，展示着中华民族精神世界的精彩与微妙。特别是历代名家之名作，在传诵人口的过程中被反复解读，自然而然地浸入人民大众的感情生活而塑造着整体国民性格，从而使我们这个盛产诗歌文学作品的文明古国具有堪称“诗意中国”的特色。而当今时代无疑是这种特色日益显著的时代，融媒体多元而高速的传播手段，助力中华诗词尽可能普及地走进千家万户，诗词大会的竞赛机制牵引着大众百姓的诗词习得，于是乎记诵名篇名句而着力于养成诗意交流能力，从大学讲堂到幼儿教育，处处弥漫着感受诗意的生活空气。随着中华诗词迅速普及的客观形势，真正热爱诗歌艺术继而更加热爱中华诗词艺术的读者，越来越意识到一个最浅显却又最深刻的道理，“诗意中国”需要“诗意阅读”，而在此讲求真正“读懂”诗意的解读之路上，从事文学专业研究而积淀丰厚的“学术名家”的特殊作用，日益凸显出来。这也是我们特邀当代学界名流来完成这一套“新选中国名诗 1000 首”丛书的“初心”所在。

“新选中国名诗 1000 首”丛书，在编选体例上兼备诗歌选本的“选释”功能和诗词鉴赏的“鉴赏”功能，而在更为重要的编选原则上，则有现实针对性地强调通观古今的历史视野和兼容道艺的诗学思维。如果说通观古今的历史视野具有超越当今学科壁垒的现实针对性，那道艺兼容的诗学思维就是对长期以来诗歌艺术研究相对忽略其艺术性分析的一种纠偏。更何况一篇精彩的诗歌鉴赏文章，往往是作者人格学养的浓缩式体现，尤其是对作品整体的解读把握，不仅包含着关于诗歌史发展脉络和思想史发展逻辑的深入思考，而且包含着“这一个”诗意典型世界如何具体生成的艺术性分析，这是空洞的理论表述根本无法替代的，而恰恰是我们这套丛书非常看重的。

一代有一代之文学，一代也有一代之“选本”学。文学和学术，与时代背景息息相关。我们正处在这样一个时代，“诗意栖居”的西哲命题，在中国新时代阐释学的创意发挥下，不仅重新燃起了原始儒家“吾与点也”人格理想的精神火花，而且有望于激活原始道家“吹万不同，而使其自己”的主体创造精神。惟其如此，就使“每个人的自由发展是一切人的自由发展的条件”这一马克思主义者之

“初心”，成功实现了与中华优秀传统文化的本质契合。这里不仅有学界人士所确认的“儒道互补”的整合阐释方式，而且有时代需求所指示的“中西参融”的辩证阐释路向，只有两者的成功结合，才能真正有助于发扬中华传统文化特有的追求天人合一而又讲求诗情画意的人文精神。天人合一是一个涵涉深广的思想命题，然而无论民胞物与的仁者襟怀还是以物观物的自然理念，其中都有孕育诗情画意的精神土壤，也正是在这个意义上，中华传统文化是一种最富诗情画意的思想文化。待到历史进入现代文明社会，诗意中国对于诗情画意的追求，在现代工业文明持续发展的历史背景下，更有其特殊的价值和意义。想必人们已经注意到，从经济发展的某个节点开始，出现了与城市化发展趋势相呼应的精神生活新取向，那就是希望把精神安顿在绿水青山之间！对于当代中国来说，这兴许是因为，经济发展在为国人提供了相应的物质基础之后，人之所以为人的精神生活质量的提升，越来越成为“人的自觉”的中心内容，而超越物质欲望的精神追求，总是与“蓝天白云”“绿水青山”的审美相伴随。缘此之故，诗意中国的古典传统自然而然地融入到当今中国人的性情自然之中，而读懂诗意的中国也因此而成为新时代美学追求的题内应有之义。

伴随着中华传统诗文走进学校课堂，各式各样的诗歌选本，犹如雨后春笋，琳琅满目，层出不穷。于是，自然就有了人们对选本的选择。而正是在选本之选择的过程中，人们越来越意识到“精品”的价值。“新选中国名诗 1000 首”丛书作为北京语言大学语言资源高精尖创新中心的规划项目，其“名家选名诗”的选题立意已经充分表达了追求“精品”之“初心”。一般来说，当下的读者不再会为了一种诗歌选本的问世而兴奋，除非像《钱锺书选唐诗》那样给唐诗之美再添上文化名流的影响力。当年，钱锺书的《宋诗选注》曾以其独到的编选眼光和更其独到的注释话语，产生了跨越特殊历史时期的文学影响力。然而，《钱锺书选唐诗》有选而无注，相信很多人会感到遗憾。弥补这种遗憾的机会当然很多，“新选中国名诗 1000 首”丛书中的由葛晓音撰写的《唐诗鉴赏》（200 首），以其特有的精选眼光和精妙解读，必将成为唐诗爱好者的最佳选择。由唐诗而扩展至宋诗，于是又有莫砺锋的《宋诗鉴赏》（200 首），进而扩展至由《诗经》时代直抵当下的整个中国诗歌历史，于是还有赵敏俐的《先秦两汉诗鉴赏》、钱志熙的《魏晋南北朝诗鉴赏》、张晶的《辽金元诗鉴赏》、左东岭的《明诗鉴赏》、蒋寅的《清诗鉴赏》、张福贵的《现当代诗鉴赏》（各 100 首）。总之，“新选中国名诗 1000 首”所推出的八部选本，覆盖了诗歌史发展的各个时代，而借此推出的八位“选家”，也代表了当代诗歌各阶段研究的一流水平。在琳琅满目的诗歌选本中间，由此八位“选家”合作完成的这个选本系列，显然是极富特色的。

八位“选家”的集体合作，自然而然地赋予“新选中国名诗 1000 首”之选诗、注解和鉴赏以“名家解读”的整体特色，而八位“选家”的学术个性，又自然而然地呈现出彼此不同的个体风貌，在此整体特色和个体风貌之间，是一种彼此默契的诗学追求，其间当然有学术共识的坚实基础，但更为重要的默契，犹如本序开头之所言，一是“通古今之变”的大历史视野，一是“道艺不二”的诗歌美学精神。

“通古今之变”的通观历史眼光，必将聚焦于“五千年”传统文化和“一百年”现代文化涌动冲撞的历史大变局，并因此而追求对中华诗词的整体观照和全面把握。在我们看来，诗意中国的精神意态，是植根于中华优秀传统文化的丰厚土壤而又吸收新文化的智慧营养，并在古今大变局的历史转型过程中经受严峻考验而茁壮成长起来的诗性生命之树，其风采光华兼备古典美和现代美而得两端之妙。也正是在这个意义上，“传统”不是外在于“当代”的“他者”，就像“现代”的价值并不仅仅是为了替代“古典”那样。自从中国古代文学和中国现代文学被分为两大学科以来，各自表述的学科性思维实际上已经遮蔽了许多历史真相。其中最显著的一点是将中国古典诗歌和中国现当代诗歌分为两橛，不利于古今之间的融会贯通。“新选中国名诗 1000 首”丛书和 2020 年 5 月出版的《中国名诗三百首》有意识地突破这一点，将中国古典诗歌和中国现当代诗歌贯通起来予以选析，这对于读者诸君通过观古今之变的大历史视野领会诗意中国当具一定的启发意义。

至于“道艺不二”的诗歌解读，关键在于主题阐释与艺术分析的浑然一体，为此，首先需要诗意解读者具有特殊的诗性审美的艺术鉴赏力。鉴于当今许多文学论著很难显现作者的文学鉴赏能力，导致文学研究缺少“文学性”的现象，“新选中国名诗 1000 首”丛书格外重视每首诗的艺术鉴赏，试图通过这1000篇出自知名专家笔下的鉴赏文章，有效提升全社会“文学阅读”的艺术水准。从完成质量来看，八位“选家”对此是非常用心的，他们一方面深入每首名诗产生的历史文化语境，阐发每首名诗蕴含的思想底蕴和精神高度；另一方面又在诗歌史的纵向延展和横向渗透方面，揭示每首名诗所达到的艺术高度和独特魅力。这对于读者诸君妙悟诗歌真谛当有重要帮助。八位“选家”在选释的过程中，既有对前贤选释本精华的采撷，又有青出于蓝的独到之见。如或不信，请读者诸君对读本丛书中的葛晓音的《唐诗鉴赏》和2020年热销的《钱锺书选唐诗》，莫砺锋的《宋诗鉴赏》和钱锺书的《宋诗选注》。其他各卷同样如此，都对之前出版过的各种选本有所超越。

鉴赏是本丛书的核心所在，我们希望八位“选家”将名诗的选释定位于对中华优秀传统文化和中华美学精神的总结和传承上进行。八位“选家”对此非常自觉，鉴赏时见对中华优秀传统文化和中华美学精神以及中国智慧的发掘，荦荦大者如天人合一、诗中有画、民胞物与、家国情怀、现实关怀、忧患意识、通变意识等。可以说，八位“选家”对诗意中国的精神意蕴和诗意栖居的哲学命题，都有深入的思考和真切的体认。我想这对中华优秀传统文化之核心价值观的凝定，和整个人文素养和精神境界的提升，必将产生积极的助益。

需要说明的是，本丛书所选诗歌采取广义的诗歌概念，外延包括诗、词和部分散曲作品，所以唐代之后的部分选了一些词和散曲。

这既是出于本丛书力求选释中国文学史上的诗歌“精品”的“初心”，也是为了更全面地反映诗意中国的丰富形态。此外，为了统一体例，避免将一人的各体作品分散在书中的多个部分，本丛书采取以人为纲的编排方式。

最后，我本人作为“新选中国名诗1000首”丛书的主编，借此总序撰写机会，向热情参与此项目的八位知名学者，表示衷心的感谢！我相信，中国名诗之精选精品的“精品”打造，是为学术研究服务社会创造机遇，将使知名学者面向大众读者贡献自己的诗性智慧，从而共同提升新时代中国人诗意生活的质量。

2022年元旦前夕于北京

目　录

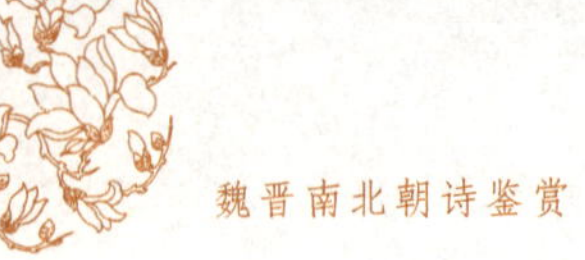

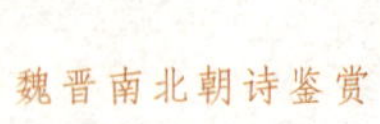

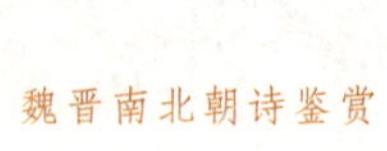

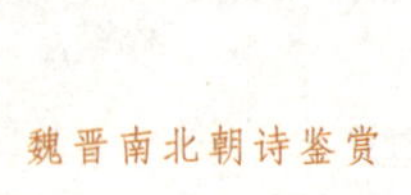

前言

一

魏晋南北朝是中国古代诗歌发展历史中的一个重要阶段。其重要性表现于中国诗歌史进入这个时期，确立了以文人为诗歌创作主体的传统，并且继《诗经》《楚辞》和汉乐府之后，创造了文人诗歌的新的经典。这种新的经典，成为了唐、宋以及后来元、明、清等时代的诗人学习的对象。

魏晋南北朝之前的诗歌史，是以来自于广泛的民间的、带有自然艺术性质的歌谣，以及与音乐及舞蹈相配合的乐章这两种为主体的；文人诗歌处于次要的地位，并且不成系统。魏晋南北朝时期，仍有比较丰富的民间歌曲的发生，无论是南朝的吴声与西曲，还是北朝的横吹曲辞，都是由民间创作，后来进入上层社会及宫廷音乐。

其性质与汉代的乐府歌辞相近。文人对它们的学习的情况，也与汉代文人学习汉乐府的情况有所类似。但是，进入魏晋南北朝，诗歌发展上更重要的事实是文人成为诗歌创作的主体；或者说，从此以后，中国诗歌史进入以文人为主体的发展历史。可以说，文人创作诗歌的传统，是在魏晋南北朝时期确立的。这个传统在其后的唐、宋时代得到极大的发展，并且在元、明、清三朝持续不断。这对于理解我们中国古代的诗歌史特点是很重要的。我认为，人们所说的中国是一个“诗的国度”，主要就是指上述事实。《诗经》《楚辞》即后世文人所说的“诗骚”，当然是构成“诗的国度”的重要标志。但是，《诗经》之所以具有我们今天所看到的这样的经典地位，《楚辞》及汉乐府之所以成为《诗经》之后的另外两种诗歌经典，正是魏晋南北朝以降的文人诗人的学习、阐扬、推崇的结果。由此可见，魏晋南北朝时期确立文人诗创作传统的重要性。

二

魏晋南北朝及至隋代的诗歌，显示着文人诗歌史的一种特点，即它具有一种不断地继承且嬗变的性质，并且是在自觉学习前面的《诗经》《楚辞》及汉乐府的基础上发展起来的。这与民间的、自然的诗歌常常被时间与空间所局限，各个民间的诗歌系统之间没有明显的继承性是不同的。因此，只有到了作为自觉的艺术的文人诗歌的发展阶段，我们所说的诗歌史才具有了意义。但是，与继承相对的是，从汉末到隋代的诗歌，又具有明显的阶段性的特点。这种阶段性的原因，与其说是诗歌艺术本身的发展，还不如说更多是由政治、历史及地理的一些外在条件造成的。这个时期的诗歌史在时间与空间上，都带一种明显的不平衡性，甚至可以说仍然带有自然诗歌的性质。民间歌曲不待言，即使是文人诗，如北朝前期的诗歌发展，就又相当程度地退回到自然发展的状态。一般认为，这个时期的诗歌，按照历史的外廓及诗风本身的演变，分为若干的段落或板块。对于这些段落或板块，从南北朝时期开始，批评家们就已经有所概括。

从汉末到西晋这一段，诗歌发展的重心主要在北方，以京洛、邺都等地为中心。这一段中，存在着建安、正始、西晋（以太康、元康年间为中心）这样三种类型。按照早期对这一段诗风进行总结的一些批评家的看法，这三个时期的诗歌，整体上看，都能够继承风骚的宗旨。也就是说，这个时期的诗人，是自觉地学习《诗经》《楚辞》的。这我们从曹操、曹植、阮籍及西晋许多诗人的作品中可以看出来。比如曹操不仅直接遵奉“言志”的诗教，并且在艺术上也多取法《诗经》，他的四言诗就是这样。曹植更是既学习《雅》《颂》，同时也自觉地学习《楚辞》。他的《杂诗 · 南国有佳人》，就明显是取了《九歌》中《湘夫人》等作品的意境。阮籍的诗，据钟嵘的说法，也是源于《小雅》的，具有怨悱而不乱的特点。与阮籍同时的嵇康，他的四言《赠秀才从军》诗，更是深得《风》诗那种雍容和《雅》的趣味。便是西晋时期的诗人张华、陆机等人，虽然艺术上趋于修辞而渐少风骨，但是他们对诗骚艺术的学习，还是处处体现出来的。后期的郭璞、张协等人，更是有一种朴茂闳深的特点。但说建安、正始及太康、元康的诗人学习《诗经》《楚辞》，只是事实的一方面。其实还有一个重要的事实真相，即使是古代的评论家也注意得不够，即这个时期的文人诗，是直接地来自于汉代的乐府诗歌的。事实的真相是，当东汉乐府新声越来越发达，在文士中也极流行的时候，一些思想比较通脱、作风比较大胆的文士，开始创作这种原本被视为“俳优倡乐”(西晋挚虞《文章流别论》)的五言新声，即刘勰所谓“清丽居宗”的“五言流调”(《文心雕龙·明诗》)。甚至同时刺激起来原本只被视作经典而极少写作的四言体,即所谓“四言正体，则雅润为本”(《文心雕龙·明诗》)。其实，纵观从汉末到西晋的这段诗歌史，我们说真正在艺术上创造新经典的，正是被视为“流调”的五言，而非被奉为“正体”的四言。

上述建安、正始、西晋三个阶段继承风骚传统的诗风，在后来强调复古的诗论家那里，最被推崇的当然是建安诗风。后人对这个时期的概括，陈子昂称其为“汉魏风骨”，后来盛唐诸家则多说建安风骨。造成这种风骨的重要的原因，在于主体精神的存在，重视抒情言志，同时艺术上采用《诗经》《楚辞》的比兴方法。总之，诗歌是用来表现人们因现实生活而刺激出来的激情，是表现壮美或优美的事物，平淡的日常生活或者缺少个性的普通人物，是不太受到诗人关注的。如曹操、刘桢的诗歌近于壮美，曹丕、徐幹的诗歌近于优美，而曹植则是壮美与优美兼而有之。钟嵘评论曹植时说："其源出于《国风》。骨气奇高，词采华茂，情兼雅怨，体被文质。"(《诗品》)可以说是建安风骨的代表诗人。这种建安风骨，到了正始的阮籍、嵇康等人，仍是继承着的。但是随着主体在思想上的变化，即玄学自然思想的发生，礼教受到了质疑，同时因此期现实情势的严峻化，正始诗人的艺术，向一种超现实的方向发展，庄骚的艺术精神得到了充分的发展。西晋诸人如傅玄、张华，其诗歌创作的开端，与正始阮、嵇在时间上先后衔接，却不是继承"正始明道，诗杂仙心"(《文心雕龙·明诗》)这一派，而是从认真地模拟汉魏乐府与五言诗开始的。同时他们也启导了西晋诗风重于模拟、注重温丽文雅的一派。同样是刘勰，对西晋诗风的特点及其与建安、正始诗风的关系，作了极精辟的论述："晋世群才，稍入轻绮，张潘左陆，比肩诗衢，采缛于正始，力柔于建安。或析（'枬'，唐写本作'析'，范文澜注认为应作'析'）文以为妙，或流靡以自妍。"(《文心雕龙·明诗》)这概括了从建安到西晋的流变。总而言之，西晋的诗风，具有较明显的古典派的作风。既

是古典派，其精神上失去原创力，即风骨稍弱，同时也保持了汉魏经典的基本艺术风格，甚至继承了风骚的一些因素。就像明代复古派之学盛唐，虽然缺少创新，却不能不说它与盛唐诗在审美上是属于一个类型的。

三

西晋有过短暂的统一，它的文学史当然也体现了统一时代文学的若干特点。这里不拟进行具体的分析。西晋灭亡后，中国的历史进入了大分裂的时代，即俗称东晋十六国的时代。此后的历史，就长期在分裂与统一两种力量之间冲撞着。北方的十六国，最后统一于鲜卑拓跋部统治政权北魏。后来又分裂为西魏、北周与东魏、北齐两个政权系统。而南方，则以武力至上的实力与禅让的方式，经历东晋、宋、齐、梁、陈这五个时期。这五个南方王朝都定都于长江下游的建康，与同样建都于建康的三国时期的东吴，合称“六朝”，又称“六代”。诗人所说的“六代衣冠成旧梦，石头城上月如钩”（鲁迅《无题》），就是指这六代。它是中国古代王朝频繁更替、具有局部繁华与绮丽却又缺乏汉唐那样坚实、浑成气象的政治的代名词。上述时期，也称南北朝时期。它的结局是北方的北周吞并了北齐，不久却被隋文帝杨坚所取代，隋后来又平了陈。当做了降虏的陈后主写出“日月光天德，山河壮帝居”（《入隋侍宴应诏诗》）

这样歌颂大隋王朝的诗句时，我们发现，以建安为开端的文人诗句，在艺术上已经有了很大的变化。

上述从东晋到隋的文学历史，受历史环境的影响也是极深的。首先北方十六国时代文学十分萧条，北方藏于坞堡中的汉族士族救世不暇，文人的诗赋创作跌入低谷。其实本来在西晋的士阶层中，诗歌创作就只是一部分文学精英的事，谈不上普及。这时十六国地区谈不上有比较成型的学术与文学风气，情况较好的是河西地区的五凉，史称五凉文学。其余前秦、后秦，虽也有文人的存在，但文学的风气并未形成。一直到北魏出现魏收、邢邵、温子昇这三位史称“北地三才”的作家，北方的文学才初成气象。回顾南方，东晋近百年的历史中虽然诗赋不绝，总体上看，其初清谈高于撰述，玄学盛于文学。但到了永和中，吟咏风气转盛，后期不仅出现被沈约称赞的“始革孙（绰）、许（询）之风”的殷仲文和“大变太元（东晋年号）之气”（《宋书·谢灵运传论》）的谢混，更重要的是出现了沈约未曾充分注意的大诗人陶渊明。东晋诗坛流行的玄言诗赋，业已被后来南朝文学批评家与选本淘汰净尽，今天已经看不到它原本的生态了。此后的刘宋时代，五言诗的创作更趋繁盛。逐渐失去门阀政治地位的王、谢等高门士族，将更多的精力转向诗赋等纯文学的写作，而清谈之风也有所衰落。同时，原本在门阀士族格局中构成独立政治势力的寒素一派也开始走上政治舞台，他们所凭借的

一种重要的资本，是文史之学。宋明帝立儒、玄、文、史四馆，向来被视作文学得到独立发展的一个重要的事实标志。这个时代的诗坛，再次出现高峰，其代表性的诗人就是陶渊明与稍后被称为“元嘉三大家”的谢灵运、颜延之、鲍照。他们的诗风，在重新回到汉魏传统、超越东晋玄谈风气的同时，又向山水与现实事物大大地推进，出现被后世奉为典范的陶、谢的山水田园诗。而鲍照以一种蓬勃的激情与壮丽的词采，直接影响到齐梁的尚丽、重词的文学风气。

南朝的齐、梁两代，在诗风上是清新与绮艳相接的。南齐虽然短暂，但士大夫文学的主体地位，反而高过其他时代，尤其较梁代文士多局促于皇帝与储君之下有所不同。永明年间，沈约、谢朓、王融等新旧士族诗人互相推激，用声律作诗，开启了延续至今的格律诗的发展历史。到了梁代，声律、偶对、用典等诗歌艺术的因素越发推进，出现了一种修辞至上的倾向，而缘情致性的功能反而减弱，比较完整的叙事及言志、比兴等汉魏诗歌的艺术，只在一些带有拟古倾向的作品中存在，而且也是风力大减。原本汉魏的五言，就有言情及表现女子生活与事物的一些内容，比如思妇这种题材一直存在，可以追溯到《国风》。但此期的表现男女关系及女性生活的诗歌，被一种贵族的侈艳的趣味所支配，突出女色及淫艳的因素。这种作风，在梁太子萧纲的东宫、陈后主陈叔宝、隋炀帝杨广的宫廷可以说是达到一种扇炽的程度。宫体的形成还有一个机制，与南北朝后期发生的新声燕乐有一定的关系。也就是说，这种被后人批评为“宫体”的诗歌，更多地存在于配合宫廷娱乐的音乐与舞蹈的歌词中。当然梁、陈、隋时代的诗风整体趋向于绮靡的事实，也不能低估。然而从诗、赋、骈文等各种文体来讲，可以说是达到了“文雅尤盛”（《隋书·文学传序》）的局面。就诗歌艺术在士人文化中的比重来说，可以说达到空前未有的普及。这一点，钟嵘在《诗品序》中有很生动的描述：“今之士俗，斯风炽矣！才能胜衣，甫就小学，必甘心而驰骛焉。”但整体的艺术水平，也不可避免地下降，大多数作品质量不高，“于是庸音俗体，各自为容”（《诗品序》）。我们今天所看到的齐梁诗，已是淘汰之余的，数量仍然十分可观，其中的精品的确反而不如魏、晋、宋三代。当然，这时期的杰出诗人仍然不少，而好的作品，的确形成了新的审美风格。声律谐婉，意境清新，修辞雅饬，不少诗句达到警策、隽永之美，为后来的唐代诗人多方取法。唐诗作品中，取用齐梁诗句不在少数。更重要的是，这个时期出现的谢朓、何逊、阴铿、庾信等诗人，在中国诗歌史上各有重要的位置，其诗歌不仅影响唐人，而且在宋、元、明、清时代发生持续的影响。

北朝的情况又是怎样的呢？从北魏孝文帝更制、推行汉化开始，北方士大夫文化迅速发展，北朝文学出现能与南朝文学并驾齐驱的局面。到了北周、北齐，虽然政治上分裂，文学上却是循着相近的势头在发展。进入西魏、北周的梁臣庾信、王褒，以及进入东魏、北齐的颜之推等人，不仅极大地影响北朝的诗风，而且他们自己的创作，在进入北朝之后，也发生了质的变化。北齐所处的山东（崤函山之东，今山西、河北等地），其文化的积淀原本丰富，所以本土的士族文学家提高得最快。到了齐隋之际，出现了卢思道、薛道衡这样成就卓著的诗人。至于诗歌风格，北朝整体上也是用齐梁体制的。但由于北朝政治、风土、士俗的不同，也形成了与南朝诗歌不同的风格。对此，唐初魏徵等人修撰的《隋书·文学传序》曾有过精彩的、概括的比较：

> 江左宫商发越，贵于清绮；河朔词义贞刚，重乎气质。气质则理胜其词，清绮则文过其意。理深者便于时用，文华者宜于咏歌，此其南北词人得失之大较也。

这里当然不完全是说诗歌，比如“理深者便于时用”，就是偏向于实用的文体。但诗歌无疑是这段文字主要的论述对象。

隋代统一了南北，文学上也开始了南北的融合。上述魏徵等人，对南北文学之得失的认识，以及他们提出的融合南北文学的主张，不啻是过来人的现身说法。隋代诗人，像杨广、杨素、王胄等，都有不俗的成就。如果我们考虑文化与艺术教养主要是在隋代完成的唐朝第一代诗人的成就，则隋代在文学史上的地位，是不容小觑的。

四

除了上述文人诗歌在各个阶段的蓬勃发展外，魏晋南北朝时期，从民间的某些地域、以民间歌曲小调的方式自发地发生、发展的诗歌，也具有很高的成就。在两晋南朝，民间诗歌留下来的就是吴声歌与西曲歌。在北朝，发生于广大地区的各种形式的歌谣，后来被宫廷乐师汇集为横吹曲辞，由北朝传到南方的梁，被称为“梁鼓角横吹曲”。在现代的诗史叙述中，上述两部分，分别被称为南朝乐府民歌、北朝乐府民歌。其实它们都曾在贵族阶层中流传，后来还进入宫廷的清商署等乐府机构，其性质与汉乐府诗歌是接近的。这也是它们之所以能保存并且留传到后世、对文人诗歌产生极大影响的原因。

吴声歌是江南地区的歌曲。《晋书·乐志》:“吴歌杂曲，并出江南。东晋以来，稍有增广。其始皆徒歌，既而被之管弦。盖自永嘉渡江之后，下及梁、陈，咸都建业，吴声歌曲起于此。”这一段已经把吴声的来历说得很清楚。西曲歌出于长江中游与汉水一带。郭茂倩《乐府诗集》根据《古今乐录》记载了《石城乐》《乌夜啼》《莫愁乐》《估客乐》《襄阳乐》等西曲三十曲，并且交代其产生的地域及与吴声的不同音乐特点:“按西曲歌出于荆、郢、樊、邓之间，

而其声节送和与吴歌亦异，故依其方俗而谓之西曲云。”吴声歌与西曲歌先后进入南北朝历代的宫廷乐府。《南史 · 徐勉传》记载：“普通（梁武帝年号）末，武帝自算择后宫《吴声》《西曲》女妓各一部，并华少，赉勉。”可见后来它们都成贵族与宫廷的乐章。当然，可能民间也一直继续流传着。

吴声、西曲的发生，与东吴以后江南地区的开发是分不开，并且与该地区商埠的形成、商贸的繁荣有关系。这一点我们看其中多描写沿江上下的商旅与疑似商埠上的娱乐业女子的对答，就可以约略见之。如吴声《懊侬歌》中有这样两首：

江中白帆布，乌布礼中帷。撢如陌上鼓，许是侬欢归。

江陵去扬州，三千三百里。已行一千三，所有二千在。

还有的写得更加大胆流露，如西曲《三洲歌》：

送欢板桥弯，相待三山头。遥见千幅帆，知是逐风流。

风流不暂歇，三山隐行舟。愿作比目鱼，随郎千里游。

湘东酃醁酒，广州龙头铛。玉樽金镂碗，与郎双杯行。

这些诗歌中反映的南朝时期长江中下游商埠、商旅及随之发生的一种新的男女欢恋的关系，都让我们感到吴声、西曲发生及流行的背景。当然，吴声、西曲的内容并不局限于此，它本身产生自长江中下游的广大地区，反映了此期人们的情感生活。但其中大部分作品，都是表现男女恋情。其中很多作品，都是以女性为主角的。

吴声、西曲作为南朝乐府新声，虽然古代的音乐史家如郭茂倩等人，认为它与汉魏乐府的清商三调（即相和歌）有渊源关系，但至少从现存的作品来看，它在诗歌类型上与汉魏乐府很不相同。汉魏乐府多是叙事长篇，其实是一种具有说唱性质的歌曲。晋宋文人的拟古乐府，虽然故事性减弱，但在篇章结构上，保持了相和歌的旧体制，篇幅也都比较长。吴声、西曲则以短篇为主，抒情性很强。汉魏乐府，后来虽有文人拟作，但早期作为歌曲流传时，一个曲调衍生多种作品的情况不是很突出。吴声、西曲则基本上是一种民间小调，一个曲调产生后，会衍生大量的同调作品，构成曲群。其中最大的一个曲群，传说是由晋代女子子夜创始的《子夜歌》，后又出现《大子夜歌》《小子夜歌》《子夜四时歌》等。其他如《懊侬歌》《读曲歌》等，也都是一曲之下，有许多的衍生作品。由这种情况，可以判断“吴声歌”原是一种民间流行曲调，是一种民间的徒歌。与我们今天所知道的西北、西南民歌相近，与人们常说的山歌、水曲相近。前引《晋书·乐志》所说的“其始皆徒歌”，即是指这种情况。所以，吴声、西曲，至少从徒歌的一方面来说，与汉魏乐府民歌是

没什么渊源关系的。古代的音乐史家认为他们有渊源关系，恐怕主要是从音乐体制的沿承来说，即宫廷的音乐机构如西汉的乐府、东汉的黄门、魏以后的清商署，原本是以相和歌辞为主的；到了南朝的宋、齐以降，开始有大量的吴声、西曲歌曲进入乐府，与原先的汉魏旧乐相杂，都名为清商。于是吴声、西曲等新声，就与旧的汉魏乐府相和歌等产生了一种音乐体制上的联系。我想基本的事实应该是这样的。当然这个问题还需要深入的研究。

北朝乐府民歌的情况更加复杂些。现存的北朝乐府歌辞，主要收录在梁鼓角横吹曲这一乐部中。汉代有鼓吹曲，其歌辞我们所知有《铙歌十八曲》。又有一种横吹曲，它的音乐，据说是张骞通西域所得《摩诃兜勒》，李延年据此制为"新声二十八解"，但魏晋以来不复流传。属于横吹这个曲部的一些新曲，如《关山月》等八曲，是后世所加的。其中有《出塞》《入塞》《关山月》《洛阳道》《刘生》《折杨柳》等，其古辞不存，齐梁间文人多有据曲名赋诗，我称为"赋题法"，为文人拟乐府一大系统，一直延续到唐代的文人乐府创作中。以上两种，论其音乐性质，都是汉代的横吹曲。南北朝时期，南北音乐互有流通。北朝尚武，马上作乐之风尤盛。北魏有一种歌曲叫《簸逻回歌》，其曲多可汗之辞，是十六国燕与北魏之际鲜卑族歌辞。原本都是鲜卑语，难以晓读，它的曲子又叫"大角曲"。另外《古今乐录》中又有梁鼓角横吹曲，它的内容，多叙述慕容垂及姚泓战阵之事，有《企喻》等三十六曲，又有乐府胡吹《隔谷》等歌三十曲，总为六十六曲。（以上根据郭茂倩《乐府诗集》卷二十一“横吹曲辞”题解）这些诗歌，既然被称为梁鼓角横吹曲，当然应该是曾经在梁代的乐府中使用的，即梁代鼓吹乐的一部。就像北魏孝文帝讨淮汉、宣武帝定寿春，曾经将江左所传中原旧曲与吴声、荆楚西声都收到北方，总称为清商乐。由此，我们也可以这样说，南乐称为清商，而北乐则称为横吹。但这两种音乐都曾是南北流传的。至于它的歌词，甚至曲调，则原本多出于民间。

“梁鼓角横吹曲辞”即我们通常所说的北朝乐府民歌，它的风格与吴声不同。我们可以将其理解为北方十六国与拓跋魏朝之际，北方地区的各地域、各民族流行歌曲的汇集，其中像《敕勒歌》出于北齐敕勒部，而像著名的《木兰辞》，则应该是魏、齐之际的歌曲。地区很广，产生的情况十分复杂。如无乐工的收集与朝廷乐府的采录，将如绝大多的歌谣那样散失沦没。从内容上看，北朝乐府歌曲，与汉乐府的性质反而相近，它们多有一个本事，是“感于哀乐，缘事而发”（《汉书·艺文志》）的，虽然其叙事艺术不如汉乐府之发达。《木兰诗》是一个例外，或者是北朝乐府也曾有发达的叙事体制的一个仅有遗存。另外，北歌的一部分，产生于军阵之中，偶见杀伐之事，上引《古今乐录》就说其中“多叙述慕容垂及姚泓战阵之事”。联系《木兰诗》，以及表演北齐兰陵王征战的舞蹈《兰陵王》

等，可说北歌具有一种尚武的精神。这恐怕也是后来中国诗歌中尚武精神的一种源头。

五

魏晋南北朝是中国古代诗歌体裁发展的重要的时期。魏晋南北朝的诗体，从句式来看，四言、五言、七言及骚体都在使用。《诗经》基本上是整齐的四言体。楚辞则属骚体，句式大体整齐，略有长短，以带有语气词“兮”字为显著的特点。这两种诗体，魏晋南北朝时期的诗人时有使用，但带有明显的模拟古典的性质，可以称为魏晋南北朝诗歌的旧体。尤其是四言，上引刘勰之说，时人视为“正体”。但整体上看，魏晋南北朝的四言诗成就不高，抒情与叙事的功能都很局限，这一点钟嵘在《诗品》序中就已经指出，“夫四言，文约意广，取效风骚，便可多得。每苦文繁而意少，故世罕习焉”。但是曹操、王粲、嵇康、陶渊明等人的四言诗，还是具有很高的艺术成就。七言虽然发生也比较早，但从汉到晋宋，七言的数量很少，主要是《燕歌行》等乐府诗，并且句句为韵，气不舒展，一般认为是骚体的变化。鲍照《拟行路难》始为隔句用韵之体。梁陈之际，七言的长短各体开始都出现了，体制转为以隔句用韵为主，其发展的机制，与此期音乐的发展有直接的关系。

魏晋南北朝主要的诗体是五言诗，明清的诗歌史家有时称此期为五言诗的时代。其中又可以分为纯粹的五言诗，以及乐府体的五言诗两类。古人有时将这两类分别称五言与乐府，或称古诗与乐府。为什么会出现同是五言却分属两体的情况呢？这是因为五言（以及七言与魏晋四言、魏晋骚体的少部分）源出于乐府，但在发展的过程中，五言开始脱离乐府而独立。这个脱离乐府的过程，大概在汉末就已经开始，到了两晋基本完成，亦即五言完成了从乐章之体到徒诗之体的发展过程。这个其实也可以视为魏晋南北朝诗歌发展的一个基本趋势。魏晋南北朝诗歌语言艺术的发展，也体现在这个过程中，即由一种以音乐歌词的语言艺术为主，向徒诗体的语言艺术发展的过程。比如说，词藻越来越受重视，对仗这种修辞技巧越来越发达，用典的表达方式的出现，其实质都是因为诗歌走向了徒诗化。但在另外一方面，正因为乐府是魏晋文人五言诗的母体，所以魏晋南北朝诗人对于乐府体有一种天然的尊崇与模拟的心理。因此，虽然大约到了西晋时期，乐府的各种曲调在实际的音乐发展中已经趋于衰落，宫廷中的清商三调也愈趋典雅、规整，失去了生动的娱乐效果，制度化、仪式化的成份增加，但晋宋文人仍然重视乐府之体。其中陆机、谢灵运、谢惠连、鲍照等人，都有大量的拟汉乐府创作。直到齐、梁、陈、隋各代，拟汉乐府创作一直不绝。这部分我们称为文人拟乐府。它虽然也已经徒诗化了，绝大部分不入乐章，不再歌唱，但仍然冠以乐府曲调“行”“歌”“曲”等名，并且使用汉代

的旧调名，其内容与艺术形式上，也与汉乐府有各种各样的联系。

除了上述文人的徒诗五言与乐府五言诗之外，源于东吴，在东晋与宋、齐两代得到持续发展的吴声、西曲，主要也是五言体，并且多以四句为一首。从此期民间自发产生的歌曲也使用五言体来看，更可证明魏晋南北朝确实是五言的时代。可以说，此期不但文人作诗用五言，而且民间使用的韵语，民间的野曲小调，也都是使用五言的。可见魏晋南北朝是五言诗最具活力的时代。后来人所谓五言典雅，七言流利；五言长于写景，七言长于抒情等说法，在此期是不存在的。此期五言，首先是一种抒情之体、叙事之体，咏物、写景是后来才发展出来的一种艺术功能。钟嵘《诗品》在比较四言之后，对五言的艺术魅力和魏晋南北朝诗人对五言的偏爱做了这样的概括：

> 五言居文词之要，是众作之有滋味者也。故云会于流俗。岂不以指事造形，穷情写物，最为详切者邪？

原生五言体的魅力，也可以说就是乐歌语言的魅力。正是这种魅力，引起汉魏之际熟习《风》《雅》《颂》的蔡邕、曹操、王粲这一班儒家文士的兴趣，大胆采用这种原属俳优之词、属于“流调”的五言。而在晋宋之际，五言诗摆脱乐章体制后越来越走向徒诗化时，作为民间歌曲的吴声、西曲蓬勃地兴起，再度引起文士们的兴趣。《世说新语·言语》载桓玄问羊孚:“何以共重吴声？”羊曰:“当以其妖而浮。”在晋、宋、齐、梁各代，文人不仅模仿吴声、西曲作歌，而且其五言诗的语言艺术也受到吴声、西曲的影响。最后甚至导致模仿闾里歌曲来讲究字声的宫、商、徵、羽相协声律之体发生。

总上所述，魏晋南北朝诗歌，有模拟《诗经》的四言体，有新兴的五言体。其中五言体又有乐府五言与徒诗五言之别。乐府五言又有文人拟乐府的五言，与民间歌曲之五言的区别。

魏晋南北朝时期的诗歌，保存在《文选》《玉台新咏》《宋书·乐志》《艺文类聚》及各种文人别集之中。明代冯惟讷《古诗纪》及近人丁福保《全汉三国晋南北朝诗》，都是收集这个时期诗歌的总集。本书主要以逯钦立辑《先秦汉魏晋南北朝诗》为底本，同时也参考了当代的一些重要整理本。校注方面，凡属各家具有的独创性内容，如余冠英《汉魏六朝诗选》等，尽量予以注出，不掠人之美。另外，魏晋南北朝时期的诗歌，留存本来就不多，所以它的质量普遍都很高。这里其实是精中选精，除艺术上的考虑外，也适当顾及体裁、时期及诗史流变等因素。

魏 诗

曹 操

魏武帝曹操（155—220），字孟德，沛国谯（今安徽省亳州市）人。汉灵帝时任议郎，献帝初参加讨伐董卓。建安元年（196）迎献帝迁都许昌，自任大将军、丞相，成为北方的实际统治者。曹操在政治上强调唯才是举，打破门第限制，周围笼络了一大批才士，是建安文学的盟主。本人雅爱诗章，好作乐府歌词，今存二十一篇。钟嵘《诗品》说："曹公古直，甚有苍凉之句。"

蒿里行〔1〕

关东有义士〔2〕，兴兵讨群凶。初期会孟津，乃心在咸阳〔3〕。军合力不齐，踌躇而雁行〔4〕。势利使人争，嗣还自相戕〔5〕。淮南弟称号〔6〕，刻玺于北方〔7〕。铠甲生虮虱，

万姓以死亡[8]。白骨露于野，千里无鸡鸣。生民百遗一，念之断人肠。

注 释

〔1〕蒿里行：《蒿里行》和《薤露歌》原为汉乐府中挽歌词。《蒿里》用于挽士大夫庶民，《薤露》用于挽王公贵人。曹操这一首，据《宋书·乐志》载入相和曲中。曹操作此二章，哀伤董卓之乱、旧京沦丧及诸侯兴兵讨卓败绩之事，仍然使用汉挽歌原来的作法：其《薤露歌》中说“杀主灭宇京”，正是哀挽王公贵人之意；而本首则伤“万姓以死亡”，正是挽士大夫庶民之意。这一点古人评此诗如张玉穀《古诗赏析》等已指出。

〔2〕关东：汉魏时期指函谷关以东。义士：勇于赴义之士，这里是指当时联盟起兵讨伐董卓的关东各路诸侯。

〔3〕“初期”二句：孟津，一本作“盟津”，在今河南洛阳孟津区，相传周武王伐纣，大集于孟津。咸阳，秦都城，今陕西咸阳市东。古人也常用来直接指汉朝都城长安。清人闻人倓《古诗笺》注：“《尚书》：‘惟十有三年，大会于盟津。’又：‘乃心罔不在王室。’”余冠英《汉魏六朝诗选》（人民文学出版社1978年）：“以上二句是说本来期望团结群雄，象周武王会合诸侯，吊民伐罪；初心是要直捣洛阳，象刘邦、项籍之攻入咸阳。两句都是用典，非实叙。”但据《后汉书·袁绍传》载，曹操建安元年上书朝廷，其中叙述到初平元年会合诸侯

讨董卓的事情时说："遂引会英雄，兴师百万，饮马孟津，歃血漳河。"可见曹操这两句，同时也是实叙的。

〔4〕踌躇：即犹豫。雁行（háng）：飞雁的行列。《太平御览》卷三百五十一引曹髦佚句："干戈随风靡，武骑齐雁行。"闻人倓《古诗笺》注引《战国策》："韩之于秦，居为隐蔽，出为雁行。"这一句是形容诸侯军队列阵以待，却又踌躇观望。

〔5〕嗣还：即嗣后，其后不久的意思。自相戕：自相残杀。指讨董诸侯因为势利之争，出现矛盾，最后相互兼并，他们之间反而发生战争。

〔6〕淮南弟：指袁术。他是讨董诸侯盟主袁绍的弟弟，是其中势力较大的一路诸侯。袁术改汉九江郡为淮南，治在寿春（今安徽寿县）。建安二年（197），袁术称帝于寿春。

〔7〕"刻玺"句：这一句是接着上一句，说袁术称帝之事。《后汉书》等记载袁术称帝，并要夺孙坚拾得的汉帝玉玺。闻人倓《古诗笺》用此说。余冠英《汉魏六朝诗选》认为此句是指"初平二年，袁绍谋立刘虞为天子，刻作金印"。刘虞在幽州，汉末治理北方，甚得民心。两说可并存。但两说句法不同，如果"刻玺"句是接着前句继续说袁术称帝的事情，句法较顺。如果一句说袁术，一句说袁绍，则是一种两截的句法。刻玺，雕刻玉玺。

〔8〕"铠甲"二句：上句"铠甲生虮虱"是指将士苦于征战之久，下句"万姓以死亡"指百姓因战乱而大量死丧。

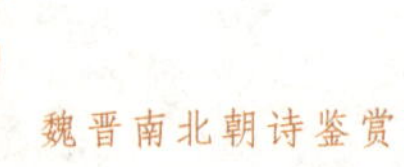

鉴赏

《蒿里》《薤露》原为汉挽歌，曹操作此，仍遵《薤露》挽王公贵人，《蒿里》挽士大夫庶人之意。可见其善取法于乐府。但是此诗已经不是一般意义的挽歌，而是感伤时事的激愤之作，也是哀切之辞，其中反映了曹操身上具有的古代儒家的民本思想。

首四句写关东诸侯兴兵讨董卓等群凶，如武王举伐纣之师，与诸侯会盟于孟津，共为勤王之事。所以这四句写诸侯起义师讨逆，很有气势，原有一种正义之师的意味。但接下来的四句突然地转折，写诸侯虽然共举大义，却又各怀私心，军虽合而力不齐，其中有些人等待观望，没有统一发兵。会盟讨董的大军，列阵如雁行，却又踌躇迟回。如此则其战绩如何可知矣！非但如此，续后还发生种种势利之争，乃至于自相残杀！令人痛心之极。于中袁术虽为盟主袁绍之弟，但却最先暴露借讨董卓以谋取天下的野心，妄刻玉玺，称帝淮南。致使兵连祸结，万姓死亡！董卓之乱，再加剧了诸侯自相残杀，袁氏谋逆称帝，战乱频仍难歇。结果受害的当然是天下的百姓了。

此诗的特点，是直陈事实，毫不修饰，语言朴素，但极有力量。它不仅有极具概括的叙述性语言，如“关东有义士，兴兵讨群凶”之类，也有取譬或描写细节极生动的句子，如形容军合力不齐，则曰“踌躇而雁行”；写兵连祸结，则曰“铠甲生虮虱”，都给人留下深刻的印象。尤其是最后四句，写白骨暴露于野，生民百仅遗一，怵目惊心，天下祸乱之极，无过于此。作者之所以能够写出这种效果，当然是他亲身经历其中，从长期的愤懑与冷静观察之中，对这场关于汉室命运的祸乱有很深刻的了解。所以，此诗虽是短篇，却再现了很重大的历史事变。

此诗的成功，从艺术上说，一方面是由于曹操写作艺术的高超，他观察深刻明白，情感深沉丰富，并能充分表达。另一方面也是由于他掌握汉乐府朴素生动的叙事艺术，并加以发展。这种乐府叙事抒情之法，是曹操最所擅长的。

短歌行[1]

对酒当歌[2]，人生几何。譬如朝露，去日苦多。慨当以慷[3]，忧思难忘。何以解忧，唯有杜康[4]。青青子衿，悠悠我心[5]。但为君故，沉吟至今[6]。呦呦鹿鸣，食野之苹。我有嘉宾，鼓瑟吹笙[7]。明明如月，何时可掇[8]。忧从中来，不可断绝。越陌度阡，枉用相存[9]。契阔谈宴[10]，心念旧恩[11]。月明星稀，乌鹊南飞。绕树三匝，何枝可依[12]？山不厌高，水不厌深[13]。周公吐哺，天下归心[14]。

注释

〔1〕短歌行：《短歌行》《长歌行》，皆汉乐府曲名。“长”“短”之义，旧说纷纭，然多有误解，至以牵合歌词内容，认为短歌咏生命之短，长歌咏生命之长的说法。其实短歌、长歌，指歌调节奏之长短。短歌为四言，长歌为五言。此诗《宋书·乐志》载于清商三调曲中的平调曲。

〔2〕对酒当歌：对酒，对着酒，即饮酒。当歌，听着歌。当在这里不是应当的意思，而是与“对”字意义相近的当对之当。

〔3〕慨当以慷：即慷慨的意思，这里将慷慨一词分开来用，以加强感情力量。

〔4〕杜康：古代传说发明酿酒技术的人。这里就是指酒。

〔5〕“青青”二句：这两句是《诗经·卫风·子衿》的成句。子，青年男子美称；衿（jīn），衣领子。

〔6〕“但为”二句：是说思念青衿之子，其含情至今未发。

〔7〕“呦呦”四句：这四句是用《诗经·小雅·鹿鸣》的成句。《鹿鸣》是主人宴会宾客之歌。“呦呦”两句是兴，“我有”两句是赋。以鹿鸣呦呦，兴起作乐以宴会佳宾之事。瑟、笙，周代雅乐的两种丝竹乐器。

〔8〕“明明”二句：这是就眼前景物来抒情。宴会当是在深夜，故此诗多取于夜中意象。作者当酒酣之时，见月色明亮，便有掇月之想。但月高在天，哪能掇取？这只是一种无意识的联想，用来抒发某种幽微的人生情绪。后来李白“欲上青天揽明月”，正出于曹操此语。而

易“掇”为“揽”，可见古人用前人诗句，常常把古语变为今语。掇，一本又作“辍”，停止。余冠英《汉魏六朝诗选》:“不可掇，或不可辍，都是比喻忧思不可断绝。”

〔9〕“越陌”二句：汉代谚语“越陌度阡，更为客主”，是说两个好朋友离开时，主人送客人，将送到时，客人又反过来送客人。陌、阡，乡间田野上的小径。“枉用相存”，让你空费了那么多的事，来慰问我。相存，相存问，相慰问。这里“相”字是虚的，主要在“存”字上。“枉用相存”，翻译成俗语，即生受您大老远地来看我。

〔10〕契阔：契，密切；阔，疏远。这里是偏义复词，主要用契字。谈宴：谈笑宴乐。也可以理解为“谈宴契阔”，即宴会上谈说旧日之阔别与今日的相聚。

〔11〕旧恩：旧日的情谊、恩情。

〔12〕“月明”四句：是说当此月明星稀之时，看到乌鹊南飞而去，绕树三遍，不知何枝可以依栖。这四句喻乱世人才寻找归宿的情景，是曹操对与宴的宾僚们说的，但也未尝不可以说，这也是曹操自己的一种心境。

〔13〕“山不厌高”二句：是说像山之不辞崇高，海之不辞深广。是喻指延揽天才英才者的胸怀，即后面周公那样的事迹。

〔14〕周公吐哺：《史记·鲁世家》记载周公之语：“一沐三捉发，一饭三吐哺，起以待士，犹恐失天下之贤人。”哺，口中咀嚼的食物。

鉴赏

此诗体制，实为宴会酒歌，其伴奏的乐器，似为秦筝。曹操之后，曹丕也曾做《短歌行》，内容是悼念曹操的。《古今乐录》云："魏文制此词，自抚筝和歌。"曹操的这一首则是写人生短暂，佳宴难得，良朋之聚会更为难得等内容。其真正的指向，是要表达这样意思：欲于乱世有所拯济，而拯济乱世则需要招揽贤才；招揽贤才，则需要有真诚之心，爱惜之意。故最后表白山容水纳的襟怀，以周公吐哺自勖。这种酒歌，或许是汉乐府众多歌曲中的一种，原本只是劝酒之辞，以人生短暂，及时行乐为辞。曹操将其用在以招贤为主题的公宴上，并且指向与天下贤才共济世难的大主题上，我们又一次看到曹操对汉乐府的发展。当然这个大主题是以比较含蕴的方式来表现的。但此诗之所以动人，绝非仅在饮酒行乐的情绪渲染，而在于写了一种良朋相聚，共相济美的融融之景，以及对于感慨生命的一种共鸣。

开头八句，极能吐露心曲，所谓"慷慨吐清音"者也！这当然是乐歌的本色。接下八句，分别用《诗经》中《子衿》与《鹿鸣》两首诗中的成句，一写相会之前相念之殷，一写宴会之时相聚之乐。这种援古词以写今情的作法，是乐府歌辞所容许的。虽取古人之成句，却不啻自我口出，完全符合眼前情景。说到这一点，我们还得说一下这种乐府诗的特殊结构方式。乐府在具体演唱时，是歌乐间作的。一段歌唱之后，是一段弹奏。这中间的部分，就叫做"解"。像这首诗，在《宋书·乐志》所录的版本里，就分好多“解”；因为分“解”，所以段落与段落之间，具有相对的独立性；其中的这两解，就采用《诗经》的成句。我们了解这种乐府的结构方式，才能更好地欣赏这首诗。

曹操此诗不仅吐露心曲，慷慨动人，而且其中抒发人情，委婉细腻，尤其是其中的“越陌度阡”这四句，款曲尽出，写出一种恩义，超越单纯的政治利用的关系。曹操的一部分具有政治或军事主题或背景的诗，总能超越政治之上，深入到人性之中。《尚书·尧典》说“诗言志”，《毛诗大序》说“吟咏情性”，曹诗于两者兼而有之。

“明明如月，何时可掇”两句或为俗语，用俗谚成语、成句甚多，是这首诗语言使用上的一个特点。

却东西门行〔1〕

鸿雁出塞北，乃在无人乡〔2〕。举翅万里余〔3〕，行止自成行〔4〕。冬节食南稻，春日复北翔。田中有转蓬，随风远飘扬。长与故根绝，万岁不相当。奈何此征夫，安得去四方〔5〕。戎马不解鞍，铠甲不离傍。冉冉老将至，何时反故乡？神龙藏深泉〔6〕，猛兽步高冈。狐死归首丘〔7〕，故乡安可忘？

注释

〔1〕却东西门行：余冠英《三曹诗选》："乐府有《东门行》《西门行》，又有《东西门行》。《东西门行》大约是合并《东门行》《西门行》的调子。曹操此题作'却东西门行'，后来陆机又有'顺东西门行'，'却'和'顺'有人以为是倒唱和顺唱之别，这些都是乐调的变化。"

〔2〕出塞北：出产于塞北。无人乡：荒漠之地。

〔3〕万里余：《乐府诗集》作"万余里"。

〔4〕行止：飞行和栖止。

〔5〕安得去四方：离开故乡到四方去。"四方"一词先秦典籍中常见，如《诗经·小雅·北山》："膂力方刚，经营四方。"《礼记·射义》："男子生，桑弧蓬矢六，以射天地四方，四方者，男子之所有事也。"曹诗反用其意。

〔6〕深泉：深渊。据黄节《汉魏乐府风笺》说，原文应作"深渊"，唐人避高祖李渊讳改。

〔7〕狐死归首丘：《礼记·檀弓》："古之人有言，狐死正首丘。"即不离故土，不忘故乡之意。

鉴赏

曹操的诗歌都是乐府诗，典型地反映了诗歌史从汉乐府向文人诗转化的特点。此诗据《宋书·乐志》等文献所记，是魏晋乐府机构演奏的歌曲。此诗用乐府传统的比兴法，提炼艺术典型，虚中寓实，最富神味。

全诗结构十分完整，可分为四层。前两层是比兴：

从“鸿雁”句至“春日”句是第一层比兴。鸿雁出于塞北无人之乡，万里飞翔不失群。冬节为食稻南飞，春日又飞回北方，是说虽因谋食而暂离故土，但终能回到故土。作者对鸿雁的这种行止有定的活动方式是肯定的。这是第一层，是正面的比兴。从“田中”句到“万岁”句，是第二层比兴：写转蓬与故根相离，永难返本，借以比拟一种不能自主的、随世事飘泊无归的行为状态。

以上两层比兴，共十句，像长调词中的“双拽头”。鸿雁是得所，转蓬是失所，一正一反，手法甚为巧妙。但都还不是正题，都是衬托、比兴。盖此诗主题是写征夫之事，不是咏鸿雁与转蓬。汉魏古诗，并无单纯咏物之作，凡出现咏写的事物，都是起比兴作用的。这是汉魏诗与后来的诗歌在处理事物上的不同。这种写法，古人常说有古意，是一种古朴的诗歌艺术表现手法。

“奈何”六句，才是咏征夫本事，是“主”，前两层则是“客”。写征夫离别家乡，经营四方，马不解鞍，甲不离身。

最后四句，又换了一副笔墨。“神龙”两句，再次用比兴，“狐死”一句，“故乡”一句以一比一赋结。这四句相当于楚辞中有“乱”，乐府则有“趋”，是唱叹引情之笔。于此可见曹操诗歌结体之古也。这也是因为他是按乐府曲调作歌，所以自然体现了乐曲的一种结构。

此诗运用了大量的比兴。古诗往往是这样，往往是赋少而比兴多。正题本事，着墨不多，而旁衬曲喻，反而占较多笔墨。这样就形成一种朴茂隐约的风格。

苦寒行[1]

北上太行山[2]，艰哉何巍巍。羊肠坂诘屈[3]，车轮为之摧。树木何萧瑟，北风声正悲。熊罴对我蹲，虎豹夹路啼。谿谷少人民，雪落何霏霏。延颈长叹息[4]，远行多所怀。我心何怫郁[5]，思欲一东归[6]。水深桥梁绝，中道正裴回[7]。迷惑失径路，薄暮所宿栖[8]。行行日已远，人马同时饥。担囊行取薪[9]，斧冰持作糜[10]。悲彼东山诗[11]，悠悠使我哀。

注释

〔1〕此篇载于《宋书·乐志》，篇名为《北上》，曲名为《苦寒行》，属清商三调歌诗中的清调曲。建安十一年（206），曹操亲自率兵远赴并州（今山西省太原一带）征讨高幹（袁绍余部、袁绍之甥，初曾投降曹操，后又反叛）。在行军经过太行山时写了这首诗。

〔2〕太行山：余冠英《汉魏六朝诗选》注："指河内的太行山，在今河南省沁阳县北，是太行山的支脉。"

〔3〕羊肠坂：余冠英《汉魏六朝诗选》注："指从沁阳经天井关到晋城的道。"诘屈：纡曲。一本作"诘曲"。

〔4〕延颈：伸长脖子，若有所望。

〔5〕怫郁：心有不安。

〔6〕思欲一东归：余冠英《汉魏六朝诗选》注："言怀念故乡谯县。"可参考，"东归"此处主要是《诗经·豳风·东山》"我东曰归，我心西悲"的意思。

〔7〕裴回：同"徘徊"。

〔8〕薄暮：《宋书·乐志》作"暝无"。

〔9〕担囊行取薪：挑着行囊来拾取薪柴。囊，行囊。

〔10〕斧冰：以斧凿冰。糜：粥糜。《释名》：煮米使糜烂。"担囊""斧冰"这两句，是说在这样苦寒的时候，行军深山之中，连做一点粥都是很困难的。

〔11〕东山诗：见前注〔6〕，周公所作。《毛诗》序曰："东山，周公东征也。"郑玄笺："成王既得《金縢》之书，亲迎周公。周公归摄政，三监及淮夷叛，周公乃东伐，三年而复归耳。"曹操这里既是表达对东山诗的共鸣之意，同时也是以周公自比。

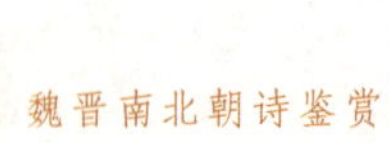

鉴赏

曹操诗善起头，这诗中“北上太行山，艰哉何巍巍”，就是一个例子。《红楼梦》第五十回写众姐妹在雪天准备即景联句，王熙凤说：“既这样，我也说一句上头。”众人都说道更妙。熙凤说：“你们别笑话我，我只有一句粗话，剩下的我就不知道了。”众人都笑道：“越是粗话越好，你说了就只管干正事去。”“一夜北风紧。”众人听了相视笑道：“这句气粗，不见底下的，正是会做诗的起法。不但好，而且留得多少地步与后人。”拿这个说法来说曹操的开头法，未免有点唐突曹公，但道理是一样的。曹操诗的开头，在于“气粗”，就心中所想的最紧要的，堆在眼前推不开、撑在心里支不走的那一件事情说起。如《蒿里行》：“关东有义士，兴兵讨群凶。”《短歌行》：“对酒当歌，人生几何。”《步出夏门行》：“东临碣石，以观沧海。”都是这样的开头。鲁迅说曹操文风通脱，这种开头的方式，正是通脱的一个表现。

关于这首诗，我想说这样一点：曹操在这首诗中写他内心的忧郁、彷徨，这一基本情绪，从“延颈长叹息”以下，表现得很突出。一曰长叹息，二曰多所怀，三曰心何怫郁，四曰思欲东归，五曰水深桥断，六曰中路徘徊，七曰失故路，八曰无宿栖，九曰离家远，十曰人马饥，十曰悲《东山》之诗而心哀。这种情绪，某种意义上说，是曹操心灵的大波动的表现，甚至触及到他对自己的整个人生选择、生命价值观念的怀疑与思考。像曹操这样一个大英雄，带领重兵行军，究竟因为何事而发生这种情绪上的大波动？是对将要发生的战争的恐惧吗？显然不是，对于曹操这样的能征惯战的统帅来讲，高幹这样对手，是不足以让他发生这种情绪的。那么是征途之艰辛，气候的奇寒吗？显然也不是这么简单，尽管此诗确是以“苦寒”为题。我觉得最深层的原因，也许是曹操自己都没有明确地意识到的一个事实：当他面对撑拒天地之间，“艰哉何巍巍”的太行山时，其内心被自然的崇高之美所震慑。由此而生发出个人的、乃至人类的渺小、怯弱之感。

曹操虽然没有像后来的山水诗人那样以描写自然为基本内容，但我们发觉，在曹操的诗中，自然与人的关系这一主题其实很突出地存在着。人与自然的关系正是构成曹操诗的一个基本的旋律，是其雄浑风格产生的依据。如《短歌行》等诗，写人生之短暂与宇宙之无穷。如《步出夏门行》之二“神龟虽寿”，也表现了这一主题。《步出夏门行》“东临碣石，以观沧海”，是以雄伟自然张扬人生的崇高精神。此诗中其实也存在着人类与自然这一基本主题。人类最浩大的行动——行军，在自然面前（巍巍太行）显得如此渺小。曹操不是因为畏惧战争，担忧战争的胜负而发生哀愁，也非单纯地畏惧行役之苦，而是因为震慑于自然之伟大，无法超越而产生无尽的悲哀。他的诗就这样触及到这一永恒的主题。他的伟大、他的诗人气质正是从这些地方显露出来。曹操最令人感动的是自信能胜于人，但始终敬畏于天。我觉得，在“天”的面前保持纯真的崇敬，乃至畏惧，

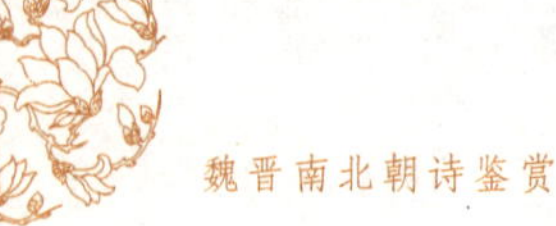

是我们人类的本份。这也可以理解为一种人性，曹操在这里充分地显示了这种人性。

事实上，曹操这首诗，是脱略了外在的身份和眼前正在进行的事情。像一个至高无上的三军统帅，统领浩荡的大军这些内容，在诗中几乎没有表现，唯有“人马同时饥”一句，略微地涉及眼前的行军之事，像一个飘忽而过的影子。除此之外，此诗纯粹是曹操个人的视线在转动，个人的情绪在起伏。简直是个人或很少几个人的苦旅。这就是诗的表现，越过无关紧要的外在的关系，直接进入心灵的表现。如果设想曹操以许多的笔墨正面写行军之事，就没有这样效果了。这是曹操诗歌富有人性的地方，大英雄的抒怀，能打动任何一个人。当曹操以政治家的角色写诗时,他的诗往往并不特别好。他写诗写得最好的，是忘记了自己身份的时候。也许这就是诗人的本质所在了。

这首诗虽然写太行山，触及人与自然的关系，但不是后来人所写的山水诗，也不是一般的纪行之诗。这是一个典型的叙事、抒情的作品。此诗最后说到《诗经·豳风·东山》诗，这无疑是交代了艺术上的一个渊源。建安人学诗骚，未取模拟之法，精神相沿而词语章句焕然一新，是值得我们今天学习古人所应借鉴的。

王 粲

王粲（177—217），字仲宣，山阳高平（今山东邹城市西南）人。王粲年少时，蔡邕称其“有异才”。避董卓之乱去荆州依刘表十五年。后归曹操，为丞相掾。粲以贵公子孙，遭乱流离，诗赋多悲凉情调。钟嵘《诗品》誉其为“七子之冠冕”。后人将其与曹植并称。

七哀诗〔1〕（其一）

西京乱无象〔2〕，豺虎方遘患〔3〕。复弃中国去〔4〕，委身适荆蛮〔5〕。亲戚对我悲，朋友相追攀〔6〕。出门无所见，白骨蔽平原〔7〕。路有饥妇人，抱子弃草间。顾闻号泣声〔8〕，挥涕独不还〔9〕。未知身死处，何能两相完〔10〕。驱马弃之去，不忍听此言。南登霸陵岸〔11〕，回首望长安。悟彼下泉人〔12〕，喟然伤心肝〔13〕。

注释

〔1〕吴兢《乐府古题要解》:“《七哀》起于汉末。”曹植、王粲、阮瑀、张载等人都有《七哀》诗,应该是当时的乐府新题。“七哀”之名,《文选》六臣注吕向云:“七哀,谓痛而哀,义而哀,感而哀,怨而哀,耳目闻见而哀,口叹而哀,鼻酸而哀。”又俞樾《文体通释叙》:“古人之词,少则曰一,多则曰九,半则曰五,小半曰三,大半曰七。是以枚乘《七发》,至七而止;屈原《九歌》,至九而终。不然,《七发》何以不六,《九歌》何以不八乎?若欲举其实,则《管子》有《七臣》《七主》篇,可以释七。”似以俞樾之说为长。王粲《七哀》今存三首,颇疑前后共有七首,故名《七哀》。《七哀诗》三首,不是同时之作。本篇为第一首,写乱离中所见,实一幅乱世难民图。《文选》五臣注李周翰云:“此诗哀汉乱也。”吴淇《六朝选诗定论》卷六:“固是哀汉,实自哀也。”东汉初平元年(190),董卓挟持献帝迁长安,关东州郡推渤海太守袁绍为盟主,起兵讨伐董卓。初平三年(192),董卓部将李傕、郭汜等在长安作乱。王粲为避乱,欲往荆州依刘表。本篇当写于诗人初离长安时。

〔2〕西京:长安。西汉都长安,东汉都洛阳。洛阳在东,长安在西,故称长安为西京。无象:《文选》五臣刘良注:“象,道也。”无象即无道。《左传·襄公九年》:“国乱无象,不可知也。”

〔3〕豺虎:指作乱的李傕、郭汜等人。班固《汉书·张耳陈余传》:“据

国争权，还为豺虎。”遘（gòu）：同构。遘患，造乱以祸害国家百姓。

〔4〕复弃：《草堂诗注》作“捐弃”。中国：我国古时建都黄河两岸，因称北方中原地区为中国。

〔5〕委身：托身、寄身。适：赴，往。荆蛮：指荆州。荆州属古楚国。周人称南方的民族为蛮，楚国本称荆，地处南方，故称荆蛮，原是一种带有歧视性的称呼。《诗经·小雅·采芑》：“蠢尔蛮荆。”这里沿用旧称，以荆蛮指荆州。荆州在当时未遭兵祸，前往避难的人很多。荆州刺史刘表曾从王粲祖父王畅学，所以王粲去投奔他。

〔6〕相追攀：《艺文类聚》作“追相攀”。攀，指攀着车辕依依不舍。

〔7〕“白骨”句：曹操《蒿里行》：“白骨露于野，千里无鸡鸣。”也写当时兵乱的惨象，可以参看。

〔8〕顾闻：回顾听到。

〔9〕不还：不还视，即不回去看一下。《文选》李善注解这两句说：“言回顾虽闻其子号泣，但知挥涕独去，不复还视也。”

〔10〕完：全、保全。

〔11〕霸陵：长安南面地名。汉文帝葬霸陵。霸，《艺文类聚》作“灞”。岸：高地。

〔12〕悟：领悟，懂得。下泉：《诗经·曹风》篇名。《毛诗》小序：“《下泉》，思治也，曹人……思明王贤伯也。”下泉，即黄泉。该句是说诗人登上霸陵回望长安，思念文帝时的太平之治，也因此懂得了《下

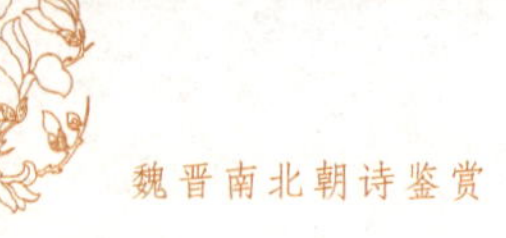

泉》诗作者思念明王贤伯的心情。

〔13〕喟然：叹息的样子。

鉴赏

此诗是感离乱之作的经典，对后人影响极大。全诗应分三层。第一层写两京之乱及自己避难赴荆州。第二层写途中所见的饥妇人，弃子草间的悲惨情景。第三层是感叹时事，发表议论。

首句“西京乱无象”，有很强的概括力，“西京”即长安，“乱无象”，乱得不像样子。“豺虎”指董卓余部李傕、郭汜。“遘患”，制造祸乱。这一句是前句之因。诗人写景象，常常先写出果，后说出因，这叫先声夺人。“复弃中国去，委身适荆蛮”，一“弃”一“委”，乱世苟存之意尽见。古代以中原、京洛一带为华夏的中心，所以称“中国”，而边远之地为蛮荒。荆州也属于南方，在当时以京洛为中心的地理观念来看，已经属于边地，所以称“荆蛮”。“亲戚”两句，有写实效果。“出门无所见，白骨蔽平原。”蔽者，遍布。诗到这里是第一层。其中“两京乱无象”“白骨蔽平原”，都是全景式的描写。并且语言朴素，刘勰《文心雕龙·明诗》说建安的诗，“驱辞逐貌，唯取昭晰之能”。这种生动、简洁的全景式描写，即是“昭晰之能”的一种表现。

中间一段写一具体事情，以见乱世人民遭遇的悲惨，有举证的性质。这是此诗在艺术上有创意的地方。清吴淇云：“单举妇人弃子而言之者，盖人当乱离之际，一切皆轻。最难割者骨肉，而慈母于幼子尤甚。写其重者，他可知矣。”（《六朝选诗定论》）这件事，有可能是王粲亲眼所见，也有可能只是一种艺术的虚构。用我们今天的话来说，就是创造典型的写法。《诗·大序》：“以一人之事，系一国之本，谓之风。”这首诗正体现这个写作特点。还有，此诗在纪行之中，夹以故事，是乐府之笔法。

最后四句，继续写征途之事。“南登霸陵岸，回首望长安”，实有屈子《离骚》结尾回首故国之意。这两句的好处，还在于叙述之精，句法对后人影响很大。刘琨《扶风歌》写离开洛阳时“顾瞻望宫阙”就受到王粲这一句的影响。谢朓《晚登三山还望京邑》“灞涘望长安”则是直接用了这两句。“悟彼下泉人，喟然伤心肝。”《下泉》是思治之作，此诗以伤乱始，以思治结。然思治而不得，故生喟然之叹！此则所谓哀也。此诗题为七哀，诗中所写无事不哀，无思不哀。

七哀诗（其二）

荆蛮非我乡，何为久滞淫〔1〕。方舟泝大江〔2〕，日暮愁我心。山岗有余映〔3〕，岩阿增重阴〔4〕。狐狸驰赴穴，飞鸟翔故林。流波激清响，猴猿临岸吟。迅风拂裳袂，白

露沾衣襟。独夜不能寐，摄衣起抚琴。丝桐感人情[5]，为我发悲音。羁旅无终极，忧思壮难任[6]。

注释

〔1〕滞淫：长久地滞留。言外有徒费岁月之意。

〔2〕方舟：两艘并合的船。语出《诗经·周南·汉广》："江之永矣，不可方思。"

〔3〕余映：落日余晖。

〔4〕岩阿：深谷。

〔5〕丝桐：琴弦与琴木，此指琴。

〔6〕壮难任：忧虑沉重难胜。

鉴赏

这首诗和作者的另一名篇《登楼赋》意境相近，都是写作者在荆州时的羁旅情怀，其忧愁的程度，甚至更为浓重一些。此诗尽情写哀，体现"七哀"的题意。

诗一开头就揭示了主题，即荆州旧称蛮地，原本不是我的家乡，我却为何长久地在这里呢？作者没有回答，他是一种纯粹的情绪的诉说，也为后面的描写确立了情感的基调。接下来的场景，是安排在日暮舟中和江面上的，并且逐次地写江上所见的荆州一带的风景：山冈的落日余晖，岩阿中傍晚的阴沉样子；狐狸归穴，飞鸟投林；流波的清响，猴猿的长吟。这几句也是诗歌中较早写南方山水的句子，其源则出于《楚辞》。前人论山水诗，多有追溯至《楚辞》者，此类即是承《楚辞》而启后来的山水诗。诗中描写这种景色，既是赋法，同时也有一种象征浓重的愁绪的意味。尤其是狐狸归穴，飞鸟投林，明显是含有对自己无法还乡的暗示。从“迅风拂裳袂”以下，则是正面写作者的此刻的羁旅形象与满怀的愁情，其核心的情节是夜中不能安寐，起坐弹琴以消忧。作者说，弹着弹着，非不能消忧，而且连无知的丝桐好像都受到我的感染，发出来悲音。作者以这种方式来写琴声忧郁。结尾写羁旅的未有尽期，忧思的难以忍受，是回应开头的。也可见汉魏的诗人叙事讲究事的显豁，而抒情则要讲究情的完整表现。这些地方，也可以说是一种古法，或者说汉魏抒情诗的作法。

在从汉末到建安的抒情诗发展中，这首诗在艺术表现上显出一些过渡的特点。原本《古诗十九首》之类，因为具有歌辞的性质，在写法上是以直接地表达感情加上一些比兴的因素为主；这首诗延续汉诗正面抒情与比兴的写法，但在写景上的比重明显地增加了。这其中吸收了赋的写法。诗人用一种阴郁的、主观色彩浓的景物来暗示心境，尤其是强调对荆蛮地域景物的不适应性，其渊源可以追溯到《楚辞》里的《招魂》。至于说到对后来诗人的影响，这首诗也可以理解为魏晋南朝行旅山水之作的滥觞之辞；而在抒情方面，最后写夜深不寐，起坐弹琴的情节，让我们很自然地想起阮籍《咏怀》其一的情节。总之，这首五言诗具有承前启后的特点。

刘 桢

刘桢（？—217），字公幹，东平宁阳（今属山东）人。刘桢诗风格劲挺，不重雕饰，在当时有很高的声誉。曹丕称其五言诗“妙绝时人”。作品流传很少，仅存诗十五首。

赠从弟诗三首（其二）〔1〕

亭亭山上松〔2〕，瑟瑟谷中风〔3〕。风声一何盛，松枝一何劲。冰霜正惨凄〔4〕，终岁常端正。岂不罹凝寒〔5〕，松柏有本性。

注 释

〔1〕刘桢《赠从弟》组诗共三首。本篇为其二。其一：“泛泛东流水，磷磷水中石。蘋藻生其涯，华叶纷扰溺。采之荐宗庙，可以羞佳客。岂无园中葵，懿此出深泽。”其三：“凤凰集南岳，徘徊孤竹根。于心有不厌，奋翅凌紫氛。岂不常勤苦，羞与黄雀群。何时当来仪，将须圣明君。”从弟：堂弟。

〔2〕亭亭：高而端正的样子。

〔3〕瑟瑟：形容风声之烈。

〔4〕惨凄：严酷。《文选》李善注引《楚辞》“霜露惨凄而交下”。

〔5〕罹：遭遇。凝：严。《文选》李善注引《庄子》曰：“天寒既至，而雪霜将降，吾是以知松柏之茂也。”

鉴赏

此诗体制，接近于赞颂。刘桢这一组诗在写法上使用比兴言志的手法，是文人比兴体制的代表作。一诗咏一物，分别寓意所赠者的品质。张玉穀《古诗赏析》：“次章以松柏比，勉劲节之当特立。”（卷九，上海古籍出版社2000年）这种比兴咏物的写法，用“比德”的审美方法，是一种古老的审美方法。在先秦儒家确立了坚定的伦理道德观念后，经常使用“比德法”进行审美活动，创造一个个寄寓道德内涵的审美意象，如这组诗中的松柏、凤凰，都是这类意象。后世常说的松、竹、梅岁寒三友，也同样是“比德”的意象。并且这一组诗中的“萍藻”“松柏”“凤凰”都出于经典。这更增加了庄重典雅的品质。所以这一组诗也可以说是儒家的审美理想在诗歌中的反映，对后世的比兴事物以言志的诗作有很深远的影响。张九龄《感遇》“江南有丹橘”一首，就是直接受到这里第一首诗的影响。只是刘桢说蘋藻质美，出于幽深隐藏之深泽，可以荐宗庙、羞嘉客。

而张九龄则感叹丹橘虽有质美，可荐嘉客，而阻于重深，难为世用。变刘诗之劲爽为委婉。

这首诗也是建安风骨的代表作。全诗写松，以“劲节”为主要的形象特征。与此形象配合，声音上面也都表现出一种铿锵有力的节奏感。钟嵘说刘桢的诗是“真骨凌霜，高风迈俗”（《诗品》上），恐怕跟这首诗所给予他的美感印象是分不开的。

这组诗的句法比较古质，基本上是散句组成，每联中上下两句，递接成意，如其三“于心有不厌，奋翅凌紫氛。且不常勤苦，羞与黄雀群”。这是一种叙述、论议的句法，不同对仗偶合，是汉魏诗的典型句法，与晋宋体的俳偶句法有别。长于立意，而非体物，后来唐宋人作比兴言志的古体诗，多用此类句法。

在邺下的诗坛，这组诗是颇有创意的写法，体现了五言诗的文人化，即从《诗经》的自然的比兴法转为精心经营、寄寓深邃的文人诗的比兴法。

陈 琳

陈琳（？—217），字孔璋，广陵射阳（今江苏宝应）人。他原为袁绍掌书记。曹操平冀州，他归于曹操，曾任军谋祭酒，管记室，徙门下督。有集十卷，今不存。

饮马长城窟行〔1〕

饮马长城窟〔2〕，水寒伤马骨。往谓长城吏，慎莫稽留太原卒〔3〕。官作自有程〔4〕，举筑谐汝声。男儿宁当格斗死，何能怫郁筑长城。长城何连连，连连三千里。边城多健少，内舍多寡妇。作书与内舍，便嫁莫留住。善侍新姑嫜〔5〕，时时念我故夫子。报书往边地，君今出语一何鄙。身在祸难中，何为稽留他家子？生男慎莫举〔6〕，生女哺用脯〔7〕。君独不见长城下，死人骸骨相撑拄。结发行事君，慊慊心意关〔8〕。明知边地苦，贱妾何能久自全。

注释

〔1〕《饮马长城窟行》：汉乐府旧曲，《乐府诗集》属相和歌辞中的清商三调中的瑟调曲。古辞《饮马长城窟行·青青河畔草》传为蔡邕所作，是写思妇梦见征人之事。陈琳这一首则直接用“饮马长城窟”本事，但归结仍在于征夫思妇之情的表达。

〔2〕长城窟：《乐府诗集》引《广乐府》：“长城南有溪坂，上有土窟，窟中泉流。汉时将士征塞北，皆饮马此水也。”

〔3〕稽留：拘检而使其滞留。太原卒：太原郡中之卒。太原郡在今山西中部。

〔4〕程：期程。

〔5〕姑嫜（zhāng）：妇人对公公婆婆的称呼。

〔6〕慎莫举：慎勿养育。举，养育。

〔7〕哺（bǔ）：喂。脯：干肉，即肉脯。

〔8〕慊（qiàn）慊：心有所思及不安的样子。“慊慊”句，指两心各怀着同样的思念及不安的感情。

鉴赏

《饮马长城窟行》一调，现存最早的作品是传为蔡邕所作的“青青河边草”，为齐言。而此首为杂言，同调而体式不同，不知何故。梁启超认为此首为本调，前者反有可能是后人拟作。其说曰：“此一首纯然汉人音节，窃疑为《饮马长城窟》本调。前节所录‘青青河畔草’一首，或仅是继起之作。”陈琳此作，无疑是有曲调依据的。但汉乐府一个曲名不一定只有一种曲调，如《陌上桑》，写罗敷事的一首是五言，而改变《楚辞·山鬼》的一曲，亦名《陌上桑》，则为三、七字相间的杂言。究竟乐府曲调与歌词的关系如何，可以说还是一个谜。歌词与曲调也是相对的关系，同一支曲，既可以用齐言的歌词，也可以用杂言的歌词。梁氏以后来宋词、元曲的曲词关系来理解汉乐府，认定乐府一个调名只有一种体式，于是生出上述疑问，且率然怀疑“青青河畔草”一曲为后起之作，可谓武断之至。

汉乐府诗中，有一种杂言体，也常用对话。如《妇病行》《孤儿行》《陌上桑》。陈琳这首诗正是学习汉乐府中的这种体裁，但加以文人的匠心，显得更加生动、多变化，在艺术上是很有创意的。它纯用口语提炼而成，能体现最本色的乐府杂言歌曲的风格，晋宋人无法想见这种风格。唐人杂言歌行，多模拟此种。梁启超说：“杜甫《兵车行》不独仿其意境音节，并用其语句。”（《中国之美文及其历史》第102页，东方出版社1996年“民国学术经典文库”本）这首诗的最好的地方，就是将对话的语气、情绪都逼真地表现出来。如开头修城士兵与长城吏的对话，后面士兵与内地妇的书信对话，都是尽量地做到口语化，重视现场感。这样不仅能表现人物的关系与各自的性格，而且能够带出丰富的情节，并能包

含着一种环境。对于人物与事件，作者都不做评论，让倾向在场面中自然地流露出来。这是它比后来一些喜欢做道德评价的文人作品高妙的地方。

徐 幹

徐幹（171—214），字伟长，北海剧（在今山东昌乐）人。为曹操所辟，除上艾长，以足疾不行。后历军谋祭酒掾，五官中郎将文学。性恬淡，不重禄仕，以著述自娱。有《中论》二卷，为当时作家所推重。诗今存四首。

室思诗（其三）[1]

浮云何洋洋，愿因通我辞。飘飖不可寄，徙倚徒相思。
人离皆复会，君独无返期。自君之出矣，明镜暗不治[2]。
思君如流水，何有穷已时[3]。

注释

〔1〕《室思诗》全部六首，刘节《广文选》前五首题为《杂诗》，最后一首题为《室思》。陈祚明《采菽堂古诗选》采用《广文选》。

〔2〕治：打理，这里指对镜梳妆。

〔3〕何：《乐府诗集》作“无”。陈仁子《文选补遗》同。

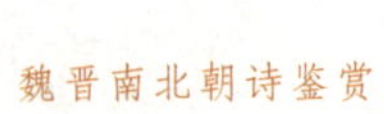

鉴赏

《室思》六首,其渊源实出于《古诗十九首》。首句“浮云何洋洋”,正是采用《古诗十九首》中“浮云蔽白日”这个意象,但表现的方法上有所改变。这组诗本身可以说是魏晋情诗之鼻祖。“思君如流水”,深受钟嵘称赞。“自君之出矣”四句,齐梁间人多效其句法,别构新词,至唐不绝。陈祚明《采菽堂古诗选》评曰:“缥缈虚圆,文情生动,独绝之笔。末四句,遂为千古拟作。然举不如‘何有穷已时’之健。”

《室思》的章法,玲珑宛转,蝉联不断,极曲折尽情之能事。此诗尤可为代表。古人诗中,常用月光、流水、浮云为寄思念、通音辞的媒介。此诗前四句先说见“浮云”之洋洋如水,连绵无际,正可借其通辞。然又总觉此念太痴,一刹清醒,但不转入完全现实理智的话语,仍用诗人天真之辞,说可惜此浮云“飘飖”无定,终不可托。一若云:假如浮云有定,则可通辞矣。主人公一往情深,故而生此幻想。盖情深必生幻想,情思而不生幻想,不足以称情深。然幻想总归是幻想,经不起现实的推理。然又不用现实的语言否定它,仍用幻想中一种逻辑来推演。正可谓诗之语言。曹植《洛神赋》“无良媒以接欢兮,托微波以通辞”。微波通辞与浮云通辞,想象正同。此类为建安才人最窈妙的灵思。

繁钦

繁钦（？—218），字休伯，颍川（今河南省禹州市）人。曾为曹操丞相主簿，文辞巧丽而有古风，五言长于写情，妙于比兴。

定情诗[1]

我出东门游，邂逅承清尘[2]。思君即幽房，侍寝执衣巾[3]。时无桑中契，迫此路侧人[4]。我既媚君姿，君亦悦我颜。何以致拳拳[5]，绾臂双金环[6]。何以致殷勤，约指一双银[7]。何以致区区[8]，耳中双明珠。何以致叩叩[9]，香囊系肘后。何以致契阔[10]，绕腕双跳脱[11]。何以结恩情，佩玉缀罗缨[12]。何以结中心，素缕连双针[13]。何以结相于，金薄画幧头[14]。何以慰别离，耳后玳瑁钗。何以答欢欣，纨素三条裙[15]。何以结愁悲，白绢双中衣[16]。与我期何所，乃期东山隅。日旰兮不来[17]，谷风吹我襦[18]。远望无所见，涕泣起踟蹰[19]。与我期何

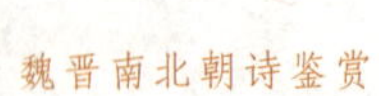

所，乃期山南阳。日中兮不来，凯风吹我裳[20]。逍遥莫谁睹，望君愁我肠。与我期何所，乃期西山侧。日夕兮不来，踯躅长叹息[21]。远望凉风至，俯仰正衣服。与我期何所，乃期北山岑。日暮兮不来，凄风吹我襟。望君不能坐，悲苦愁我心。爱身以何为，惜我华色时。中情既款款[22]，然后克密期[23]。褰衣蹑茂草，谓君不我欺。厕此丑陋质[24]，徙倚无所之[25]。自伤失所欲，泪下如连丝。

注释

〔1〕定：宁定，确定。“定情”有两义，一是使情得以宁定，一是使情得以确定。情在这里不是一般意义上的感情，而是专指儿女之情。魏晋时期如张华《情诗》、陶渊明《闲情赋》的“情”，都是这样的意思。这首诗题目，《白帖》作“古诗”，《岁华纪丽》同。《太平御览》卷八百七作《寄情诗》。又逯钦立曰：“《文选》十八《洛神赋》注引繁钦《定情诗》曰：‘何以消滞忧，足下双远游’云云。今此篇不见。殆《玉台》有删节。此其佚句也。”

〔2〕“我出”二句：东门，东边的城门。邂逅，不期而遇。清尘，类似于“芳踪”这样的说法，指这位女子爱慕之人的经过。这两句说女子谓自己出东门游览，见到此男子，心生爱慕。《诗经·郑风·出其东门》：“出其东门，有女如云。”这两句诗不但用其语，而且用其意。

〔3〕“思君”二句：写女子欲与男子欢会，终身奉侍他。

〔4〕“时无”二句：桑中契，《诗经·鄘风·桑中》一诗写男女幽会，其中有“期我乎桑中”之句，后世遂以“桑中”为男女幽会的代名词。路侧人，即路人的意思。这两句说自己与这位男子并非原本相识，今有桑中之好，完全是以路人的身份喜欢的。这样的感情关系，约会起来更加困难。

〔5〕拳拳：拳拳之情，即真挚坚定的感情。

〔6〕绾（wǎn）臂：戴在手臂上。金环：金做的臂环。

〔7〕约指：戴在指上。一双银：一对银戒指。

〔8〕区区：区区之怀，自谦之词。

〔9〕叩叩：真诚之意。

〔10〕契阔：《诗经·邶风·击鼓》：“死生契阔，与子成说。执子之手，与子偕老。”《毛诗》解契阔为勤苦之意。一说，契阔即离合之意。契，密迩无间；阔，远离。曹操《短歌行》：“契阔谈燕，心念旧恩。”契阔谈燕，即谈燕契阔之意，是说叙述离合之情。繁钦这里的契阔，与曹诗是相近的意思。

〔11〕跳脱：即条脱，手镯子，古称钏。

〔12〕罗缨：罗带。

〔13〕素缕：素线。双针：两枚针。这里其实是寓意两心相结，坚不可脱之意。

〔14〕金簿：或指金箔。幧（qiāo）头：即搔头，簪子。此句是说以金箔

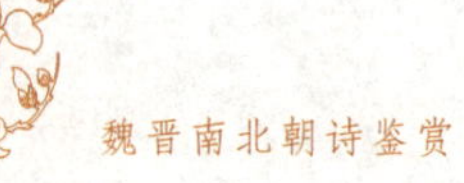

绘饰的簪子。

〔15〕纨素三条裙：装镶三条纨素边的裙子。

〔16〕中衣：穿在里边、贴身的衣服。

〔17〕旰（gàn）：晚。

〔18〕谷风：东风。《诗经·邶风·谷风》毛传："东风，谓之谷风。"襦（rù）：短衣，短袄。

〔19〕踟蹰（chí chú）：徘徊，犹疑不前的样子。

〔20〕凯风：南风。一作"飘风"。《诗经·邶风·凯风》："凯风自南，吹彼棘心。"

〔21〕踯躅（zhí zhú）：同"踌蹰"。

〔22〕款款：深情貌。

〔23〕密期：幽会之期。

〔24〕"厕此"句：我拥有这样丑陋的身质。厕此，即具此的意思，意更谦卑。

〔25〕徙（xǐ）倚：徘徊。

鉴赏

这首诗写主人公邂逅中意之人而动情，彼此相悦，多方赠物以取悦，但最后对方爽约，让她陷入痛苦的思恋之中，不无自怨自艾之状。《乐府古题要解》是这样解释此诗的："《定情诗》，汉繁钦所作也。言妇人不能以礼从人，而自相悦媚。乃解衣服玩好致之，以结绸缪之志。若臂环致拳拳，指环致殷勤，耳珠致区区，香囊致扣扣，跳脱致契阔，佩玉结恩情，自以为志而期于山隅、山阳、山西、山北，终而不答。乃自悔伤焉。”《乐府古题要解》作者对本诗的主题与情节的概括颇为准确。但是，他从礼教的角度出发，批评女子不能以礼从人，明媒正娶，而私自约会，行苟且之事，则是一种偏见，而且也不一定是作者繁钦写这首诗的真实用意。此诗的真正价值还是在畅快淋漓地写男女之情。这本身就具有超越礼教的性质。

魏晋时期，表现男女之情的作品很流行，这一方面是反映当时实际的生活中，由于礼教的稍微宽弛，人们的情感生活受到重视，表现男女之情、夫妇之情及朋友之情的诗歌多起来了。另一方面，也是文人们在创作五言诗的过程中，将前面《诗经》《楚辞》及乐府中的写男女之情的传统重新拾起来，在一种新颖的、通俗的五言诗体中加以发展。

繁钦的这首《定情诗》，表面上看起来，是民间情歌的特点，但实际更重要的一方面，是学习了《诗经》中写男女之情的那些情节与方法。如写邂逅之好，男女互赠信物，多方的约会。这几种写法，在《诗经》的好多作品中都有表现，如《出自东门》《静女》《桑中》《谷风》这些诗。另外，《诗经》中还有一种，是写痴情的女子被抛弃，爱情的期待落空。这首诗最后女子期君不来的情节，也是受到《诗经》弃妇诗的影响，尤其是在诉说凄苦心情方面。所以，这首诗其

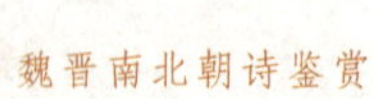

实是文人学习《诗经》而创作的情诗作品。但他不是模拟，而是借鉴，是发展。这里的关键是，《诗经》里的每一种表现方法，在这里都有铺张扬厉的发展。并且他所表现的生活内容，如所赠之物，所期之所，表达情感的方式，完全是“当代式”的。这给我们一种启发，即如何学习古人的作品，是像明代复古诗人那样模拟，还是像这首诗这样的借鉴，并由借鉴而达到创新。借鉴与模拟所造成的艺术价值，还是有质的不同的。

曹丕

魏文帝曹丕（187—226），字子桓，曹操次子。建安十六年（211）为五官中郎将，二十二年立为魏太子。公元220年代汉称帝，国号为魏，在位七年。现存诗歌完整的约四十首，体式多样，抒情深婉有致，《文心雕龙·才略篇》称“魏文之才，洋洋清绮”，又评其“乐府清越”。

燕歌行二首（其一）[1]

秋风萧瑟天气凉。草木摇落露为霜[2]。群燕辞归雁南翔[3]。念君客游多思肠[4]。慊慊思归恋故乡[5]。君何淹留寄他方[6]。贱妾茕茕守空房[7]。忧来思君不敢忘。不觉泪下沾衣裳。援琴鸣弦发清商[8]。短歌微吟不能长[9]。明月皎皎照我床[10]。星汉西流夜未央[11]。牵牛织女遥相望[12]。尔独何辜限河梁[13]。

注释

〔1〕本篇属乐府相和歌辞中的《平调曲》。《乐府广题》："燕，地名。言良人从役于燕而为此曲。"朱乾《乐府正义》认为，《燕歌行》和《齐讴行》《吴趋行》《会吟行》一样，题中地名原本主要指代地方音乐的特点。后世声调失传，就用以写各地风土人情。汉末魏初，因辽东、辽西为鲜卑族慕容氏所居，地势偏远，征戍不绝，故本题多作离别之辞。曹丕《燕歌行》原本两首，本篇为第一首，写妇人秋夜的怀人之思。这也是现在所见最古的全篇七言的诗歌。

〔2〕"秋风"二句：《楚辞·九辩》："悲哉秋之为气也，萧瑟兮草木摇落而变衰。"又《诗经·秦风·蒹葭》："蒹葭苍苍，白露为霜。"萧瑟，风声。摇落，凋残。

〔3〕雁：《乐府诗集》作"鹄"，天鹅。

〔4〕多思肠：一作"思断肠"。

〔5〕慊（qiàn）慊：恨貌，不满貌。

〔6〕君何：一作"何为"。淹留：久留。寄：旅居。

〔7〕茕（qióng）茕：孤单。

〔8〕援琴：《宋书》作"援瑟"。《乐府诗集》同。援，取。清商：乐调名。

〔9〕"短歌"句：谓因心中哀伤，琴音歌声，短促激越，难以舒缓平和。吴淇《六朝选诗定论》卷五："歌'不能长'者，为琴所限也。古人多以歌配弦，不似今人专鼓不歌。所谓'声依永'也。琴以散声为主，

实音次之。琴弦仅七，不足十二均之散声，故正调之外，或缦或紧。其弦因有四调，曰缦宫，曰缦角，曰紧羽，曰清商。清商……其节极短促，其音极纤微。长讴曼咏不能逐焉，故云。”

〔10〕“明月”句：《古诗十九首》：“明月何皎皎，照我罗床帏。”

〔11〕星汉：星河。曹操《步出夏门行》：“星汉灿烂。”夜未央：《诗经·小雅·庭燎》：“夜如何其？夜未央。”未央，未半。夜未央，即夜深而未尽之时。余冠英《汉魏六朝诗选》：“古人用观察星象的方法来测定时间，这诗所描写的景色是初秋的夜间，牛、女在银河两旁，初秋傍晚时正见于天顶，这时银河应该西南指，现在说‘星汉西流’，就是银河转向西，表示夜已很深了。”

〔12〕牵牛：即牵牛星，在银河南。织女：即织女星，在银河北，与牵牛相对。传说牵牛和织女本为夫妇，只能在每年七月七日夜晚相会一次，乌鹊为其搭桥。

〔13〕尔：指牵牛、织女。辜：罪。限河梁：谓星河上无桥梁，故牵牛、织女平日为此所限，不能常见。河梁，银河上的桥梁。

鉴 赏

这首诗写得很本色。说它本色，是因为它一不追求奇警的意思，二不追求奇特形象。开头写物候的这些意象，如秋风、草木、霜露、燕雁，用来作为征夫思妇题材的背景，是很平常的，但也很典型。

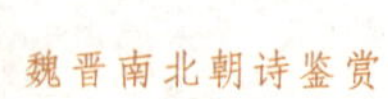

曹植诗多自铸伟辞、形象奇特，曹丕的取象则多用平常的事物。这当然也是一首入乐传唱的乐府诗的特点。

此诗章法自然。句句入韵，前人称为“柏梁体”。其实汉武帝柏梁台联句是七言韵文，此诗则为乐章歌词，体制不同。全诗以三句为一组。诗的前三句，是通过几种有代表性的景象、事物，来表现时序迁流的含意。“燕”辞归，“雁”南翔，都强调“归”的意思，有比兴之意。这几句既是环境的描写，同时也含有比兴之意。从渊源上说，是囊括宋玉《九辩》“悲哉秋之为气，草木摇落而变衰”这几句的。“念君”一句，不是说自己思念丈夫，而是反探对方之怀，说丈夫如何思念归家！因为说自己思念丈夫，盼其归来，只说了一层；说丈夫之心思，则自己的心思也就在了，就说了两层。这一个看起来好像很简单的手法，到了后来的词中，却成了很重要的一种写法了。

“慊慊”两句，一句是说丈夫应该是很想家乡的，仍是反探对方心迹，一句则是自己的询问，说既然这样想回家，为何又淹留他乡呢？这样问，像是有怨气，又像是没有怨气。所谓含蓄不尽，所谓“温柔敦厚”，正是如此。“君何淹留寄他方”，当此之时，女子心中，自有种种疑问、推测、猜想，如果照直叙出，就不是这种韵味了！

“贱妾”数句，却是说得很重的，一种孤苦凄恻的情景，凸现而出。说对方，语气温柔，说到己方，则倾怀而出。这又是“温柔敦厚”的一种表现了。“忧来思君不敢忘”，此句最好，忧伤是痛苦的，谁愿意品尝这种痛苦？所以古人就有“萱草忘忧”之说，《诗经·卫风·伯兮》：“焉得谖（通‘萱’）草，言树之背。愿言思伯，甘心首痗。”可与曹丕此句参看，而更觉曹丕此句之温厚。至于古诗中“昔为倡家女，今为荡子妇。荡子久不归，空床难独守”，则完全是一种不同的人物了。但实际上，正言反言，都是为了表达思念之情。

“援琴”两句，是进一步深化，忧而不敢忘，则唯有通过音乐来自慰了。“短歌微吟不能长”，正是此诗风格的自我写照。沈德潜说“句句用韵，掩仰徘徊，短歌微吟不能长，恰似自言其诗”（《古诗源》）。我以为不是恰似，所谓短歌，实即此诗。“短歌”“长歌”之义，历来说法不一。所谓“短”与“长”，主要是指歌唱时的音节，无关于篇幅。乐府《长歌行》“青青园中葵”篇幅实短，但为五言歌辞，引声自长，故为长歌。而曹操《短歌行》篇幅实长，但因为是四言，引声自短，故为“短歌”。此诗为七言，初看较五言多出两字，应为长声吟唱。实际不然，因句句用韵，节奏反而不像五言那么长。五言诗是十字为开合，此诗则七字为乐句，引声反而比五言短，故其体制实为短歌。这一点，清人陈祚明似乎已经有所领悟，其论此诗云：

盖句句用韵者，其情掩抑低回，中肠摧切。故不及为激昂奔

放之调，即篇中所言“短歌微吟不能长”也。故此体之语，须柔脆徘徊，声欲止而情自流，绪相寻而言若绝。(《采菽堂古诗选》)

掩抑多思，一往情深。最后几句都是化用古诗《明月何皎皎》中语，结尾“牵牛织女”一句更为婉切。

杂诗二首（其二）〔1〕

西北有浮云，亭亭如车盖〔2〕。惜哉时不遇，适与飘风会〔3〕。吹我东南行，行行至吴会〔4〕。吴会非我乡，安得久留滞。弃置勿复陈，客子常畏人。

注释

〔1〕杂诗：魏晋诗人常用的一个诗题。对于那些没有明确的题材归类，并且较多使用比兴手法来创作，又难以定题目的作品，常用“杂诗”目之。其内容也是多种多样的。所谓“杂诗”其实往往是最纯粹的抒情诗。曹丕有《杂诗二首》，此为第二首。

〔2〕亭亭：《文选》李善注：“回远无依之貌”，形容一团浮云在天上飘荡，孤立无依的样子。另本作“团团”。

〔3〕飘风：暴风，大风。《诗经·大雅·卷阿》“飘风自南”。

〔4〕吴会（kuài）：闻人倓《古诗笺》引范成大《吴郡志》：“世多称吴门为吴会，殊未稳。”“吴本会稽郡，后汉分吴、会稽为二郡。后世指二浙之地，通称吴会，谓吴与会稽也。”

鉴赏

汉古诗多以浮云写游子之事，如《古诗十九首·行行重行行》中有“浮云蔽白日，游子不顾返”。《李陵录别诗》之一：“良时不再至，离别在须臾。屏营衢路侧，执手野踟蹰。仰视浮云驰，奄忽互相逾。风波一失所，各在天一隅。长当从此别，且复立斯须。欲因晨风发，送子以贱躯。”曹丕此诗就其所写的内容来说，是正面地咏写浮云。在这里，浮云不仅是一个简单的比兴之象，而且是一个描写的对象。从一个单纯的意象，发展为一个描写的对象，带有一种咏物的性质。这可能是从汉代古诗到建安诗歌的一种发展。与此诗类似的，如曹植的《吁嗟篇》专咏转蓬，较曹丕此篇铺陈更富。但是，无论是曹植的转蓬，还是曹丕的浮云，它们本身就是一种寄托的事物，并非为咏物而咏物。这一首诗的“浮云”，当然是游子形象的一种寄托。它源于古诗的游子之意，但也很可能这里“游子”不仅是一种事象，更是一种心象。曹丕借咏浮云以写游子之事，又以游子之飘泊异乡、客子畏人，来写他自己内心中某种心事。盖人生所飘泊者，不仅在

形迹之飘泊，还常常有心灵之飘泊。又诗中的吴、会，即吴郡、会稽，其时为孙权所据。曹丕曾征吴而无功，此诗或许也寄托了他这方面的心事。

诗写西北有一团浮云，亭亭如车盖。前两句纯为描写。至第三句，忽然陡转，横出“惜哉时不遇”五字。夫浮云者，无情之物，有何遇与不遇呢？但作者强以其为有情、有知之物，这是因为不如此无法寄托以意，更无法展开下面的情节。古诗自然，建安诗多造奇，每如此类。至“吴会非我乡，安得久留滞”两句，浮云乎？游子乎？或者，语气上、字面上仍归在写浮云，而意思已转到写游子。最后两句，乃乐府常语。

可以说，这是一首构思上很奇特的诗。是曹丕利用了古诗用浮云以喻游子的传统写法，而加以更造奇的发展。

蔡 琰

蔡琰（生卒年不详），字文姬，又字昭姬，陈留圉（今河南杞县南）人。汉末著名学者蔡邕之女，博学多才，通音律。初嫁河东卫仲道，夫亡无子，归居父家。兴平中，天下大乱，文姬为胡骑所获，没于匈奴左贤王，生二子。曹操素重蔡邕，用重金将她赎回。后再嫁于陈留董祀。

悲愤诗〔1〕

汉季失权柄〔2〕，董卓乱天常〔3〕。志欲图篡弑，先害诸贤良〔4〕。逼迫迁旧邦，拥主以自强〔5〕。海内兴义师，欲共讨不祥〔6〕。卓众来东下〔7〕，金甲耀日光。平土人脆弱〔8〕，来兵皆胡羌〔9〕。猎野围城邑，所向悉破亡。斩截无孑遗〔10〕，尸骸相掌拒〔11〕。马边县男头，马后载妇女〔12〕。长驱西入关〔13〕，迥路险且阻〔14〕。还顾邈冥冥，肝脾为烂腐〔15〕。所略有万计，不得令屯聚〔16〕。或有骨肉俱，欲言不敢语〔17〕。失意几微间，辄言毙降虏。要当以亭刃，

我曹不活汝[18]。岂复惜性命，不堪其詈骂。或便加棰杖，毒痛参并下[19]。旦则号泣行，夜则悲吟坐。欲死不能得，欲生无一可。彼苍者何辜，乃遭此厄祸[20]。边荒与华异，人俗少义理[21]。处所多霜雪，胡风春夏起。翩翩吹我衣，肃肃入我耳[22]。感时念父母，哀叹无穷已。有客从外来，闻之常欢喜。迎问其消息，辄复非乡里[23]。邂逅徼时愿，骨肉来迎己[24]。己得自解免，当复弃儿子。天属缀人心[25]，念别无会期。存亡永乖隔[26]，不忍与之辞。儿前抱我颈，问母欲何之[27]。人言母当去，岂复有还时。阿母常仁恻[28]，念何更不慈[29]。我尚未成人，奈何不顾思[30]。见此崩五内[31]，恍惚生狂痴[32]。号泣手抚摩，当发复回疑。兼有同时辈，相送告离别。慕我独得归，哀叫声摧裂。马为立踟蹰，车为不转辙。观者皆歔欷，行路亦呜咽。去去割情恋，遄征日遐迈[33]。悠悠三千里，何时复交会。念我出腹子，胸臆为摧败。既至家人尽，又复无中外[34]。城郭为山林，庭宇生荆艾。白骨不知谁，从横莫覆盖。出门无人声，豺狼号且吠。茕茕对孤景[35]，怛咤糜肝肺[36]。登高远眺望，魂神忽飞逝。奄若寿命尽[37]，旁人相宽大[38]。为复强视息[39]，虽生何聊赖[40]。托命于新人[41]，竭心自勖厉[42]。流离成鄙贱，常恐复捐废〔43〕。人生几何时，怀忧终年岁。

注释

〔1〕《后汉书·列女传·董祀妻》记载:“琰归董祀后，感伤乱离，追怀悲愤，作诗二章。”一首五言体，即本篇；另一首为骚体。又此传记载兴平（194—195）中，天下丧乱，蔡琰没入胡中十二年，为曹操赎回。则赎回时已在建安十三年（208）前后。

〔2〕“汉季”句:这第一句,就是追寻让自己及天下人遭遇这场丧乱的起源。曹操《薤露行》有“惟汉二十世，所任诚不良”之句，蔡琰此句与其意思相近。汉季，汉朝的季世，即汉朝末世。按：如果蔡琰此诗写于建安中，仍属汉朝，用“汉季”一词，不好理解。或为后人所改。或许此时曹操专政，挟天子以令诸侯，汉廷气象已经衰微。故蔡氏感发而用此词。也有可能此诗是写在魏初。失权柄,是指汉末桓、灵诸帝任用小人，君权逐渐失落的诸种情况，非仅指董卓篡权。

〔3〕“董卓”句:写董卓篡权,擅行废立,淆乱朝纲等事。董卓原是陇西军阀，后任并州牧，驻兵河东。灵帝时宦官为乱，大将军何进与司隶校尉袁绍谋诛宦官，私呼董卓将兵入朝。宦官张让、段珪等杀何进，劫少帝与陈留王。帝与王流落小平津，为董卓所得。董入朝后，行废立，把持了朝廷。作者斥之为“乱天常”。天常,天之常道,此指君臣纲纪等。

〔4〕“志欲”二句:是说董卓有篡位的野心,先杀害抵抗他的朝廷贤良之臣。

《后汉书·灵帝纪》载董卓杀丁原、张温,又同书《董卓传》载其杀伍琼、周珌。至于志欲行篡弑,即指董卓先废少帝为弘农王、幽废并杀害何太后之事。又《董卓传》载 :“卓讽朝廷使光禄勋宣璠持节拜卓为太师,位在诸侯王之上。乃引还长安。百官迎路拜揖,卓遂僭拟车服,乘金华青盖,爪画两幡,时人号为‘竿摩车’,言其服饰近天子也。”

〔5〕“逼迫”二句 :写董卓为了进一步控制朝廷,制造混乱,挟持献帝迁都长安。《后汉书 · 献帝纪》:初平元年二月,“丁亥,迁都长安,董卓驱徙京师百姓悉西入关”。旧邦,旧都,因长安原为西汉时的都城。

〔6〕“海内”二句 :指袁绍等关东诸侯兴兵讨伐董卓。曹操《蒿里行》:“关东有义士,兴兵讨群凶”,亦指此事。蔡琰此处又与曹诗意思相近,很可能受到曹诗的影响。不祥,不祥之人,这里指董卓等凶恶之徒。

〔7〕“卓众”句:指董卓婿牛辅令部将李傕、郭汜由陕西东下攻河南事。《后汉书 · 董卓传》:“初,卓以牛辅子婿,素所亲信,使以兵屯陕。辅分遣其校尉李傕、郭汜、张济将步骑数万,击破河南尹朱儁于中牟,因掠陈留、颍川诸县,杀略男女,所过无复遗类。”此事发生在初平三年,蔡琰此时居陈留家中。《后汉书 · 列女传 · 董祀妻》记载 :“初平中,天下丧乱,文姬为胡骑所获。”具体来说,就是指这件事。

〔8〕平土 :平原,指蔡琰的家乡陈留、颍川一带。

〔9〕胡羌:胡人与羌人。董卓早年居陇西临洮一带,与羌族豪帅相结。《董卓传》说他为“羌胡所畏”,后来又任护羌校尉,所以他的军队中多

羌胡。可能也正是因为这种原因，蔡琰等人为卓众所掠，却辗转入北，落入左贤王之手。

〔10〕斩截：斩杀。截，《广文选》作“歼”。今本多作“截”。

〔11〕掌（chēng）：《后汉书·董祀妻》注：“掌音直庚反。”《康熙字典》：“掌，《广韵》，他孟切；《集韵》，耻孟切，并音侻；《广韵》，邪柱也。”《广文选》以形近误“穿”。今本多作“撑”。

〔12〕“马边”二句：极写董卓士兵的残暴。《董卓传》：“卓尝遣军至阳城，时人会于社下，悉令就斩之，驾其车重，载其妇女，以头系车辕，歌呼而还。”可见这确实是董卓及其士兵常犯的暴行。

〔13〕“长驱”句：是说董军押着掳掠的女子及财物西归，进入函谷关。

〔14〕“迥路”句：写被掳者行途之艰难。《诗经·秦风·蒹葭》“道阻且长”，蔡琰这里用其意。

〔15〕“还顾”二句：回顾家乡，则邈邈不见，肝肠为之烂腐。

〔16〕“所掠”二句：具体记载了大规模杀戮之余大肆掳掠人口的行为。从万余的数字来看，他们掳掠这些人口，有很大一部分应该是用作贩卖之用。蔡琰如何入南匈奴，史上没有具体记载。余冠英《汉魏六朝诗选》考证，兴平二年十一月，李、郭军为南匈奴左贤王所破，疑蔡琰就在这次战争中由李、郭军转入南匈奴军。但也不排除这样的可能，即蔡琰她们这些女子是被作为“战利品”被董卓军贩卖到匈奴去的。或者是他们拿这些人口与匈奴做某种交易。

〔17〕“或有”二句：骨肉，亲人。这两句写有的人是和亲人一起被掠的，但在途中却相互之间不敢说话。此处极写董军的残暴，以及在动辄被杀戮的可怕情景下被掠者的恐惧心情。

〔18〕“失意”四句：失意，不合意；几微，一点点。斃降虏，杀掉投降者。这是董卓对被掳普通百姓的诬蔑之词。亭刃，加刃。余冠英《汉魏六朝诗选》：“一说亭是楟的省字，楟是击刺的意思。”我曹，我等。不活汝，不让你们活了。这四句生动地记叙了董军的淫威及其动辄开杀戒的暴虐行为。

〔19〕“毒痛”句：毒，狠毒。痛，痛楚。参并下，一起交并施下。这一句写董卓军士用棰杖打被掠者的毫不留情，心狠手辣的情形，以及被打者身心同时受摧残的绝望心情。

〔20〕“彼苍”二句：这是呼天之语，彼苍，即苍天，《诗经》中常用的吁天之词。何辜，指百姓有何罪辜。厄祸，困厄、祸难。

〔21〕“边荒”二句：“边荒”一本作“边亭”，此指南匈奴地面。人俗，即风俗。这两句是说匈奴的风俗，与中华不同。他们的那些风俗，从中原人看来，多有不符合教化、伦理之处。

〔22〕肃肃：形容风声凛厉。

〔23〕“有客”四句：每听到有外来的远客，赶快迎问，但很快知道对方并非是从日夜思念的家乡来的。辄复，又一次那样。这是说多次出现这种疑是复非的情形。

〔24〕“邂逅”二句：邂逅，不期而遇。徼时愿，侥幸地如愿。徼，侥幸。骨肉，亲人。上引《后汉书》蔡琰本传记载，曹操素与蔡邕友善，痛其无后，于是遂以重金将文姬赎回。曹丕的《蔡伯喈女赋》亦云：“家公与蔡伯喈有管、鲍之好，乃命使者周近持玄璧于匈奴，赎其女还。”关于使用“骨肉”来指曹操派来的使者，各家有不同的解释。余冠英《汉魏六朝诗选》：“作者苦念家乡，见使者来迎，如见亲人，所以称之为骨肉。或谓曹操遣使赎蔡琰或许假托其亲属的名义，所以诗中说‘骨肉来迎’。”这些解释都有道理。但是还是太从写实的角度来考虑了。其实建安时期的诗歌，常用乐府的一些表达法。诗人在叙述的时候，并不一定完全走写实的道路，而是会使用乐府的叙述或抒情的方式。《悲愤诗》是深受乐府的、民间式的表达方式影响。即如此处，他避开曹操派使节这样一个重大的事情，而用一种乐府的方法来进行，所以用了“骨肉来迎己”这样的说法。

〔25〕天属：天伦，此指自己与儿子的关系。缀人心：紧扣着人的心。

〔26〕乖隔：乖离，隔绝。

〔27〕问母：《后汉书》“母”作“我”。

〔28〕仁恻：仁慈恻隐。

〔29〕更不慈：忽然变得不慈。

〔30〕不顾思：即不顾。顾，顾覆，照顾。思为语助虚词。与《诗经·周南·汉广》“不可休思”“不可求思”“不可泳思”“不可方思”的“思”字相同。

〔31〕五内：五脏。

〔32〕恍惚：精神恍惚，不能自主的样子。狂痴：如痴如狂。这一句是写与儿子离别时内心无法自主，不知道该怎么样。

〔33〕遄（chuán）征：急速地征行。日遐迈：一天天地远去。这句说一方面急着回到家乡，但另一方面又因一日一日地远离留在匈奴的儿子与同时落难的同伴。这一句其实与古诗“行行重行行，与君远别离”相近，但措词明显更加古雅，这是文人诗受《诗经》影响的表现。而古诗纯用当时之语。

〔34〕中外：即中表。中指父亲方面的亲戚，外指母亲方面的亲戚。

〔35〕茕（qióng）茕：孤独的样子。孤景：孤单的影子。这一句即是形影相吊的意思。景，《文选》李善注谢灵运《石门新营所住四面高山回溪石濑茂林修竹》诗引作“影”。

〔36〕怛咤（dá chà）：惊痛地呼叫。糜（mí）肝肺：肝肺痛切至糜烂，极言惨痛之状。后来杜诗“惊呼热中肠”，即从其意出。

〔37〕奄若：即奄然，快要完的样子。

〔38〕相宽大：相劝慰，让她放宽心肠。

〔39〕为复：即复为。视息：指活着。民间俗语，一些人因老病的原因，了无生趣，会说“就一口气透透”。蔡诗“为复强视息”，也是这样一种语气。

〔40〕何聊赖：即无生趣，无依靠。聊，乐趣。赖，依靠。

〔41〕托命：比托身意思更重的说法。新人：新的配偶。

〔42〕勖（xù）厉：勉励的意思。这里主要是自己以劫后余生重嫁，更要小心从事于新人。

〔43〕捐废：被抛弃。

鉴赏

蔡琰的《悲愤诗》记录在刘宋范晔的《后汉书》里，共有两首。第一首五言体即本诗，第二首是骚体。本诗是魏晋时代少见的五言长篇，从篇幅与体制上看，与写建安中故事的《古诗为焦仲卿妻作》最接近。陈祚明《采菽堂古诗选》评论说："《悲愤》诗首章，笔调古宕，情态生动，甚类'庐江小吏'诗，彼所多在藻采细琐，此所多在沉痛惨怛，皆绝构也。"《古诗为焦仲卿妻作》虽称古诗，实为古乐府说唱之体。因为是民间说唱焦、刘的爱情悲剧，所以多有渲染，同时重视事物形容之美，如写刘兰芝离别焦家前夜的精心打扮一段，即陈祚明所说的"藻采细琐"。蔡琰的《悲愤诗》属于文人自述之作，意在抒写悲愤，仿佛屈原的《离骚》《九章》诸篇，而写作风格上，则以朴素真质为主，有强烈的抒情性。这也可以说是叙写汉末离乱诗的基本风格，与王粲、曹操等人作品风格接近。但居然作出这么长的篇幅，应该是有当时长篇说唱体的一些基础的。《后汉书》本传说蔡琰"博学有才辨，又妙于音律"。所谓音律，即丝竹弹唱之类。

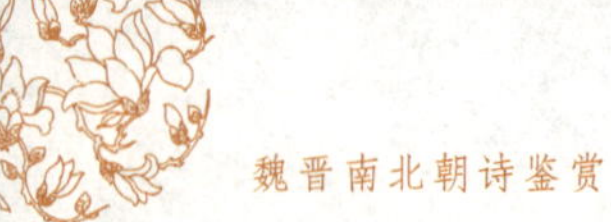

《悲愤诗》即用了当时的丝竹弹唱之体。汉魏时代，诗、歌二字意思相同。诗即歌词的意思（说见拙著《汉魏乐府艺术研究》)，与《论语》所说的“弦诗三百”的“诗”正相同。前述《古诗为焦仲卿妻作》的古诗，即古歌、古词。而蔡氏《悲愤诗》之诗，正是“弦诗”之诗的意思。其能超越彼时曹、王、陈、阮诸人的乐府短调，大胆地作此长篇的自述作品，必有民间说唱之依据。不然者，则自称“流离成鄙贱，常恐复捐废”的一个仰人视息的弱女子，必不敢为此俯视群雄之长篇抒愤之作，且隐然窃托作意于屈子之《离骚》。这一诗歌史上的奇迹，实堪与同样遭遇流离而倡言曲子词本义以傲视欧、苏诸公的李清照前后辉映。

把这首诗当作乐府来读，才能充分地欣赏它的叙事艺术。这首诗的抒情性之强是无疑的，这一点从其题目就可得到证明，陈祚明的“沉痛惨怛”，很好地揭示了此诗的抒情强度。我们也正是在这个意义上，拿它跟《离骚》《九章》等作品相比的。但这首诗在艺术上的成功，却是叙事上的出色。作者采取向读者诉说自己平生所遭遇的一场浩劫的方式展开叙述。要生动地叙事，并且打动读者、让其确信这些事实，作者不仅要把事情写得生动，尤其是要有场景感与细节的真实。这两种内容在诗中是到处可见的，如董卓率众东下耀武与残暴的情形，被掠途中尽管小心已极，但仍然会发生被士兵杖捶，毒、痛并下的情形，尤其是将回汉地时与儿子及旧日一起遭难的同伴分离的情形。这些地方作者都很重视场景与细节，这是乐府的传统。除场景与细节外，作为一个长篇叙事作品，人物语言也是很重要的。本诗中人物说的话，虽然不像《古诗为焦仲卿妻作》那样多，但有两处很关键。一是前面记卓众“辄言斃降虏”“要当以亭刃，我曹不活汝”，使千载之下闻之，不寒而栗。而这些士兵的野蛮残暴，也是不容置辨的。二是后面离别时，记述儿子对她说的话，即“儿前抱我颈”这八句。更妙的是这两处对话，都是单方面的说话，另方面是无言的。听到那野蛮士兵的话，受虐者当然是不敢有任何应答的。同样，对着一个未成年的儿子发问母亲为何突然变得不慈，突然要离开，自然也是无语可答。所以，这两处人物语言的处理，都是极好的。另外，还有人物语言没有写出，但也叙述到了，如“兼有同时辈，相送告离别。慕我独得归，哀叫声摧裂”，“奄若寿命尽，旁人相宽大。为复强视息，虽生何聊赖”。这些地方，虽没有具体的对话，但读之也如可闻其声，可详其语。这种叙事艺术的处理，不仅是作者个人写作上的高妙，当然也是因为她对一种乐府叙事艺术的熟谙的运用。

此诗在艺术上的成功，还在于作为一个长篇叙事作品，经历者的感情和心理活动，以及她的思想，始终得到了充分的、鲜明的表达。也就是作者不是作为局外人冷静地叙述经历，而是一直在强烈地诉说她所经历的事件的悲惨，以及内心的悲愤。几乎每个情节与细节，都包含着这种悲惨状态与悲愤的感情。这正是作者将其题为《悲愤诗》的用意所在。不仅如此，作为一个知识女性，作者还具有儒家士大夫的思想与情操，她并不只是讲述个人的遭遇，而是有一种更大的国家情怀和对苍生的悲悯。这一点最鲜明地表现在全诗的开头，即由慨叹汉廷失政开始。她在诉说自己的遭遇时，也是以一种"哀民生之多艰"的意识诉说的。她是将自己作为苍生之一员来诉说的。可见，此诗的力量，不仅在情与事，也在于其中的义与理。

最后，要强调的是，这首诗不仅受到乐府艺术的影响，同时也是积极地学习《诗》《骚》的结果。仅从语言上说，较之《古诗为焦仲卿妻作》，此诗文人创作的特点是很明显的。诗歌中不少词语来自《诗经》。这一点，在注解中已经尽量予以指出。

此诗对后来那些纪述离乱、蒿目时艰的作品有着直接的影响，尤其是长篇叙事诗，像杜甫《北征》《自京赴奉先县咏怀五百字》，明显可见祖述此诗的痕迹。可见，中国长篇叙事体诗歌，其体制实渊源于汉乐府中的长篇说唱体。

曹植

曹植（192—232），字子建，曹丕的同母弟。曹植的一生，可以公元220年十月曹丕称帝为界，分为前后两期。前期生活平顺，才华横溢，意气风发；后期为文帝、明帝猜忌，不得参预政事。曾屡次上表求自试，皆不获允，常抑郁无欢，卒年四十一岁。其诗流传八十首，以五言为主，大都词彩华茂，语言精炼，情感热烈，慷慨动人。曹植的诗歌艺术，代表建安文学的最高成就。

送应氏诗二首（其一）〔1〕

步登北邙阪〔2〕，遥望洛阳山。洛阳何寂寞，宫室尽烧焚。垣墙皆顿擗〔3〕，荆棘上参天。不见旧耆老〔4〕，但睹新少年。侧足无行径，荒畴不复田。游子久不归，不识陌与阡。中野何萧条〔5〕，千里无人烟。念我平常居〔6〕，气结不能言。

注释

〔1〕应氏：指应氏兄弟，应玚字德琏，应璩字休琏，兄弟俱善长于文学。

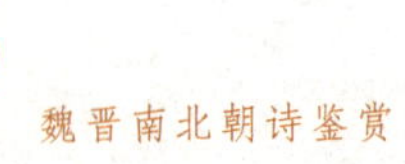

〔2〕北邙：洛阳北邙岭，邙，又作“芒”。《文选》李善注引郭缘生《述征记》：“北芒，洛阳北芒岭，靡迤长阜，自荥阳山连岭修亘，暨于东垣。”

〔3〕顿：塌坏。擗（pǐ）：崩裂。

〔4〕耆（qí）老：年纪大知掌故的人。

〔5〕中野：野中，指洛阳外的郊原。

〔6〕平常居：旧时居住之所，也指旧日平常的生活。《诗纪》云：一作“平生亲”。

鉴赏

汉古诗有写登览以观京洛者，如《古诗十九首》中“驱车上东门，遥望郭北墓。白杨何萧萧，松柏夹广路”，似为曹植此诗所本。但曹植将登览观京洛、感伤逝者的主题深化了，或者说赋予特定的内容，就是感伤洛阳被董卓焚毁后的不堪寓目的情景。这就把汉诗中只属于一般的感慨人生的主题，发展为寄寓着忧时伤乱之情的、更具现实感的一种主题。这代表了建安诗人继承汉代诗歌而加以发展的写作方式，也是诗歌中现实性的增加。同时，这首诗在写作上，也是明显地受到曹操《薤露歌》《蒿里行》、王粲《七哀诗》这样的建安前期的悯时伤乱之作的影响，代表了曹植诗歌一种内容类型。

与曹植其他诗歌意象纷披、词藻华美不同，这些反映现实主题的诗歌，在风格上与曹操的“古直苍凉”的作风相近，是以朴素的笔墨来叙事抒哀的，但是它的表现效果却是很强的。开头写登北邙，观洛阳，起得自然，但其势已见。接着写洛阳宫室之尽焚，是笼括的直叙，写垣墙倾颓，荆棘参天，是着重的表现。接下来是写人民之死伤，不见旧耆老，但睹新少年。曹操在《军谯令》中有“旧土人民，死丧略尽，国中终日行，不见所识”。这几句可能给曹植留下了很深的印象，他在写诗时，自然把这个意思转为这样两句诗。曹植诗歌的沉郁之气来自其父。“侧足”两句，隔着承接“垣墙皆顿擗”两句，进一步地写荒败的景象。“游子久不归”两句，用了乐府的写法。“中野”两句，概括力极强。作者最后慨叹说，呀！这就是从前居住过的繁华丽富的都城洛阳吗？思平居而感纷乱，不禁气结难言！后来杜甫《秋兴》中“故国平居有所思”，即是从曹植这里来的。

薤露行〔1〕

天地无穷极〔2〕，阴阳转相因〔3〕。人居一世间，忽若风吹尘。愿得展功勤〔4〕，输力于明君〔5〕。怀此王佐才〔6〕，慷慨独不群。鳞介尊神龙，走兽宗麒麟。虫兽犹知德，何况于士人。孔氏删诗书〔7〕，王业粲已分。骋我径寸翰，流藻垂华芬。

注释

〔1〕薤（xiè）露：乐府挽歌词，详见前面曹操《蒿里行》注〔1〕。

〔2〕无穷极：一本作“无终极”。穷即终也。

〔3〕“阴阳”句：阴阳谓寒暑，春夏为阳，秋冬为阴。转相因，交相更替。相因，相依。

〔4〕展功勤：展，施展。功勤，功业之勤劬。勤，即勤劳。

〔5〕“输力”句：为圣明之君效力。曹植《求自试表》：“欲逞其才力，输能于明君。”

〔6〕王佐才：能够辅佐君主成就大业的才能。

〔7〕“孔氏”句：孔子删诗，见于司马迁《史记·孔子世家》：“古者《诗》三千余篇，及至孔子，去其重，取可施于礼义，上采契、后稷，中述殷、周之盛，至幽、厉之缺，始于衽席，故曰：《关雎》之乱以为《风》始，《鹿鸣》为《小雅》始，《文王》为《大雅》始，《清庙》为《颂》始。三百五篇孔子皆弦歌之，以求合《韶》《武》《雅》《颂》之音。礼乐自此可得而述，以备王道，成六艺。”删诗书，《书》即《尚书》，《史记·孔子世家》：“孔子之时，周室微而礼乐废，《诗》《书》缺，追迹三代之礼，序《书传》，上纪唐虞之际，下至秦缪，编次其事。”司马迁说孔子删《诗》未说其删《书》，曹植“删诗书”，为连类而言。从另一方面说，整理也可以理解为删整。所以曹诗此处，仍可谓用词不苟。

鉴赏

这是一首典型的“言志诗”。汉魏的文人开始创作五言诗时，所遵循的是儒家一派的“诗言志”传统。曹操作诗，每有“诗以言志”的自陈。曹植深受其父的言志观点影响，他的诗歌，也是以言志为主的。

开头四句立象宏伟，而衷情激切；诗人感天地之无穷，念人生之短暂。因念人生短暂，须要展其功勤，输力明君。这就是诗人期待的王佐之业。因怀此奇才伟志，所以每每慷慨激昂，其平素的发言及行为，都与世俗之士迥然不同。但也因此而带来一种离群违俗之忧。诗写到这里，都还是直接抒写情志。其抒情的风格，正如诗中所言，可谓“慷慨”，此即后代诗人赞扬的建安风骨的一种表现。

从“鳞介”以下，先是引物情以喻，鳞介以神龙为尊，走兽以麒麟为宗。虫兽之类，犹且知德，何况我们人类呢？哪能不知向往宏伟的德业境界，只知浑浑噩噩地过一生呢？这是君子比德的思维方式，来自儒家。“孔氏删诗书，王业粲已分”，是说孔子删述诗书，作《春秋》，将王道之业付于其中，使后来百世有所依据。我人亦当如此，继续圣贤的事业，骋我径寸之笔，作为文章，纵不能有补于王业，也应该流传文采，使百世之人，犹能享其芬华。曹丕说“文章者经国之大业，不朽之盛事”，在这一点上，他们两人有共同的理想。

名都篇〔1〕

名都多妖女〔2〕，京洛出少年〔3〕。宝剑直千金〔4〕，被服丽且鲜〔5〕。斗鸡东郊道〔6〕，走马长楸间〔7〕。驰骋未能半〔8〕，双兔过我前。揽弓捷鸣镝〔9〕，长驱上南山〔10〕。左挽因右发，一纵两禽连〔11〕。余巧未及展，仰手接飞鸢〔12〕。观者咸称善，众工归我妍〔13〕。归来宴平乐〔14〕，美酒斗十千〔15〕。脍鲤臇胎鰕〔16〕，寒鳖炙熊蹯〔17〕。鸣俦啸匹侣〔18〕，列坐竟长筵〔19〕。连翩击鞠壤〔20〕，巧捷惟万端〔21〕。白日西南驰，光景不可攀〔22〕。云散还城邑〔23〕，清晨复来还〔24〕。

注释

〔1〕《乐府诗集》录入杂曲歌辞的《齐瑟行》中。以首二字名篇，故称《名都篇》。本篇主旨，历来有两种解释，一说“刺时人骑射之妙，游骋之乐，而无爱国之心”（《文选》五臣注张铣语），一说“子建自负其才，思树勋业，而为文帝所忌，抑郁不得伸，故感愤赋此”（张玉榖《古诗赏析》引唐汝谔语）。俱可通。名都：郭茂倩云：“名都者，邯郸、

临淄之类。”赵幼文《曹植集校注》（人民文学出版社 1984 年）认为此篇所写洛阳之事，并推测是曹植太和中入洛，看到洛阳贵游弟子奢华的生活情景而作。可参考。然而曹植晚年诗风沉郁，而此篇写少年游猎、宴娱之事，风格生动流丽，志意飞扬，似为其盛年所作。

〔2〕妖女：艳丽的女子，这里指乐伎。

〔3〕京洛：长安、洛阳。一说京洛即洛京。少年：此特指贵游任侠的少年。

〔4〕“宝剑”句：《史记·陆贾列传》：“宝剑直百金。”王充《论衡·率性篇》：“世称利剑有千金之价。”直，值。

〔5〕丽：《文选》李善注作“光”，《乐府诗集》同。

〔6〕斗鸡：使两鸡相斗，以为娱乐。斗鸡之俗，春秋已有，汉魏时盛行，魏明帝曾在洛阳筑斗鸡台。曹丕、曹植、刘桢、应玚等人皆有《斗鸡》诗。

〔7〕长楸：古人种楸树于道旁，行列甚长，故称“长楸”。也可理解为高大的楸树。

〔8〕驰骋：一作“驰驰”。清人孙志祖《文选考异》谓“驰驰”犹“行行”。

〔9〕捷：指快速射出。鸣镝（dí）：响箭，又称嚆（hāo）矢，响箭的镞，古时发射以为战斗的信号。镝，箭头，代指箭。

〔10〕南山：指洛阳的南山。黄节《曹子建诗注》卷二：“南山，洛阳南山也。潘尼《迎大驾诗》曰：‘南山郁岑崟，洛川迅且急。’即指此山。”长驱上南山，一作“驱上彼南山”。

〔11〕“左挽”二句：言左手弯弓，右手搭箭，一箭射出，连中双兔。纵，射。

两禽，指双兔。

〔12〕“余巧”二句：言少年尚觉箭术未全施展，抬头见一只鹞鹰正巧飞过，遂一箭将其射落。巧，一作“功”。接，迎射。鸢，鹞鹰。

〔13〕众工：众多的射工。归我妍：数我技高。归，属。妍，好。扬雄《方言》：“自关以西，谓好曰妍。”

〔14〕平乐：平乐观，汉明帝所造，在洛阳西门外。

〔15〕斗：盛酒的容器。朱绪曾曰：“‘美酒斗十千’，乃盛言酒之美耳。诗人兴到之言，不必执以定酒价之多寡也。”（黄节《曹子建诗注》卷二引）

〔16〕脍（kuài）：细切的肉。臇（juǎn）：少汁的肉羹。李善注引《苍雅解诂》：“少汁臛也。”赵幼文《曹植集校注》，似今所谓焖、烧之义。这里脍、臇都用作动词。脍鲤，即将鲤鱼切成脍。臇胎鰕，将胎鰕做成少汁的肉羹。胎鰕（xiā）：有子的鲋鱼，或有子的虾。这一句是写精心烧蒸鱼类的情况。

〔17〕寒：酱汁。一作“炮”，则是烧烤。《诗经·小雅·六月》：“炮鳖脍鲤。”余冠英认为“曹植好用成语，疑作炮为是”，可从。鳖（biē）：甲鱼。熊蹯（fán）：熊掌。

〔18〕鸣俦啸匹侣：言呼朋唤友。

〔19〕竟长筵：言座无虚席。竟，穷，极。

〔20〕连翩：翻飞不停貌。击鞠：蹴鞠。鞠是毛球，古人以杖击之为戏。击鞠壤，蹴鞠之地。或以为指的是蹴鞠和击壤两种游戏。壤用两块

木头制成，一头宽一头窄，长一尺四寸，阔三寸。游戏时将一块放在三四十步之外，用另一块去击打它，击中者为胜出。

〔21〕惟：语助词。

〔22〕攀：留。

〔23〕云散：形容少年如浮云四散。

〔24〕来还：又来到东郊、南山、平乐观等处游乐。

鉴赏

曹植的诗歌不仅继承汉诗较强的抒情性，而且在叙事与描写上也对汉诗有发展，尤其长于动态情景的描写。这首诗写名都京洛的贵族及豪富弟子们的一番行径，通过行为举止来写人物形象，效果很生动。

开头四句是一个集中性的介绍。这首诗是写京洛少年的，却先说名都妖女以为陪衬。这种双出而单承的写法，在乐府及歌谣中较常见。另外，从后面的内容来看，这首诗是写一个具体的人物，但作者其实是以这一个人物作为这一群京洛少年的代表，所以开头四句还是一种群体性的亮相。宝剑价值千金，被服华丽鲜艳。通过对带有典型性的用具、服饰来显示京洛少年的奢豪本性。宝剑、被服等是象，其中隐含的意则是奢豪。象明而意隐。这是诗的表现方式。

其下主要通过南山射猎、平乐豪宴及击鞠这几件事来写这位京

洛少年的行止。这里其实是有选择性的，因为这些事最能反映其奢华豪纵的性情。作者的表现是很集中的，这些事情是在一天中连续发生的。也就是说，一件事接着一件事；不仅如此，还是一个动作接着一个动作。如从“斗鸡东郊道”到“仰手接飞鸢”，这里是一连串的动作快速进行。作者很好地写出了当时场面的紧张与动作的迅捷，造成很快的节奏。后面从“归来宴平乐”到“巧捷惟万端”也是这样。他所写的多种古代的游戏，大多是他自己熟悉与擅长的。杜甫论诗赋，强调敏捷，所谓“随时敏捷”“敏捷诗千首”。曹植的这种诗才，即是“敏捷”二字最好的注解。曹植诗歌的一种高超的艺术手段，就是善于表现动态的事物，如人或动物的动作。

最后四句，写会散的情景，“白日西南驰，光景不可攀”。写少年于尽日奢游纵乐之后，仍意有未足，故有“光景不可攀”之兴叹，并约明日之游。但这两句不仅是写少年所见所叹，同时是隐着作者或旁观者的一声叹息。这种在一个情景中包含两种甚至很多种含意的写法，正是诗歌形象丰富性的表现。

这首诗完全采用客观描述的方法，只是在写人物本身的形象与行为，不用评论之笔。诗人完全清楚作者倾向必须从场面中表现出来这一艺术法则。

白马篇[1]

白马饰金羁[2]，连翩西北驰[3]。借问谁家子，幽并游侠儿[4]。少小去乡邑，扬声沙漠垂。宿昔秉良弓，楛矢何参差[5]。控弦破左的[6]，右发摧月支[7]。仰手接飞猱[8]，俯身散马蹄。狡捷过猴猿，勇剽若豹螭[9]。边城多警急，胡虏数迁移[10]。羽檄从北来[11]，厉马登高堤[12]。右驱蹈匈奴[13]，左顾陵鲜卑。弃身锋刃端，性命安可怀。父母且不顾，何言子与妻。名编壮士籍，不得中顾私。捐躯赴国难，视死忽如归。

注释

〔1〕白马篇：据郭茂倩《乐府诗集》引《歌录》“《白马篇》，《齐瑟行》也”。即这一篇是据汉乐府杂曲歌辞《齐瑟行》作的。篇名来自首句“白马”两字。郭茂倩解释篇名曰：“见乘白马而为此曲。言人当立功立事，尽力为国，不可念私也。”这样的解释，大抵能概括全篇的内容。

〔2〕金羁：即金络头。笼在马头上。

〔3〕连翩：形容游侠儿骑马飞驰跃动的样子。

〔4〕游侠儿：从事豪侠之事的少年。

〔5〕“宿昔”二句：宿昔秉良弓，言昔日秉持良弓而射箭。楛（hù）矢，传说古代北方民族肃慎氏用楛条做的箭矢。参差，形容箭射出来高下适宜，左右皆中。即下面“左挽”“右发”皆中之意。清闻人倓《古诗笺》引《墨子》：“良弓难张，然可以及高入深。”此句实杜甫《出塞》诗“挽弓能挽强”之意。形容膂力之大，射技之精。

〔6〕的（dì）：箭的，即箭靶的中心。

〔7〕右发：《太平御览》作“发矢”。月支：一种白色的箭靶，亦称“素支”。

〔8〕接：在这里是迎射的意思，即迎着飞奔而来的目标射出去。猱（náo）：猿的一种。

〔9〕螭（chī）：传说的蛟龙之类的动物。

〔10〕胡虏：六臣本《文选》作“虏骑”，注云：“善本‘胡骑’。”《乐府诗集》注云：一作“虏骑”。

〔11〕羽檄（xí）：犹“羽书”。传送紧急军情的文书。古代写在尺二长的木板上，上插羽毛。

〔12〕厉马：催马。高堤：高筑的防御之堤。

〔13〕右驱：一作“长驱”，此从《乐府诗集》改。

鉴赏

此诗属乐府中叙游侠的主题。游侠之士，原本是仗义行侠的，虽然有时也以武犯禁。正因为他是仗义的，所以能够急赴国难，甚至不惜为国捐躯。古代诗人的游侠之作，多以赞颂的态度来表现这种游侠精神，同时也常用来寄托自己的报国情怀。曹植这首诗，是这方面作品的典范、先驱之作。

首六句是对人物形象及行动的集中表现。不仅形象写得生动，而且有丰盈的意思包含着：白马金羁，写其豪奢，非贫俭从军者也；连翩西北驰，写其赴义之决，且能状豪迈的姿态。“借问”两句，用旁人之问写出。可见，前面两句所写游侠儿形象，也是旁人眼中见出的。这样当然更生动。更因这个形象是从旁人的眼中看到的，而且明白写出旁人的一种惊讶、关注的样子。这样塑造人物形象，就是先声夺人。这样的表现事物，就是具有一种风力。接着“少小”两句，进一步补出人物的来历。可以理解为游侠儿的自叙,也可以理解为叙述者的一种旁白。“扬声沙漠垂”，说他离乡赴远，在北方的沙野中任侠行义，建立声名。

接下来的“宿昔”八句，通过继续交代人物的来历及其从前的行事，来塑造人物的形象，其中主要写他的武艺之高。这一段虽然不是本诗主题的重点所在，但却是诗人着意形容、力求见精采的部分。“控弦”这四句，每句都是一个动态表现，并且是一种迅速变化的动态。这是曹植这类诗的写法，也是其最见艺术表现力的地方。到了“狡捷”这两句，用猴猿、豹螭来形容，这是一种赞的写法，用的是明喻法。这两句突出之处，仍在强调其剽疾劲捷。

以上从“少小”到“勇剽”这一大段，正是中间横插入一段长篇的交代。到了“边城”这一句，才是重新接上了开头叙述事情，重归主题。“边城”两句写背景，交代此次行动的来由。这两句是用概括的方法来写的。“羽檄”这两句，是紧接着前两句写的。采用分写方法，“羽檄”写国家军情之急，“厉马”写游侠赴难之速。而且“厉马登高堤”这一个形象，遥接开头“白马”两句。让开头这个形象，紧紧地与此连在一起。从“右驱”到结尾这十句，如奔流入海，直下万里。这样的奔腾语势，将人物的内心活动，全盘托出，写出了游侠儿的凛然大义。这首诗的主题也自然得到了充分的表达。

杂诗七首（其一）〔1〕

高台多悲风，朝日照北林〔2〕。之子在万里〔3〕，江湖迥且深〔4〕。方舟安可极〔5〕，离思故难任〔6〕。孤雁飞南游〔7〕，过庭长哀吟。翘思慕远人〔8〕，愿欲托遗音〔9〕。形影忽不见，翩翩伤我心。

注释

〔1〕曹植这一组《杂诗七首》，其中六首载于《文选》，故历来被视为一

组诗。其实彼此并无关系，也非同时之作。这里选第一首，属怀人之作。诗作于鄄（juàn）城（今山东濮县东）。余冠英认为诗中所怀者，可能是其异母弟曹彪，彪于魏文帝黄初三年至五年（222—224）封吴王，故诗中有“江湖”“南游”等语。

〔2〕北林：出《诗经·秦风·晨风》：“鴥彼晨风，郁彼北林。未见君子，忧心钦钦。”《毛传》以北林为林名，这里用以生发怀人之思。下文“之子在万里，江湖迥且深”，即“未见君子”的具体展开。

〔3〕之子：那人，指所怀之人。《诗经》常用此语，如《桃夭》“之子于归”。称“之子”，有怀思叹美之意。

〔4〕江湖迥且深：兴象俱到，暗含忧思。后来杜甫《梦李白》“水深波浪阔，无使蛟龙得”，正从此化出而更加具体。

〔5〕方舟：行舟、渡舟。《文选》五臣注吕向曰：“方犹行也。”实出《诗经·周南·汉广》：“江之永矣，不可方思。”又一种说法是指两舟并在一起。《文选》李善注：“《尔雅》曰：大夫方舟。郭璞曰：并两船也。”据曹植此诗之意，应以前说为长。

〔6〕任：当。

〔7〕孤雁：失群的雁。

〔8〕翘思：翘首而思。

〔9〕遗音：寄远之音书。

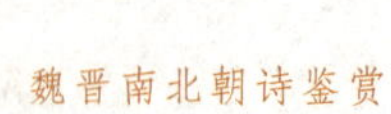

鉴赏

这是一首怀人的诗。关于他怀念的对象，林庚、冯沅君主编《中国历代诗歌选》中说："有人认为怀念的可能是曹彪。曹彪黄初三年（222）曾封吴王，在南方，当时曹植立为鄄城王，在北方。"（人民文学出版社 1964 年，第 160 页）

首两句写作者所处的环境，含有"兴起"的意思。高台之上，悲风呼啸，林间朝日照耀。境界似有明亮温暖之意，实则萧森寥落，时节好像是秋深或者冬初的样子。"之子"是所怀念的人，江湖则是"之子"所在，"迥且深"则是江湖之远、之广，这种距离可能是自然空间造成的，但也可能是人为的原因造成的一种心理上的隔远。

诗的后半部分，以"飞雁"寄托怀人之情，这在当时的诗中也颇为常见。这首诗是运用象征方法的作品。其境界之空灵，在汉魏诗中是少见的。深受《诗经》中的《蒹葭》《汉广》及《楚辞》中的《湘君》《湘夫人》这一类空灵绵邈的作品影响。这是曹植对诗歌传统的创造性继承。

赠白马王彪诗七章〔1〕

黄初四年五月〔2〕，白马王、任城王与余俱朝京师，会节气〔3〕。到洛阳，任城王薨〔4〕。至七月与白马王还国。后有司以二王归藩，道路宜异宿止〔5〕。意毒恨之〔6〕。盖以大别在数日〔7〕，是用自剖〔8〕，与王辞焉，愤而成篇。

谒帝承明庐〔9〕，逝将归旧疆〔10〕。清晨发皇邑〔11〕，日夕过首阳〔12〕。伊洛广且深〔13〕，欲济川无梁。泛舟越洪涛〔14〕，怨彼东路长。顾瞻恋城阙〔15〕，引领情内伤〔16〕。

太谷何寥廓〔17〕，山树郁苍苍〔18〕。霖雨泥我涂〔19〕，流潦浩纵横〔20〕。中逵绝无轨〔21〕，改辙登高冈〔22〕。修坂造云日〔23〕，我马玄以黄〔24〕。

玄黄犹能进，我思郁以纡〔25〕。郁纡将何念，亲爱在离居〔26〕。本图相与偕，中更不克俱。鸱枭鸣衡轭，豺狼当路衢〔27〕。苍蝇间白黑〔28〕，谗巧令亲疏〔29〕。欲还绝无蹊，揽辔止踟蹰。

踟蹰亦何留，相思无终极。秋风发微凉，寒蝉鸣我侧〔30〕。原野何萧条，白日忽西匿。归鸟赴乔林〔31〕，翩翩厉羽翼。孤兽走索群，衔草不遑食。感物伤我怀，抚心长太息〔32〕。

太息将何为，天命与我违〔33〕。奈何念同生〔34〕，一往形不归〔35〕。孤魂翔故域〔36〕，灵柩寄京师。存者忽复

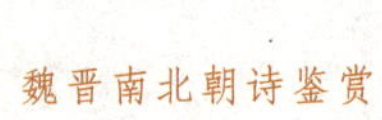

过〔37〕，亡没身自衰。人生处一世，去若朝露晞〔38〕。年在桑榆间〔39〕，影响不能追。自顾非金石〔40〕，咄唶令心悲〔41〕。

心悲动我神，弃置莫复陈。丈夫志四海，万里犹比邻。恩爱苟不亏，在远分日亲。何必同衾帱〔42〕，然后展殷勤。忧思成疾疢〔43〕,无乃儿女仁〔44〕。仓卒骨肉情,能不怀苦辛。

苦辛何虑思，天命信可疑。虚无求列仙，松子久吾欺〔45〕。变故在斯须，百年谁能持〔46〕。离别永无会，执手将何时。王其爱玉体，俱享黄发期〔47〕。收泪即长路，援笔从此辞。

注 释

〔1〕此诗全文见于《三国志·魏书》卷十九《任城陈萧王传·陈思王植传》，裴松之注引《魏氏春秋》云:“是时待遇诸国法峻，任城王暴薨，诸王既怀友于之痛。植及白马王彪还国，欲同路东归，以叙隔阔之思，而监国使者不听。植发愤告离而作诗曰。”萧统编《文选》收此诗，列在“赠答”类。《文选》李善注引曹植原集：“集曰：于圈城作。”本诗的这一段曹植自序的文字，也是李善从其所见曹植集中引出，不见于裴注及萧统编《文选》。

〔2〕五月：逯钦立辑《先秦汉魏晋南北朝诗》正文作“正月”，并附校记

云:“《文选》作‘五’。”诸家多有辨作“正月”之误者。以逯氏“是年正月魏文帝尚不在洛阳”之说为得要。

〔3〕“白马”至“会节气”句:白马王曹彪,字朱虎,曹植异母弟,初封白马王,后封楚王;任城王曹彰,字子文,曹丕、曹植同母弟。两人事迹,见《三国志·魏书》卷十九《任城陈萧王传》中的“楚王彪”“任城王彰”两传。会节气,汉魏时,每年立春、立夏、立秋、立冬四节举行迎气典礼,诸侯至京师朝会。

〔4〕任城王薨(hōng):《三国志》卷十九“任城王彰”传:“四年,朝京都,疾薨于邸,谥曰威。”根据《三国志》裴注引《魏略》及《世说新语·尤悔》等文献,曹彰多有功绩,并且性刚硬。曹操临死前曾召入京,未及见而崩。曹彰曾跟曹植说,先王召他入京的意思,是要拥立曹植。曹植认为要借鉴袁绍之子兄弟相残的教训,拒绝了曹彰。据《魏略》说,曹丕嗣位后,曹彰因为先王见任有功,希望留下来有所任用。听说自己也要随例返回封国,很不高兴。据《世说新语》记载,曹丕是在与他下棋时,将浸了毒的枣子放在旁边,自己挑无毒的吃。曹彰不知道,杂食有毒与无毒者。毒发时,其母卞太后想要取水抢救,然而曹丕事先已让人把水桶都藏了起来,曹彰最终身死。薨:称诸侯的死。

〔5〕“后有”二句:有司,官方的管理者,这里指监国使者。藩,即诸侯王封国。异宿止,不同行同宿。

〔6〕毒恨:痛恨,深恨。《广雅·释诂》:“毒,痛也。”

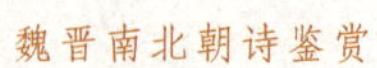

〔7〕大别：长别。

〔8〕自剖：自我剖白。作者写这首诗，是摅写自己心中的愁恨，释放自己的情绪，同时也是向任城王告别。

〔9〕谒（yè）帝：谒见皇帝。朝见皇帝，本来应该说朝见，朝拜。但曹植身份特殊，故只说谒帝。承明庐：一种解释，这里是用汉承明宫，非实指。赵幼文《曹植集校注》卷二：《三国志·文帝纪》"黄初元年十一月"条下裴注："臣松之案：诸书记是时帝居北宫，以建始殿朝群臣，门曰承明，陈思王植诗曰：'谒帝承明庐'是也。"如此，则应是实指。后世诗文，多以谒承明泛指朝谒帝所，即出此诗。

〔10〕逝将：将要的意思，逝，发语词。旧疆：旧国，这里是指他自己的藩国。

〔11〕皇邑：皇都，这里指洛阳。

〔12〕首阳：即首阳山，陆机《洛阳记》："在洛阳东北，去洛二十里，为邙山最高处。日光先照，故称首阳。"

〔13〕伊洛：伊水、洛水。伊水源出河南熊耳山，东北过伊阙，过偃师汇入洛水。洛水源于陕西冢岭山，至河南巩义市北入黄河。

〔14〕"泛舟"句：洪涛，即惊涛。赵幼文《曹植集校注》："《水经·伊水注》：'阙左壁有石铭云：黄初四年六月二十四日辛巳，大出水，举高四丈五尺。'即此诗所云洪涛。"可见此为写实，非泛泛用词。

〔15〕顾瞻：回转头来瞻望。恋城阙：丁晏《曹集铨评》："城阙谓天子所居，不敢直斥，故言城阙。"所以这里实是指恋念皇居，包括皇帝与太后。

〔16〕引领：领原为衣领，这里即是说伸长脖子。

〔17〕太谷：即通谷。《洛神赋》："经通谷。"

〔18〕郁苍苍：林木茂密深幽的样子。苍，青色。

〔19〕霖雨：连日之雨。《尔雅·释天》注："雨自三日已上为霖。"

〔20〕流潦（lǎo）：道途的积蓄及漫流之水。浩：水大貌。

〔21〕"中逵（kuí）"句：是写因洪水阻断，不能通行。中逵，即中道，亦即道中。轨，车迹。

〔22〕改辙：改路。

〔23〕修坂：长坂，又高又长的坡。

〔24〕"我马"句：玄以黄，即玄黄。"以"为虚字。《诗经·周南·卷耳》："陟彼高岗，我马玄黄。"《毛传》："玄马病则黄。"朱熹《诗集传》："玄马而黄，病极而变色也。"赵幼文《曹植集校注》："案王引之《经义述闻》：玄黄双声字，谓病貌也。《传》言玄马病则黄，失之。"按："玄黄"为双声联绵词，分而解之，为望文生义。

〔25〕郁以纡：即纡郁，"以"为虚字。李善《文选》注："《楚辞》曰：愿假簧以舒忧，志纡郁其难释。"王逸注："纡，屈也；郁，愁也。"按：纡郁，亦双声联绵词，即忧思貌。

〔26〕亲爱：指任城王。

〔27〕"鸱枭（chī xiāo）"二句：这两句喻君王身边的当道小人。鸱枭，似黄雀而小，恶鸟。衡，车辕前的横木。轭，衡两旁用以扼住马颈的曲木。

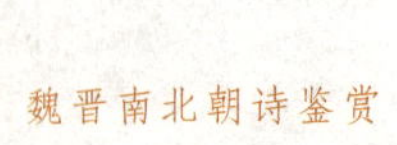

《文选》李善注："鸱枭、豺狼，以喻小人。"豺狼，喻凶恶之人。

〔28〕"苍蝇"句：《诗经·小雅·青蝇》："营营青蝇止于樊。"李善《文选注》："郑玄曰：蝇之为虫，污白使黑，喻佞人变乱善恶也。"

〔29〕"谗巧"句：这句是说君王（曹丕）身边的小人的挑拨离间，使君王疏远了本是兄弟的他们。谗巧，谗言巧语。令，逯辑本作"反"，从他本改为"令"。

〔30〕寒蝉：李善《文选注》："蔡邕《月令章句》曰：寒蝉应阴而鸣，鸣则天凉，故谓之寒蝉。"

〔31〕乔林：高林。丁晏《曹集铨评》："《志》注：乔作高。"赵幼文《曹植集校注》："案《文选》作乔，乔、高义同。"

〔32〕抚心：拊心。太息：《离骚》："长太息以掩涕兮，哀民生之多艰。"《三国志》裴注引《魏氏春秋》作"叹息"。赵幼文《曹植集校注》："案太、叹双声，故太一作叹，义可通。"

〔33〕天命：即命运，因古人认为命运受之于天，故曰天命。这里主要指寿命，因下句是说任城王之死。事实上任城王是被曹丕害死的，曹植不敢明言，归于天命。

〔34〕同生：指同父母、或同父、同母所生，皆可称同生。《文选》李善注："《魏志》曰：'武皇帝、卞皇后生任城王彰、陈思王植。'《左氏传》曰'郑罕、驷、丰同生。'杜预曰：'罕，子皮；驷，子皙；丰，公孙段也。三家本同母兄弟也。'"但这首诗是赠曹彪的，这里所说的同生，当

然也包括了与彰、植两人同父异母的兄弟曹彪在内。李善注特引《左传》同母所生为同生，表面上博涉详说，事实反误导了读者。

〔35〕一往：在这里指死去。形不归：亦死亡之义。古人持形、神分离之别，有形亡而魂升等说法。故下句有“孤魂翔故域”之说。

〔36〕故域：原指故土，这里指任城王的封国。上面“逝将返旧疆”一句，曹植也是称自己的封国为旧疆。与故域正好可以结合起来理解。这些藩王们将自己的封国称为故土。和后人常称其原生长地为故乡、故国，意思是不一样的。

〔37〕“存者”二句：存者，相对死者而言，这里指自己与白马王彪。忽复过，《三国志》裴注“忽”作“匆”。丁晏《曹集铨评》：“忽，《志》注作匆，案《说文》匆有匆匆之意，后作忽。《广雅·释诂》：‘忽，疾也。’”此句言自己与曹彪虽还活着，但也只是匆匆之间而已。亡没身自衰，实是“身自衰亡没”的倒装。

〔38〕去若朝露晞（xī）：汉乐府《薤露》：“薤上露，何易晞。露晞明朝更复落，人死一去何时归。”又《长歌行》：“青青园中葵，朝露待日晞。”晞，被太阳晒干。

〔39〕桑榆：二星名，都在西面。《文选》李善注：“日在桑榆，以喻人之将老。”

〔40〕自顾：自己看自己。非金石：非有金石之坚，指脆弱的身体。《古诗》：“人生非金石，岂能长寿考。”

〔41〕咄唶（duō jiè）：惊叹声。

〔42〕同衾帱（qīn chóu）：兄弟同用被子与床帐。指兄弟情好亲密。后汉姜诗兄弟友爱，常同被而眠。

〔43〕疾疢（chèn）：疾病。疢原指一种热病。

〔44〕儿女仁：赵幼文《曹植集校注》："儿女仁，《韩诗外传》：'爱由情出谓之仁。'"

〔45〕"苦辛"四句：这四句都是说生命之理，"苦辛何虑思，天命信可疑"，这里的天命是指天道，也就是天道福善祸淫之说。这里重点还是指古人所说的行善能长寿之类的说法。作者说，不要考虑这些问题，这些说法是可疑的。"虚无求列仙，松子久吾欺"，《汉书 · 司马相如传》："列仙之儒。"松子，赤松子。汉代典籍记载的有名的仙人。这两句合起来说，就是对两种获得久寿的说法的质疑，一种是天道福善、仁善者能长寿的说法，另一种则是虚无的神仙之说。其实曹植在这里，仍然因任城王被害而又被传为暴死的事情悲愤。亲自目睹这种亲人死亡的事件，让他对上述两种方法产生强烈的质疑与批判，其实还是借此抒愤。

〔46〕"变故"二句：《荀子 · 荣辱篇》杨倞注："变故，患难事故。"这里还是指那些不可预料的导致死亡的事件。这里说"变故在斯须，百年谁能持"，其实还是受任城王之死的影响。

〔47〕黄发期：长寿之期。《尔雅 · 释诂》："黄发，寿也。"《后汉书 · 和帝纪》章怀注："黄谓发落更生黄者。"

鉴赏

这是五言诗中罕见的长篇。与这首差不多同时期的《古诗为焦仲卿妻作》以及蔡琰的《悲愤诗》,都是五言长篇。繁钦的《定情诗》也比较长。可见五言长篇的体制,在建安时期有所流行。但上述各篇,艺术各异,“古诗”与蔡作,主要是叙事诗,而且“古诗”很可能是说唱之体。繁钦《定情诗》,用民歌之体,用排比之法,联类铺陈。曹植此篇,则用顶真之法,做联章之体,在形式上具有创造性。

全诗共六章,首章止于“我马玄以黄”,叙述至洛阳朝谒,返回封藩时与白马王曹彪同行的情形。这一章所写情感,主要有两种,一是恋阙之情,二是畏途之情。诗中的“泛舟越洪涛,怨彼东路长。顾瞻恋城阙,引领情内伤”是关键。至“太谷何寥廓”以下,写太谷之寥廓,山树苍郁,写因为泥途流潦,道路阻绝而改道高冈,长途修坂,更增其艰辛。其情形令人自然地想起《诗经·卷耳》中“我马玄黄”的征夫之叹。

次章止于“揽辔止踟蹰”,写途中接到朝廷的诏命,命令这两位亲王分途而行。其意在于防范他们营结联络。这不仅是对他们亲情的伤害,同时也是对他们人格的猜疑。当然更意味某种人身自由的失去,但它却是以制度的名义来实施的。被管制者的心情是极其痛苦的,更有甚者,这一首诏命是他们做皇帝的兄长发来的,其中

纠结的情感就更复杂了。但作者不能直斥曹丕，只能说这种离间他们兄弟之情、君臣之谊的诏命，原出皇帝身边的谗佞小人。作者在诗中称这些人为鸱枭、苍蝇，愤怒之极。此章顶上“我马玄以黄”而出“玄黄犹能进”一句，自然地引出“我思郁以纡”，并以“郁纡”两字为线头，引出一段怨恨之情。其抒情的内容与方式，都与《离骚》接近。

第三章止于“抚心长太息”，是继前章，用渗透着浓厚主观情绪的自然景物来渲染离别之愁。这种离愁，在此时还是与白马王共同地承受着，但不久就要各自孤独地承担了。

第四章止于“咄唶令心悲”，由两人离别之悲，触发起对与他们同时朝谒洛阳却暴亡的任城王曹彰的哀念。并由任城之暴亡，引出对生命短促的感慨。此则不但悲任城，更自悲矣！

第五章止于“能不怀苦辛”，以哀情过极，转为振作之想，自慰并且劝勉白马王，这是贴切“临别赠言”的体段。这一章中“丈夫志四海，万里犹比邻”“无乃儿女仁”等句，后来被王勃《送杜少府之任蜀川》所采取。

第六章继续振起，用一种理性的思考，来消除对生命的幻想。这种幻想，有两种表现，一是相信传统的天道福善祸淫之说，一是相信虚无的求仙之说。作者劝说曹彪，同时也提醒自己，放弃这两种非理性的幻想。在说完了这些话之后，又说了相互保重，黄发为期的劝勉之辞。这本是他们曹家的传家思想，曹操就是这样，既不幻想神仙，同时又看重养生。“盈缩之期，不但在天。养颐之福，可得永年。”（《龟虽寿》）当然，诗人在这里主要不是说理，而是通过这种临别的谆谆之告，进一步写兄弟关切之情。这一段说生死寿夭之事，其实还是由于任城之薨。曹植写这首诗，不仅“是用自剖”，更是伤悼任城王之死。任城王之暴死这样的事，对曹植打击当然很大，但他却不能有直接的、正面的表达，本篇的写作，算是找到了一个合适的抒发方式，但也还不能多说。许多话都只能隐约而言，所谓言在此而意在彼。像这段论生死之事，就是这样。所以，这些看起来像是平静地说理的话，其实也是饱含激情的。

读此诗，最须关注的是序中“愤而成篇”。曹植的诗有多种，有直言其志，杂用比兴，如《薤露行》；有纯用事物以寄托，如《美女篇》；其游仙诸作，则是叙游仙以寄托其志。总而言之，其抒情言志，以寄托为主。但是这一首诗，却是直抒其情的作法，其叙离别之意，虽本于《古诗十九首》等篇，但抒愤懑之旨，却是原本于《离骚》。五言短篇，容量难与辞赋长篇相比，于是作者改用联章的办法，又用顶真的方法，将各章联络起来。这在写作的艺术方面，是一种新的创造。

阮 籍

阮籍（210—263），字嗣宗，陈留尉氏（今河南尉氏县）人。其父阮瑀，为建安七子之一。籍好学博览，尤慕老、庄，向往自然，旷达不拘。对于司马氏政权，他也不愿与合作，但不如嵇康那样峻拒，而是采取虚与委蛇的态度，纵酒谈玄，不问世事。文学上受屈原影响较深，《咏怀》八十余首感慨深至，格调高浑，使他成为正始（齐王曹芳年号）时代（240—248）最重要的诗人。

咏怀诗八十二首（其一）〔1〕

夜中不能寐〔2〕，起坐弹鸣琴。薄帷鉴明月〔3〕，清风吹我襟〔4〕。孤鸿号外野〔5〕，翔鸟鸣北林〔6〕。徘徊将何见，忧思独伤心〔7〕。

注 释

〔1〕阮籍《咏怀》诗，《晋书·阮籍传》谓“八十余篇”。据明人冯惟讷《诗纪》，现存八十二篇。关于这组诗，大多认为不是一时所作，而是其

生平诗作的总题。阮籍另有四言《咏怀》诗四首。因处魏晋易代之际，故写得隐晦曲折。刘宋颜延之认为是“阮籍在晋文代常虑祸患”（《文选》李善注引）的缘故。李善云：“咏怀者，谓人情怀。籍于魏末晋文之代，常虑祸患及己，故有此诗。多刺时人无故旧之情，逐势利而已。观其体趣，实为幽深，非夫作者，不能探测之。”“虽志在讥刺，而文多隐避，百代之下，难以情测。”本篇为第一首，清人方东树《昭昧詹言》卷三云：“此是八十一首发端，不过总言所以咏怀不能已于言之故。”

〔2〕夜中：《文镜秘府论》作“中夜”。中夜、夜中，意同。

〔3〕帷：帐幔。鉴：照映。

〔4〕襟：一作“衿”。吴淇《六朝选诗定论》卷七：“‘鉴’字从‘薄’字生出，……堂上之帷既薄，则自能漏月光若鉴然，风反因之而透入吹我衿矣。”

〔5〕孤鸿：《文选》五臣注吕向注：“孤鸿，喻贤臣孤独在外。号，痛声；翔鸟，鸷鸟，好回飞，以比权臣在近，谓晋文王也。”

〔6〕翔鸟：飞翔盘旋之鸟。一作“朔鸟”，北方的鸟。吴淇《六朝选诗定论》卷七：“鸟不夜翔。曰‘翔鸟’，正以月明故，即曹孟德曰‘月明星稀，乌鹊南飞’。”王维《鸟鸣涧》“月出惊山鸟”，同一思致，而风格有深、浅之别。王尧衢《古唐诗合解》解此二句云：“感孤鸿号于野外，朔鸟鸣于北林，飞者栖者，各哀其生。”

〔7〕“徘徊”二句：言孤鸿、翔鸟和人，都因不寐而徘徊，将会看到何种

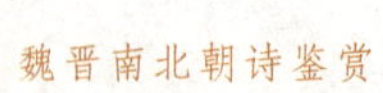
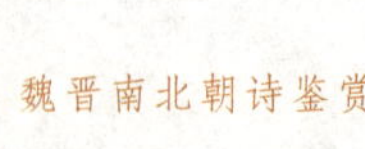

景象？一切都如此令人忧伤。

鉴赏

此诗在八十二首中，具有“序诗”的性质，所以结构与其他诗篇有些不同。它通过某种境界来寄托感情，在形式上似乎与后来的诗歌更接近。诗中塑造了一位忧郁的艺术家或思想家的形象——通过夜中不寐、起坐弹琴、顾望徘徊、忧思伤心等行动和心理的描写，又通过薄帏映鉴明月，清风吹拂衣襟及孤号野外的鸿雁，鸣叫在北林的翔鸟等外在环境的衬托。如果用后世诗评家的说法，就是意余象外。

这首诗当然是寄托着作者对现实及自我人生的深切忧思的，但未必像旧注家说的那样，是直接针对曹魏与司马氏两派的斗争而发的。唐代吕向注，句句都加以比附，后人也多宗其说，如张玉榖《古诗赏析》云：“此首伤上之远贤亲佞也，全在‘孤鸿’二句露意。前四写无聊之况，即景写情。‘孤鸿’二句，以孤鸿在野，比君子之被放，翔鸟鸣林，比小人之在位，君在北故曰北林。如徒以为赋景，便失神理。”初看似都有道理，细按则羌无所据，多为臆断穿凿之词。此诗并非徒为赋景，事实上它是诗歌中情景交融的早期成功实践，预示着诗歌艺术从通过叙事以写情到向以景含情的转变。

以月夜为背景塑造忧人形象，或者可以称之为“月夜的忧思”，是一个传统主题。始于《诗经·月出》篇,《古诗十九首》“明月皎夜光”继之,建安诗中月夜之作,如曹操《短歌行》“明明如月,何时可掇”,曹丕《燕歌行》“明月皎皎照我床,星汉西流夜未央”,曹植《七哀诗》“明月照高楼,流光正徘徊。上有愁思妇,悲叹有余哀”,但都有具体的感情寄托。至于公宴、园游之类诗中写月色,则多为体物状景。另外,静夜不寐也是传统主题,与阮诗最接近的是明帝曹睿的《长歌行》,诗中云“静夜不能寐,耳听众禽鸣。大城育狐兔,高墉多鸟声。坏宇何寥廓,宿屋邪草生。中心感时物,抚剑下前庭。”但这些传统的诗歌写月夜、写不寐,都是有具体的感情寄托的,如爱情、友情、感时之情。阮籍《咏怀》其一则是写一种深广忧愤之思,旨趣变得超玄了。其实这里也含有某种玄境、玄思,但完全是融合在情感中。这是它艺术上成功的地方,也是正始诗风发展建安诗风的地方。

咏怀诗八十二首(其三)

嘉树下成蹊〔1〕,东园桃与李。秋风吹飞藿〔2〕,零落从此始。繁华有憔悴〔3〕,堂上生荆杞〔4〕。驱马舍之去〔5〕,去上西山趾。一身不自保,何况恋妻子。凝霜被野草,岁暮亦云已。

注释

〔1〕嘉树：美木。《左传》昭公二年记晋国韩宣子来聘鲁国，“既享，宴于季氏，有嘉树焉，宣子誉之”。此处指桃李。成蹊：《史记·李将军列传》用“桃李无言，下自成蹊”来赞扬李广。“嘉樹”两句写春天繁华之象。这里“嘉树”“成蹊”，都是只用其词语，而不用原来典故的意思。

〔2〕“秋风”二句：这两句是写秋天凋零之景，即下面句子所说的“憔悴”。藿（huò），豆叶子。零落，《离骚》“惟草木之零落”。

〔3〕“繁华”句：是说繁盛之后必有衰落、凋零。《文子》：“有荣华者，必有憔悴。”憔悴，枯萃，枯萎。

〔4〕“堂上”句：形容贵显之家的衰败，昔日热闹的厅堂上灌木丛生。荆杞，荆棘和枸杞，皆丛生灌木，形容荒秽萧条之景。

〔5〕“驱马”二句：舍去世间的各种表面的荣华（因为它隐藏着祸机），去到伯夷、叔齐采薇自食的西山上去，与他们一起做避世之士，逃避政治上的纠纷。

鉴赏

此诗主题在第五句“繁华有憔悴”。前四句比兴，嘉树即桃李，当春之日，桃李花放，游人来赏，下自成蹊。此原为《史记·李将军列传》赞李广语。但此处用其象而不用其意，专写春日繁丽之景。此两句即所谓“繁华”之象。“秋风”两句则写秋日凋落之景，即所谓“憔悴”。诗人以“飞藿叶落”这个意象来概写秋日，亦如前面以桃李成蹊概写春日。至第五句，直出主题。第六句则写人事，华堂之上，生长荆杞，则衰败之极。当时或真有此事此境，为诗人所见。其意实指权贵势焰之人，一朝败落，华堂化为榛芜。两句夸张，极见其变化之速。这与曹植“生存华屋处，零落归山丘”意思相近。或者正是取象于曹诗。“驱马”两句言观此人事兴败之迅疾，深感于人间名利之场，片刻不能留，不如效夷齐之行，上西山采薇。去之之速，乃有不顾妻子的窘急。并诿其责曰，此身尚且不能自保，何况妻与子乎。但这是愤激之辞。这两句似受到王粲《七哀诗》中弃婴妇人之言“未知身死处，何能两相完”句法的启发。最后两句，照应“秋风”，写“憔悴”已极。

这一首诗，或许有感于当时作者目睹的人事，但是不直接写出本事，直发感慨。这当然是作者怕直陈会引起时忌，但更重要的是这种超于本事之外的写法，能够产生更丰富的意蕴。使读者不为本事所局限，引起对更多的相关的人事的联想。应该说，这能更深刻地表现“繁华有憔悴”这个主题。

咏怀诗八十二首（其八）

灼灼西隤日〔1〕，余光照我衣〔2〕。回风吹四壁，寒鸟相因依。周周尚衔羽〔3〕，蛩蛩亦念饥〔4〕。如何当路子，磬折忘所归〔5〕。岂为夸誉名，憔悴使心悲〔6〕。宁与燕雀翔，不随黄鹄飞。黄鹄游四海，中路将安归？〔7〕

注释

〔1〕西隤（tuí）：西倾。一本"隤"作"颓"。

〔2〕余光：太阳的余晖。

〔3〕周周：传说中一种鸟的名字。《韩非子·说林下》："鸟有周周者，重首而屈尾，将欲饮于河则必颠，乃衔其羽而饮之。"

〔4〕蛩（qióng）蛩：即邛邛岠虚。传说中一种兽的名字。《尔雅》："西方有比肩兽焉，与邛邛岠虚比，为邛邛岠虚齧甘草，即有难，邛邛岠虚负而走。其名谓之蟨。"按，以上这两句，是用传说中周周及邛邛岠虚的故事，说明在此艰窘末路的情况中，动物尚知相互援济，用各种方法克服困难，保全自身。

〔5〕"如何"二句：是写作者当时看到的某些权势人物，他们不知危机已

在眼前，仍然耽于荣宠，贪图更高的地位，更多的权利，更大的利益，却忘了回头之路。当路子，当道有权势的人物。磬（qìng）折，像磬一样地弯起身体，以表示谦恭之态。这是形容当时上层社会的一种虚伪的礼仪，专指那些以礼仪来修饰自己的名教之士。

〔6〕“岂为”二句：写他们的倾败，令人感到悲哀。这帮人常自以为胸怀大志，可以牢笼一世之人，享有百世之名。然其所作为是与真善逆反，所以终至憔悴，徒令像作者这样的旁观者为之悲哀。夸誉名，夸耀虚假的名誉。

〔7〕“宁与”四句：这是观察到上述现象后所发的对于人生出处之道的感慨。宁可随着燕雀低低地飞，不要像黄鹄那样高翔在天际。黄鹄飞得太高，常常困逼在中道，无法归来。另一种说法认为，这四句仍是评论本诗所咏的当路子的行为。此条有沈约注，见李善《文选注》所引：“若斯人者，不念己之短翮，不随燕雀为侣，而欲与黄鹄比游。黄鹄一举冲天，翱翔四海，短翮追而不逮，将安归乎？为其计者，宜与燕雀相随，不宜与黄鹄齐举。”

鉴赏

此诗之意，出于庄子不夸名誉、以小自存的思想。但庄子是一般性地阐述这种思想，阮籍在表现这种思想时，则有很强烈的现实感。这正是诗与哲理的不同之处。作者批评那些因内有所求而外示

谦恭、一心追骛外在名声、地位的“当路子”，预示他们终当倾败。因此，愿意随燕雀翔，而不想有鸿鹄之志。史书记载阮籍本有大志，但当魏晋之际，名士多故，因此就改变了他的人生理想，不再以世俗的礼教以修饰名誉，而是走因任自然，带有游戏人生味道的玄学家的道路。这首诗所表现的就是他的这种思想。

此诗艺术上的成功，虽与他的这种有影响力的思想有关，但与创造形象的生动也是分不开的。首两句写白日西颓，余光照在衣袂上；回风吹壁，寒鸟相依。这几句看似只是客观地写出一种情景，其实含有极丰富的象征意味。这四句还只是一种背景、或者说场景的表现，其上演的“人物”，则只在“周周衔羽，蛩蛩念饥”。它们是作为时节晚暮、情景窘急之中自然失序、事物失伦的代表。但到这里为止，也还都只是一种比兴。“磬折”两句，才是本题。写这种为夸誉名而致憔悴倾败的人物，只务求外在利名，而忘却人生的本来目的，不能抱朴守素，因任自然地生存。最后四句，又作比兴之法，且以唱叹之词，正面地阐述他的人生观点，宁可学燕雀低飞于林间篱落，不愿像黄鹄那样横游四海。原因是黄鹄高翔虽然很壮观，但将来能歇在什么地方呢？意思是说那些追逐名利的人，不会有很好的归宿。苏轼有一首绝句：“早知臭腐即神奇，海北天南总是归。九万里风安税驾，云鹏今悔不卑飞。”（《次韵郭功甫二首》其一）就是出于这首诗，却转为身在其中之人的一种感喟！

咏怀诗八十二首（其十九）[1]

西方有佳人[2]，皎若白日光[3]。被服纤罗衣[4]，左右珮双璜[5]。修容耀姿美[6]，顺风振微芳。登高眺所思，举袂当朝阳[7]。寄颜云霄间，挥袖凌虚翔。飘遥恍惚中，流眄顾我傍[8]。悦怿未交接[9]，晤言用感伤[10]。

注释

〔1〕本篇以男女相悦无由来寄托理想不能实现的哀伤。吴汝纶《古诗钞》云："此首似言司马之于己也。末言彼虽悦怿，吾则未与交接也，然吾终有身世之感伤。盖兴亡之感，忧生之嗟，无时可忘耳。"其说实穿凿。

〔2〕"西方"句：《汉书·外戚传》载李延年歌曰："北方有佳人。"

〔3〕皎若白日光：一作"皎皎如日光"。

〔4〕被服：穿着。纤罗衣：精细的罗衣。

〔5〕珮：即佩。璜：半璧形的玉器，常用作妇人身上的装饰物。《周礼·天官冢宰·玉府》郑玄注："佩玉上有葱衡，下有双璜、冲牙，蠙珠，以纳其间。"

〔6〕修容：饰容，修饰过的美好仪容。

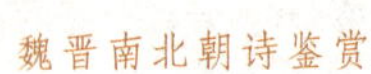

〔7〕当：一作"向"，对着。

〔8〕流眄（miǎn）：流盼，顾盼。眄，一作"盼"，又作"眄"。

〔9〕悦怿（yì）：喜爱。交接：交往接触。

〔10〕晤（wù）言：面谈。《咏怀》其十七有"日暮思亲友，晤言用自写"，即此义。另一说作醒后之言，林庚、冯沅君《中国历代诗歌选》："晤言，通'寤言'，觉醒以后。"是说突然发觉美人已去，不禁内心感伤。说亦可通。

鉴赏

这首诗旧注有思圣贤明王，以及寓意与曹爽、司马氏的离合关系等种种说法，不无穿凿拘泥之嫌。此诗其实也属于辞赋中写神女题材之类，所谓美人以比君子也。"西方有佳人"，黄节注引《毛诗》"云谁之思，西方美人"，然论其近源，实出曹植《杂诗》"南国有佳人，容华若桃李"，盖拟其句意而易其词也，为魏晋间诗人常用之法。而此诗整体的构思与形象，又受到《洛神赋》的影响。阮籍另有《清思赋》，也是学习《洛神赋》的。然洛神与君王，虽不能相从，而终究已有接触，此则"悦怿未交接"，其悲伤更不待言。至其究竟寄托了什么，则难以说清楚。

这首诗写美人，深得辞赋及古诗、乐府之法，形象极为生动，修辞则更趋于华美。其中秀句，多化用前人，如"皎若白日光"，出于宋玉《神女赋》:“其始来也，耀乎若白日初出照屋梁。”篇中更多诗人独创的隽妙之句，如“顺风振微芳”，写美人芳香随风而吹来，用“振”字极妙，“寄颜云霄间”，实诗人神思飘忽，恍觉云霄间有美人面目，这也很能写一种相思入神的心理。这些都是形神兼备、生动形象的绝妙好句。

阮诗寄托虽深，但修辞一本汉魏诗之明朗生动，不为艰晦之辞，藻饰之语，意虽深而语不游移。后世诗人以词旨深蕴著名者，如李商隐的诗，大体也本此原则，即形象本身的鲜明与寄托的遥深相互玉成。今人多以现代派、象征派来解说，其实不是那么一回事。

嵇 康

嵇康（223—262），字叔夜，谯郡铚（今安徽宿县）人。爱好老、庄，反对名教，修习养性服食。嵇康是曹魏宗室的女婿，政治上反对司马氏。后被诬告，为司马昭所杀，卒年四十。死前有三千太学生为其请愿，并要求以他为师。嵇康是当时重要的思想家和文学家，诗存五十四首。四言诗尤佳，风格俊雅雄秀。

四言赠兄秀才入军诗十八首（其十四）〔1〕

息徒兰圃〔2〕，秣马华山〔3〕。流磻平皋〔4〕，垂纶长川〔5〕。目送归鸿，手挥五弦〔6〕。俯仰自得，游心太玄〔7〕。嘉彼钓叟〔8〕，得鱼忘筌〔9〕。郢人逝矣，谁与尽言〔10〕。

注 释

〔1〕本篇是嵇康送其兄嵇喜（字公穆，曾举秀才）从军的诗。《古诗纪》将十八首四言体与一首五言体合起来为一组，历来学者颇有异议。鲁迅校本《嵇康集》将五言一首别题为《古意》，余十八首四言仍从

原题。本篇原列第十四。

〔2〕徒：徒侣，同伴。《尚书·仲虺之诰》：“简贤附势，实繁有徒。”《论语·微子》：“是鲁孔丘之徒与？”李善注为“师徒”，后人多从其说，解为徒卒（兵卒），似误。兰圃：有兰草的坡地。

〔3〕秣（mò）马：饲马。华山：即花山，有花草的山。余冠英解为“山有光华”，亦通。

〔4〕磻（bō）：用绳系在箭上叫弋，箭绳一端再加系石块叫磻。流磻即射鸟。平皋：平原上的草泽之地。

〔5〕纶：系钓钩的丝线。垂纶，即垂丝，垂钓。

〔6〕五弦：古代乐器名，似琵琶而略小。

〔7〕太玄：“太”，一作“泰”。“太玄”原是一个哲学的概念，指宇宙天道。扬雄有《太玄经》。这里有俯仰天地的意思。

〔8〕嘉彼：赞许他。钓叟：钓鱼的老翁。

〔9〕得鱼忘筌（quán）：语出《庄子·外物》：“筌者所以在鱼，得鱼而忘筌。蹄者所以在兔，得兔而忘蹄。言者所以在意，得意而忘言。吾安得忘言之人而与之言哉？”得鱼忘筌是对得意忘言的比喻，说明言论是表达玄理的手段，目的既达，手段就不再需要了。筌，鱼笱，捕鱼的竹笼。蹄，兔罝，一种捕野兔的器具。

〔10〕“郢人”二句：典出《庄子·徐无鬼》：“郢人垩慢其鼻端若蝇翼，使匠石斫之。匠石运斤成风，听而斫之，尽垩而鼻不伤，郢人立不失容。

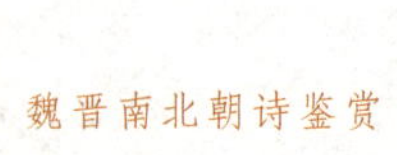

宋元君闻之，召匠石曰：‘尝试为寡人为之。’匠石曰：‘臣则尝能斫之。虽然，臣之质死久矣。自夫子之死也，吾无以为质矣。’”故事的大意，是说郢人鼻端沾了一点白灰，有匠人挥动斧子劈之。灰全部劈下来了，而鼻不稍损。宋元君听说，让这位匠人为他表演。匠人说其“质”郢人已死，没法再展其技。庄子借此说明，深奥微妙的道理要特定的对象才能领会。惠子死后，他再也没有可以谈玄的对象。嵇康以惠子比嵇喜。郢，春秋时楚国的都城。逝，《庄子》指郢人之死，在这里应该作“离去”解，是指嵇喜的离开。谁与，一作“谁可”。尽言，充分地阐述。

鉴赏

这首诗，向来的理解，是说诗里描写嵇喜从军后，行军途中休息时领略山水乐趣的情景。就是说，嵇康说他哥哥志趣高雅，虽在军旅之中，仍得自然之趣。但是，我认为此诗更可做另一种理解：这里写的这种情景，不是写嵇喜从军之后的生活，而是怀念兄弟两人昔日与朋好一起游览山水、领略自然的生活。这一组诗中前面的“鸳鸯于飞”“泳彼长川”那几章，也都是写兄弟友朋平素相与悠游之乐的。

过去之所以那样理解，恐怕主要是因为“息徒”“秣马”两个词，认为“徒”指兵卒，“马”指军马。其实，“徒”不一定就是兵卒，也可以指一般的朋友、徒侣。见于上文注解。魏晋时有群游山水的风气。上面所引嵇康诗中“鸳鸯于飞，啸侣命俦”。侣、俦二字，也可知当日嵇家兄弟之游，除了他们兄弟二人之外，还有别的一些朋友。所以徒、马，都可以指平日游览中的情形。

另外，最后两句“郢人逝矣，谁与尽言”，也很明确。“郢人”指嵇喜，现在离自己而去，则昔日那种“俯仰自得，游心太玄”的行为，更有谁能理解、赏识呢？

此诗如解作写嵇喜从军后的情形，还有一矛盾。嵇康对其兄之从军，是不赞成的，并不认为是一件好事。如果极力形容从军后有如此悠闲自得、无损自然之趣的生活情形，则从军也未必是不好事。这一点，似乎很难理解。《四言赠秀才入军》十八首，基本内容就是描写与朋俦相携于山水，自然放旷，体悟玄思的生活情致，以此委婉地劝诫嵇喜从军为官。

此诗是较早将老、庄哲理融会于日常生活境界的作品。诗中情、景、理圆融地结合在一起，是魏晋玄学名士生活境界与精神旨趣的高度融会，成为后来哲理诗的典范。其妙处还在于传神写照之功。据说名画家顾恺之曾要画出这个诗境，但他说画“手挥五弦”这样动作还容易，要画出“目送飞鸿”这样的神情却很困难。

晋诗

傅玄

傅玄（218—287），字休奕，北地泥阳（今陕西铜川市耀州区）人。魏末举秀才，历任弘农太守、典农校尉等官。晋国建，封鹑觚男。晋受禅，进爵为子，累官至司隶校尉。他博学善属文，著有《傅子》一书，兼通钟律，长于乐府诗。

苦相篇〔1〕

苦相身为女，卑陋难再陈〔2〕。男儿当门户，堕地自生神〔3〕。雄心志四海，万里望风尘。女育无欣爱，不为家所珍。长大逃深室，藏头羞见人。垂泪适他乡〔4〕，忽如雨绝云〔5〕。低头和颜色，素齿结朱唇〔6〕。跪拜无复数，婢妾如严宾〔7〕。情合同云汉，葵藿仰阳春〔8〕。心乖甚水火，百恶集其身〔9〕。玉颜随年变，丈夫多好新。昔为形与影，今为胡与秦〔10〕。

胡秦时相见，一绝逾参辰〔11〕。

注释

〔1〕《诗纪》作“《豫章行·苦相篇》”。此篇为《豫章行》这一曲调下一篇，篇题为《苦相篇》。《豫章行》，属乐府相和歌辞清商三调中的《清调曲》。苦相，苦命之相。此词今天在某些方言中还在使用。

〔2〕卑陋：卑微而拙陋，女子自损之词。也是当时女性地位的实际情况。

〔3〕堕地：掉落在地，古人常用此来形容人生下来的样子。神：神气。

〔4〕适：去到那里。古人出嫁称适。

〔5〕雨绝云：像雨从云端掉下来，形容一去不返。王粲《赠蔡子笃诗》：“风流云散，一别如雨。”

〔6〕“素齿”句：是形容小心谨慎，不随便说话的样子。过去年轻的媳妇，是讲究这样的修养的。

〔7〕“跪拜”二句：分别写两种人际的情况，一是对于长辈，跪拜之礼甚繁；一是对待地位更低的婢妾，也要严守宾主之礼。这两句其实是反映女子在严格的礼教下深受拘束的样子。

〔8〕“情合”二句：写与丈夫的关系，两情相合时，对方把自己看得很高；但其实改变不了夫尊妻卑的礼教关系，仍然像葵藿仰着太阳的恩情一样。

〔9〕“心乖”二句：是说两人一旦心意相乖（当然关键仍在丈夫），就如水火之不相容（这一句主要仍是指丈夫）。一旦感情变化之后，在丈夫看来，自己简直一无是处。

〔10〕胡秦：胡人与秦人。指隔得很远的两地之人。

〔11〕参（shēn）辰：参星与辰星，一居西方，一居南方，两星不同时在天空出现。

鉴赏

傅玄的乐府诗，多写女性及婚姻家庭之事，是其比较突出的特点。但他的写法，相对来说比较平面化，有时也概念化。这一首所塑造的人物形象，是比较生动、丰满的。但它并非是一个具体的人物，而写女性共同遭遇的人生问题。当然，这里面的女性，还是偏向于贵族阶层的。

此诗形象力量的取得，就在于描写上将男女做生动的对比。诗中的女子，自称为苦相，即苦命相。为何会这样说呢？因为她已然是一个被离弃、无自主能力的女人。诗一开始强调身为女性的悲哀，这是作者对从前那些弃妇诗的超越。他不是简单地写一个女人的遭遇，而是将其与男女问题联系起来。虽然说作者并没有达到对男女不平等问题的批评，但他至少揭示了这样的问题。

此诗是以自述的方式来写人物，并且是主人公生平自述式，比

较周备地叙述了“苦相”从出生到长大，出嫁为妇，再到被抛弃的整个经历，件件桩桩，原原本本地叙述出，不失鲜明生动。诗中如“长大逃深室，藏头羞见人”“低头和颜色，素齿结朱唇”，都能写出旧时礼教制度下女子的日常表现，又如“雨绝云”之喻、“参辰”之喻，都颇见警醒新奇。

张 华

张华（232—300），字茂先，范阳方城（今河北固安县）人。少贫苦，曾以牧羊为生。晋武帝、惠帝时期的名臣，后被赵王司马伦和孙秀所杀。博闻强记，著《博物志》十卷。诗歌尚辞藻，重规矩，但格调平缓，少变化，感染力不强。钟嵘评为“儿女情多，风云气少”。

情诗五首（其三）〔1〕

清风动帷帘，晨月照幽房〔2〕。佳人处遐远〔3〕，兰室无容光〔4〕。襟怀拥虚景〔5〕，轻衾覆空床。居欢惜夜促，在戚怨宵长。拊枕独啸叹，感慨心内伤。

注释

〔1〕《情诗》五首：皆夫妇相赠答之词。本篇原列第三。

〔2〕幽房：深闺。这一联所写之景，近似阮籍《咏怀》“薄帷鉴明月，清风吹我襟”。

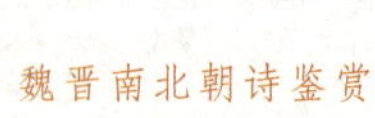

〔3〕佳人：《情诗》五首中，皆以“佳人”称美对方，这里指丈夫。

〔4〕兰室：散发兰香的闺房。无容光：黯然失色。

〔5〕景：日光。虚景，这里指月光，似乎亦兼指想象中丈夫的虚影。《文选》五臣注李周翰曰：“言襟怀之中，但抱虚景。”晋人《子夜歌》有“想闻散唤声，虚应空中诺”，即幻写真，更加自然出奇。

鉴赏

此诗状景摹情，极其细腻，一变古诗及建安诗人思妇诗以叙事为主的作法。这种诗在当时可以说是很新美的一种风格。

头两句中写道：清风吹动帷帘，黎明时的残月洒照在深幽的房栊里。这是暗示女主人公整夜处于相思情绪之中，未曾睡眠。这种以景象来暗示情事的写法，艺术效果是比较隽永的。

“佳人处遐远”这两句，是写前种事态的原因。缘何一夜未眠？盖因良人远行，闺房之内，黯然失色，毫无光彩。俗语中欢迎一个人的到来，说是“光临”。相反，心爱之人不在眼前，眼前的光景也会黯然失色。这两句写出落寞凄清，黯然神伤的感觉。“襟怀”两句，光景最是新妙，为前人作品中所未见的境界，张华作为一位诗人的细腻感觉，在此得到充分地表现。这种写法，古人叫做“窥入形容”。晋诗相比魏诗，在曲写情景、窥入形容这一方面有明显的发展。

最后四句直接写情。魏晋诗中的抒情，有一部分是用这种直接状述情感的方法，后人往往将这种地方评论为古质。张华的这种写法，当然是学习《古诗十九首》的，哀怨感激，不减古诗，但在表达上毕竟委婉了好多。

此诗的对仗，如“襟怀拥虚景，轻衾覆空床”，“居欢惜夜促，在戚怨宵长”，开后来陆机、谢灵运的对句法，两句的内容，有叠合之处，后人指为合掌，然此正晋宋诗家措意细密、务求周备的写法。相对于汉魏诗歌，可以说是一种新的写法。

情诗五首（其五）

游目四野外〔1〕，逍遥独延伫〔2〕。兰蕙缘清渠，繁华荫绿渚〔3〕。佳人不在兹，取此欲谁与。巢居知风寒，穴处识阴雨〔4〕。不曾远别离，安知慕俦侣〔5〕。

注 释

〔1〕游目：随意观览，目光不集中在一个方向。

〔2〕延伫（zhù）：停留伫立。

〔3〕繁华：即繁花。这里的繁华，各家注都以为是上句“兰蕙”的繁花。按，

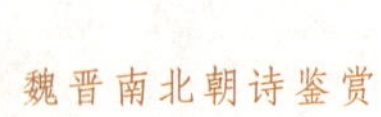

此诗实是用《古诗十九首》"涉江采芙蓉"之意，繁华指芙蓉。下面"取此欲谁与"的"取此"，也是指采芙蓉花。"兰蕙缘清渠"，只是陪衬之景。此句实用曹植《公讌诗》："秋兰被长坂，朱华冒绿池"，句法亦同。荫：遮盖。

〔4〕"巢居"二句：是说巢居如鸟类，最能体会风寒，穴处如蚁类，最知道阴雨天的潮湿。这是用来比拟别离之人，才知道离友独居的痛苦。

〔5〕俦侣：伴侣。

鉴赏

此诗实以《古诗十九首》"涉江采芙蓉"为蓝本，古诗云：

涉江采芙蓉，兰泽多芳草。采之欲遗谁，所思在远道。还顾望旧乡，长路漫浩浩。同心而离居，忧伤以终老。

古诗的基本情节为采芙蓉以遗所思，张华《情诗》采用了原诗的这个情节，但处理的方式有很大的不同。古诗情节安排，是一开始就写采芙蓉，采后方发现所思不在。张诗则先写游目四野、逍遥延伫的情形，接着写兰蕙与繁花，是游目所见，然后才是见花而思人，欲取而赠之，但又感叹所思者不在此地，纵采取也无法与之。古诗是采（或假设采）后方才发现所思者不在，这当然是一种艺术处理，表达作者思念对方之切，情感进入白热化的状态。而张华诗中的主人公，思念虽深，但意识却是清醒、理智的。比较起来，古诗之情激越，张诗之情深长，痛苦而不失清醒。

这两首诗的节奏也很不一样，古诗紧切激烈，张诗从容舒缓。实在是反映了古诗与晋人诗在情感表现方式上的不同。

古诗之芙蓉、芳草，只是作为抒情之意象；张诗“兰蕙缘清渠，繁华荫绿渚”则带有赏玩景物的味道，是体物的写法。这也反映了晋诗艺术中体物因素的增加。晋宋诗歌的一个发展趋势，是抒情诗中写景与体物艺术的增加。

潘 岳

潘岳（247—300），字安仁，荥阳中牟（今河南中牟县）人。少年被乡里称为奇童，二十岁才名已著。潘岳热心仕进，但不得意。晋惠帝时，赵王司马伦辅政，为赵王亲信孙秀所害。潘岳诗赋长于抒情，尤其善为哀诔之文，五言《顾内诗》《悼亡诗》都因情感真挚动人而著称。

悼亡诗三首（其一）〔1〕

荏苒冬春谢，寒暑忽流易〔2〕。之子归穷泉〔3〕，重壤永幽隔〔4〕。私怀谁克从〔5〕，淹留亦何益。黾勉恭朝命〔6〕，回心反初役〔7〕。望庐思其人，入室想所历。帏屏无仿佛〔8〕，翰墨有余迹〔9〕。流芳未及歇，遗挂犹在壁〔10〕。怅怳如或存〔11〕，回遑忡惊惕〔12〕。如彼翰林鸟〔13〕，双栖一朝只。如彼游川鱼，比目中路析〔14〕。春风缘隟来〔15〕，晨霤承檐滴〔16〕。寝息何时忘〔17〕，沉忧日盈积。庶几有时衰，庄缶犹可击〔18〕。

注释

〔1〕本篇是《悼亡诗》三首中的第一首，写亡妻葬后已将赴任时的一番心理。

〔2〕“荏苒（rěn rǎn）”二句：言光阴流逝，时节变易，忽忽一年。古礼，妻死，丈夫服丧一年。何焯《义门读书记》：“安仁《悼亡》，盖在终制之后，荏苒冬春，寒暑忽易，是一期已周也。古人未有丧而赋诗者。”可供参考。荏苒，形容时间逐渐消失。冬春，一作“春冬”。谢，去。流逝，消逝、变换。

〔3〕之子：犹言伊人、那人，指亡妻。穷泉：深泉，指地下。

〔4〕重壤：重重土壤。幽隔：隔绝于幽深的地下。

〔5〕私怀：私情，这里指悼念亡妻的心情。《文选》五臣注吕延济认为指“哀伤私情，欲不从仕”，可从。克：能够。从：顺从。

〔6〕黾勉（mǐn miǎn）：勉力。恭：顺从。

〔7〕回心：转念。初役：原职任所。

〔8〕帏：一作“帷”。仿佛：相似的形影。《汉书·外戚传》：“李夫人早卒，武帝怜之，图画其形于甘泉宫，上思念不已。方士齐人少翁言能致其神，乃夜张灯烛，设帷帐，陈酒肉，而令上居他帐，遥望见好女如李夫人之貌，还幄坐而步，又不得就视。”

〔9〕翰墨：笔墨。余迹：遗迹。

〔10〕遗挂：吕延济谓是“平生玩用之物尚在于壁”，李善认为是亡妻的翰墨遗迹。余冠英《汉魏六朝诗选》：“‘流芳’‘遗挂’都承翰墨而言，

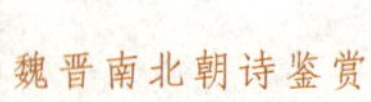

言亡妻笔墨遗迹，挂在墙上，还有余芳（近人以遗挂为影像，不知确否）。”

〔11〕怅怳（huǎng）：神志恍惚。怳，同“恍”。

〔12〕回惶：心情由恍惚转为惶恐。一作“回遑”，又作“周遑”，形容心情急遽变化。忡（chōng）：忧。惕：惧。吴淇《六朝选诗定论》卷八：“此诗‘周遑忡惊惕’五字似复，而实一字有一字之情。‘怅怳’者，见其所历而犹为未亡。‘周遑忡惊惕’，想其所历而已知其亡，故以‘周遑忡惊惕’五字，合之‘怅恍’共七字，总以描写室中人新亡，单剩孤孤一身在室内，其心中忐忐忑忑，光景如画。”

〔13〕翰：羽，代指鸟。翰林，鸟儿栖息之林，此用《文选》五臣注李周翰之说。

〔14〕比目：鱼名。《尔雅·释地》：“东方有比目鱼焉，不比不行。”析：分开。一作“折”，又作“拆”“隔”。

〔15〕缘：沿着。隟：即“隙”，谓门窗或墙壁上的缝隙。

〔16〕霤（liù）：屋檐流下来的水。一作“溜”。

〔17〕寝息：安寝休息。一作“寝兴”，睡着或醒来。

〔18〕“庶几”二句：言但愿自己的哀伤将来能淡薄一些，像庄子一样达观。庶几，但愿，期望之辞。庄缶，典出《庄子·至乐》：“庄子妻死，惠子吊之，庄子则方箕踞鼓盆而歌。”缶，瓦盆。

鉴赏

潘岳与陆机齐名，他的作品在修辞的丰富性方面虽不如陆机，也不像陆机那样善于模拟古人。但这其实也正是他的好处，不被繁复的修辞所掩盖，也较少被古人写作方式所局限。他的作品，往往能更直接地表现生活，尤其是哀诔类作品，能够写出真挚、深切的感情来。由于感情比较丰富，并且有更多的生活实境的表现，使得他的写作与建安曹、刘等人尚气风格的作品比较接近。在情与词两方面，陆机的作品往往情隐于词，而潘岳则是情胜于词的。陆机的作品，当时称为“新声”（臧荣绪《晋书》），风格上有较多的创新，潘岳则比较多地继承传统的风格。

潘诗篇幅较长，有些作品有缺乏裁剪、过于冗长的缺点。但他能够贴近实感来写，随着情感的变化，自然而形成层次，在结构的安排方面比较自然。这首诗初看滔滔而下，似乎缺乏层次感，实际上是根据诗人的情感与心理活动，形成自然的结构，不同于后世诗歌偏重于人工布置的结构艺术。这正是魏晋古诗结构艺术的好处。其妙处是将一段悼亡的感情活动，极为完整而深入地表现出来。全诗自然地形成三个层次：

第一层从开头到“回心返初役”，是集中地写悼亡之事。诗人感叹时节流易，妻亡经年，虽然哀痛仍深，但服丧期满，不得不重返仕路。这里写出一种情与理的矛盾。诗人虽然服从了理性，但思

念之情却难以排解。于是才有下面来到亡妻居室中追抚感伤的这一段。

第二层从“望庐思其人”到“回遑忡惊惕”是全诗中最主要的部分，写诗人在亡妻居室怀悼的情节。“思其人”“想所历”两句是引领，下面“帏屏无仿佛”四句是思其人、想所历的具体内容。“怅怳如或存”这两句是写这一番触景伤情的思忆所生的恍惚心理，有那么几刻感觉妻子好像还活着一样。这样写，不仅细致地表现了动作与心理变化，同时以另一种方式表达了对妻子无尽的思念。这种能够呈现心理活动的朴素的描写，是潘岳这首诗在艺术上的发展。

第三层从“如彼翰林鸟”到结尾。由于前面的这番追抚，使得作者本已趋向平静的心情又一次激动。在这样的新的情景下，作者再一次抒发悼念之情，并且比开头的那一段来得更为激越。诗人沉痛地发出哀叹，却是用翰林鸟、比目鱼的分离来比喻。由赋转为比，在表现的方式上有一个变化。最后“春风缘隟来”这六句，又转回到直接抒发的方式。“春风”两句也是照应开头。“寝息”两句再次诉说思念之深。最后期待能够从这种哀情中摆脱出来。这样说，其实也是表现哀思之深的另一种方式，但作者受到当时玄学以理遣情的观念的影响，也的确有寻求解脱的心理。

从这首诗可以看出潘诗的特点及艺术上的造诣，它是比较自然地达到抒情的深度的。

陆 机

陆机（261—303），字士衡，吴郡华亭（今上海松江区）人。吴国大司马陆抗之子。吴灭，陆机入晋，为张华器重。晋惠帝太安二年（303）成都王司马颖等讨长沙王司马乂，以陆机为后将军、河北大都督。战败，在军中遇害，年四十三。陆机名重当时，与其弟陆云并称“二陆”。诗尚俳偶雕刻，往往缺乏情韵。

拟明月何皎皎诗

安寝北堂上〔1〕，明月入我牖。照之有余晖，揽之不盈手〔2〕。凉风绕曲房〔3〕，寒蝉鸣高柳。踟蹰感节物〔4〕，我行永已久〔5〕。游宦会无成〔6〕，离思难常守。

注释

〔1〕安寝：安眠。北堂：正室里面的堂屋，即上房、上室。古代房屋坐北朝南。故以北堂为正寝。

〔2〕“照之”二句：《文选》李善注：“《淮南子》曰：‘天地之间，巧历不

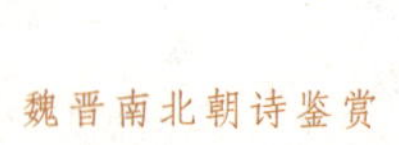

能举其数。手微惚恍，不能揽其光也。’高诱曰：‘天道广大，手虽能微，其惚恍无形者，不能揽得日月之光也。’”

〔3〕曲房：深曲的房栊，与深室、洞房意思相近。

〔4〕踟躇（chí chú）：徘徊犹豫，这里是指心神不定。节物：能够反映时节变化的景物。

〔5〕永已久：即长久。

〔6〕游宦：古代称在外做官，又称宦游。一般指做地方官吏。如做朝廷大臣，一般不这样说。

鉴赏

陆机作有《拟古十二首》，所拟的原作都在《古诗十九首》中。其实借鉴《古诗十九首》，建安诗人就已开始，徐幹的《室思》和曹植《杂诗六首》，阮籍的《咏怀》其一，都受《古诗十九首》影响。但是建安、正始诗人对《古诗十九首》这一类作品的学习，只是在结构、风格、主题的某方面借鉴。西晋渐有模拟篇章的作法，郝立权《陆士衡诗注·自序》中说：“规范曩篇，调辞务似，神理无殊，支体必合。”所说的就是《拟古十二首》这样的作品。其实，我们前面分析的张华《情诗》其五，对《涉江采芙蓉》的模仿，虽未标拟古之名，实已“规范曩篇”。陆机作《拟古十二首》，即用张诗之法而发展之。关于这十二首诗，过去有人认为是陆机早期隐居读书时的作品，现在我们发现它们和张华《情诗》的这层关系，可以说这组诗歌，极有可能是受到张华影响的。这个推测为确定这组诗写作时间提供了新的证据，应该是入洛之后创作的。

本诗拟《古诗十九首·明月何皎皎》：

明月何皎皎，照我罗床帏。忧愁不能寐，揽衣起徘徊。客行虽云乐，不如早旋归。出户独彷徨，愁思当告谁。引领还入房，泪下沾衣裳。

比较之下，就能看出古诗有浓厚的生活情味，而陆诗太典雅华饰，缺乏真味。但具体的表现方面，陆诗有写物细腻入微的长处，如“照之有余晖，揽之不盈手”是写月光的，设想灵妙，颇有匠心。后来张九龄诗句写月色“不堪盈手赠”，即出于陆诗。“凉风绕曲房，寒蝉鸣高柳”，对仗工整，写物尽理，颇似南朝齐梁间诗句。《古诗十九首》以朴直俚俗见真情，如“行行重行行，与君远别离”，陆诗拟成“悠悠行迈远，戚戚忧思深”。古诗“胡马依北风，越鸟巢南枝”，陆氏则拟成“王鲔怀河岫，晨风思北林”。更突出者，如古诗“弃置勿复道，努力加餐饭”，陆氏拟成“去去遗情累，安处抚清琴”。总之，一味追求典雅精美的语言。要比较汉魏诗与西晋诗风格之不同，陆氏拟古诗是最好的例子。

招隐诗

明发心不夷[1]，振衣聊踯躅[2]。踯躅欲安之，幽人在浚谷[3]。朝采南涧藻，夕息西山足。轻条象云构[4]，密叶成翠幄[5]。激楚伫兰林[6]，回芳薄秀木。山溜何泠泠[7]，飞泉漱鸣玉[8]。哀音附灵波，颓响赴曾曲[9]。至乐非有假[10]，安事浇淳朴[11]。富贵苟难图，税驾从所欲[12]。

注释

〔1〕明发：天已放亮。《诗经·小雅·小宛》："明发不寐，有怀二人。"这里即指早起。心不夷：刘向《九叹》："心蛩蛩而不夷。"不夷，心情不宁、不平静。

〔2〕振衣：整衣。刘向《新序》："故老振衣而起。"

〔3〕幽人：幽隐的人，后世多指隐居的高士。《周易·履卦》："履道坦坦，幽人贞吉。"浚谷：深谷。

〔4〕云构：如云的建筑，或凌云的建筑。《文选》李善注引刘桢诗："大厦云构。"

〔5〕翠幄：翠幕。李善注引《齐都赋》："翠幄浮游。"以上这两句，是形

容隐逸者居住的山林，像人间建筑一样。其实是说隐士依栖在山林之中。

〔6〕激楚：劲急漂疾的楚声，原是形容楚地歌曲。司马相如《上林赋》："鄢郢缤纷，激楚结风。"伫：满。这句写风从林间吹过，像激楚之声一样回荡兰林之中。

〔7〕山溜：山涧的流水。泠（líng）泠：清幽的流水声。

〔8〕飞泉：即瀑布。

〔9〕"哀音"二句：是接着前面"山溜"两句，描写山间溪流与瀑布的流势与声响。哀音，哀急的声音，指声音尖而响。附，即拊。灵波，轻灵的波涛。颓响，沉浊的声响。曾曲，层曲，幽曲。《文选》五臣注吕延济曰："言灵者，美之也，又以崩颓之响，赴于幽深之曲。"

〔10〕"至乐"句：至乐，真正的快乐。庄子有《至乐》篇。非有假，不假借于外物。这句是说真正的快乐，是不依靠世俗的那些东西的。

〔11〕"安事"句：反映一种老庄的思想，即弃绝世俗的事务，回归淳朴自然的人生。安事，何须从事。浇淳朴，离散淳朴。

〔12〕税驾：停止行车。代指停止世俗的事务，具体的是指做官一事。从所欲：指上面所说遵从愿望，具体的是指归隐一事。

鉴赏

"招隐"一题，原出于西汉淮南小山的《招隐士》，是一篇楚辞

体的作品。意思是说山林中荒凉寂寞、环境恶劣，不适宜于人居住，所以召唤隐居在山林中的士人回到现实社会中来。这是招隐的原意，但后来魏晋时隐逸之风大盛，隐居的性质也发生了变化，隐逸成了一种时尚，甚至统治者也正面肯定隐士。于是“招隐”变为招人隐居。西晋时，除陆机外，张华、左思都作过《招隐诗》。

“明发心不夷，振衣聊踯躅。”清晨起来后，心情不愉快；整整衣服，若有所行，但又不知到哪里去好。这里的“心不夷”，暗示一种不满于现实人间的厌世情绪，措辞比较含蓄。

“踯躅欲安之，幽人在浚谷。”此句明白地说出，自己的意向在隐居。“朝采”以下，具体描述出山林境界，强调其自然风景之美，适意于幽人居住。朝日采集南涧的薠藻（暗示其高洁，不食人间烟火）；晚上憩息西山脚。此二句概写隐士之起居。“轻条”两句，写其以山林为华宇。“激楚”两句写林间花木在风中声响之芳香。“山溜”四句是写水声之美。从陆机这诗可以看出，晋人描写景物，已颇臻细致。如写溪泉之声，分四句来写。

陆机这里所描写的隐居环境，是拟古化，并非西晋时隐士生活的实际情形。西晋隐士生活是庄园化、贵族化的。

这些诗实际也可以看成一首山水纪游的诗，虽然情节可能是假想性的。诗的最后用老庄思想，后来谢灵运的好多山水诗，就是用这种山水纪游的结构来写。而且我们发现，通常被学者称为最后谢灵运山水诗的玄学尾巴的这种结构，好像也是受到陆机的影响。本诗最后四句的说理，正相当谢诗的“玄学尾巴”。

班婕妤〔1〕

婕妤去辞宠，淹留终不见。寄情在玉阶〔2〕，托意惟团扇〔3〕。春苔暗阶除，秋草芜高殿〔4〕。黄昏履綦绝，愁来空雨面〔5〕。

注释

〔1〕《乐府诗集》属相和歌辞《楚调曲》，诗题作《婕妤怨》。婕妤：宫中女官名。《通典》卷三十四《内官》：“婕妤，武帝加置，视上卿，比列侯。”班婕妤，班彪之姑，汉成帝时选入宫，初为少使，后有盛宠，为婕妤。赵飞燕姊妹入宫，班婕妤失宠，乃求供养太后于长信宫。曾作赋自伤悼。成帝崩，充奉园陵，卒，葬园中。事见《汉书·外戚传》。

〔2〕玉阶：白玉石阶，多用来说宫殿里的石阶。班婕妤《自悼赋》：“华殿尘兮玉阶苔。”

〔3〕团扇：圆形有柄的扇子，比喻失宠之人。班婕妤《怨歌行》：“新裂齐纨素，皎洁如霜雪。裁为合欢扇，团团似明月。出入君怀袖，动摇微风发。常恐秋节至，凉飚夺炎热。弃捐箧笥中，恩情中道绝。”

〔4〕“春苔”二句：班婕妤《自悼赋》：“华殿尘兮玉阶苔，中庭萋兮绿草生。”除，台阶。芜，形容草木丛生。

〔5〕“黄昏”二句：班婕妤《自悼赋》：“俯视兮丹墀，思君兮履綦，仰视兮云屋，双涕兮横流。”履綦（qí），原指履绳，此处指足迹。黄昏履綦绝，黄昏时履迹未至，暗示君王不来。司马相如《长门赋》：“日黄昏而望绝兮，怅独托于空堂。”雨面，泪下如雨。《诗经·邶风·燕燕》：“瞻望弗及，泣涕如雨。”曹丕《燕歌行》：“涕零雨面毁容颜。”

鉴赏

陆机的诗歌，以缺少情感为人所诟病，如沈德潜论其诗“未能感人”（《古诗源》），黄子平论其五言、乐府，“不能流露性情”（《野鸿诗的》），陈祚明亦云“造情既浅，抒响不高”，“敷旨浅庸，性情不出”，并论其人为“大较衷情本浅，乏于激昂者矣”（俱见《采菽堂古诗选》卷十），可谓一言定谳。但这首《婕妤怨》咏班婕妤故事，却是写得形象生动，感情突出，极有感染力。

全诗八句，一、二两句叙本事，写其失宠久不见君王。三、四两句写其闲居无聊之态，但不是直接叙述，而选择玉阶、团扇两个典型的意象以见其余，以一当百。五、六两句写环境之荒落，并从苔暗阶除，草芜高殿暗示其失意已久，意藏象内。最后两句写黄昏已临，来人履綦声绝，漫漫长夜又开始，婕妤的凄怨之情，达到高潮，泪湿颜面，有如雨浸。

这首诗，虽为第三人称写法，但抒情性很强，而且在写法上，讲究典型性、烘托性、暗示性，开了六朝、唐人抒情短诗的法门，其影响可称深远。从结构来讲，此诗的八句四层，其点题本事、接叙、转笔、最后集中抒情。这种章法，对六朝、唐人的五言律诗有直接的影响。

绿珠

绿珠，石崇妾。生卒年、籍贯等均不详。

懊侬歌[1]

丝布涩难缝，令侬十指穿。黄牛细犊车，游戏出孟津。

注释

〔1〕懊侬歌：是《乐府诗集》吴声歌曲的一个种类。懊，懊恼。侬，我，吴地方言。懊侬，即恼侬的意思。这一首诗，根据《古今乐录》，为西晋石崇妾绿珠所作，也是后来吴声《懊侬曲》的始曲。此诗所写到的孟津，是古代洛阳旁边的津渡，西晋时是一个著名游玩场所。这种情况最能说明，吴声在西晋时，已经从南方的吴地传到北方的洛阳一带。明代邝湛若《赤雅》一书记叙广西桂州一带的风俗，其中“四姓髻鬟”条记载，当地女子的髻样，“有望仙，有怀人，有双蛇，有孤凤，有浓春，有散夏，有懊侬，有万叠愁，有急手妆”，等等。

绿珠是石崇从广西博白买来的妾。或者其所用“懊侬”一词，正是广西当地的方言。

鉴赏

此诗写一女子做女红时的烦恼心情，或许也表现她心中的某种情思。前两句说，丝布涩而难缝，时时扎伤了指头。这是一种不仅在心理上，而且在生理上都带来痛苦的室内劳作，且极无聊难耐。后两句突然一转，写乘驾着黄牛细犊的小车，到黄河边的孟津来游戏。这两句所写，可以理解为女子在缝丝布时心中所想的事情，比起理解为直接发生的事情，更加有趣。当主人公在这样想时，也不排除她心中漾起的另外一些情思。这更增加了这首诗所启示的丰富空间。这样的一个结构，既自然，而又巧妙。

很明显，绿珠的这首歌，不一定是自叙，所写的也不是贵族女子，而是咏一个劳动的女子。所以，这首诗其实还是带有民歌的性质的。

左 思

左思（250？—305？），字太冲，齐国临淄（今山东淄博市临淄区）人。出身寒门，貌丑口拙，不喜交游，仕进很不得意。曾以十年构思写成《三都赋》，为时所重。左思诗常含讽喻，意气豪迈，语言简劲有力，绝少雕琢，继承了汉魏风骨，是晋诗中第一流的作品。

咏史诗八首（其一）[1]

弱冠弄柔翰[2]，卓荦观群书[3]。著论准过秦[4]，作赋拟子虚[5]。边城苦鸣镝[6]，羽檄飞京都[7]。虽非甲胄士[8]，畴昔览穰苴[9]。长啸激清风[10]，志若无东吴[11]。铅刀贵一割[12]，梦想骋良图[13]。左眄澄江湘，右盼定羌胡[14]。功成不受爵，长揖归田庐。

注 释

〔1〕左思《咏史》组诗共八首，不专咏古人古事，而是借以抒写自己的

怀抱和不平之气。本篇是第一首，可以看作是序诗。胡应麟《诗薮》外编卷二："《咏史》之名，起自孟坚（班固），但指一事。魏杜挚《赠毌丘俭》，叠用八古人名，堆垛寡变。太冲题实因班，体亦本杜，而造语奇伟，创格新特，错综震荡，逸气干云，遂为古今绝唱。"

〔2〕弱冠：《礼记·曲礼》："人生二十曰弱冠。"古时男子二十岁成人，行冠礼，体犹未壮，故曰弱冠。此处泛指青少年时期。柔翰：毛笔。

〔3〕卓荦（luò）：一般是赞誉人物卓越超群，风骨气度远在众人之上。此处是广博兼综之意。左思《吴都赋》在形容吴都地域之广时云："故其经略，上当星纪，拓土画疆，卓荦兼并，包括干越，跨蹑荆蛮……"以"卓荦"形容土域之广，其义略同。

〔4〕过秦：即贾谊《过秦论》，论体的代表作。余冠英《汉魏六朝诗选》："《过秦》是贾谊《新书》中的一篇。后人分为三篇，题为《过秦论》（以《过秦》为论似始于此诗）。"

〔5〕子虚：即司马相如《子虚赋》，赋体的代表作。

〔6〕鸣镝：即嚆矢，响箭的镞，见前曹植《名都篇》注释。

〔7〕羽檄：紧急军情文书。见前曹植《白马篇》注〔11〕。这里可能是指晋武帝咸宁五年（279）对孙皓和凉州羌胡机树能部的战争。《晋书·武帝纪》："咸宁五年十一月，大举伐吴。"伐吴诏书曰："孙皓犯境，夷虏扰边。……上下勠力，以南夷句吴，北威戎狄。"

〔8〕甲胄：即衣甲与头盔。甲胄士，战士。

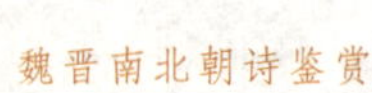

〔9〕畴昔：以往。穰苴（ráng jū）：《司马穰苴兵法》的简称，这里泛指兵书。穰苴，春秋时齐国人，姓田氏。齐景公时因军功封大司马，因称司马穰苴。

〔10〕长啸：啸为嘬口发声。魏晋名士中盛行用长啸来抒发各种感情与感受，近于艺术表现。长啸激清风，言诗人舒啸以抒壮怀。

〔11〕东吴：三国时的吴国，因在东方而得此名。

〔12〕铅刀：铅做的刀，以质软而不能久用。一割之后，就不能用了。《后汉书·班超传》载章帝建初三年（78）班超疏云："臣质顽驽，器无铅刀一割之用。"言铅刀虽钝，有一割之用也好；借以自谦才拙，但仍必求一用。

〔13〕骋良图：施展报国的志愿与长策。

〔14〕"左眄（miǎn）"二句：晋武帝咸宁五年（279）伐吴诏书"南夷句吴，北威戎狄"之意。江湘，长江、湘水一带，当时属东吴，地处东南，故曰"左眄"。眄，斜着眼睛。盻（xì），怒视。羌胡，即"五胡"中的羌族，分布在甘肃、青海一带，地处西北，故曰"右盻"。

鉴赏

此诗是《咏史》八首的第一首，回忆平生的志行、大节和曾经有过的建功立业的理想。此诗虽题为咏史，其实是自述性的。自述是魏晋诗的一个重要类型，左思此诗具有代表性。

首四句自叙生平大节，简而有法。“弱冠弄柔翰，卓荦观群书”，是说早年善属文，并且博览群书。这是魏晋时期一部分寒素士人的治学方式，不同于皓首穷一经的汉儒。“著论准过秦，作赋拟子虚”，这两句是承上“弄柔翰”而来，说的是著述方面的事情。左思说自己的文章能取法先贤，制作俱有所本，文风纯正。

从“边城苦鸣镝”以下，回顾生平从军报国之愿。在左思青年时期，吴国尚存，国家还没有统一。灭吴是晋初重要国策，所以寒素之士，常有从军建功之愿望。这几句说因为边城苦于强敌之扰，军情紧急，所以虽然不是军人，只是一介书生，但也有从军之愿。盖国家兴亡之责，人人皆有，何况我从前还曾读过兵法之书。“虽非”句隐承前面“弱冠”四句，“畴昔”句与“卓荦观群书”句意亦相连，正因是一位卓荦观群书的才士，这时候正好起到作用了。如果皓首穷经，不闻世事，岂能知兵家之事？谭元春评曰：“‘畴昔览穰苴’，运笔妙；‘功成不受爵’，行径高，卓荦读书人得力在此。”（《古诗归》）正是这个意思。

“长啸激清风，志若无东吴。铅刀贵一割，梦想骋良图。左眄澄江湘，右盼定羌胡。”此六句一气贯下，意气风发，真是快语！左思作为诗人的浪漫气质，也淋漓尽致地表现出来了。此书生从军之浪漫梦想，与真正的战争体验自然不同。

“功成不受爵，长揖归田庐。”建立了震天动地的功业，为国家社稷造福无穷，而功成之后，不居功受禄，而是长揖君王，回到田

园之中。这个梦想，不知道诱引过多少中国古代的书生。李商隐诗云："欲回天地入扁舟。"（《登安定城楼》）

这首诗因为属于自述，所以有不少地方涉及行为、动作、态度，用了好多动词与形容词。如"论"称"著论","赋"称"作赋","著""作"二字,用得很恰当。"准过秦""拟子虚",准为准则,拟为摹拟。再如"激清风"之"激"，"骋良图"之"骋"等字，也都置字准确，不可移易。可见左诗虽然以风骨见称，但置字造语，极其精当，具有很高的修辞艺术。刘勰评建安诗风时说："造怀指事，不求纤密之巧；驱辞逐貌，唯取昭晰之能。"（《文心雕龙·明诗》）正可以用来评价左思的诗风。

咏史诗八首（其二）

郁郁涧底松〔1〕，离离山上苗〔2〕。以彼径寸茎，荫此百尺条〔3〕。世胄蹑高位，英俊沉下僚〔4〕。地势使之然〔5〕，由来非一朝。金张藉旧业，七叶珥汉貂〔6〕。冯公岂不伟〔7〕，白首不见招。

注释

〔1〕郁郁：葱郁茂盛貌，《古诗》："郁郁园中柳。"

〔2〕离离：下垂柔软的样子。苗：草木初生称苗。

〔3〕径寸茎：仅长一寸的苗茎，极言苗之短小。百尺条：高百尺枝条，极言松之高大。

〔4〕“世胄（zhòu）”二句：世，世族。胄，原义为长子。世胄，即世家子弟，具体指魏晋时期门阀制度下享受政治特权的高门士族。英俊，英才贤俊。下僚，下层官吏。

〔5〕地势：此指社会的地位与阶层。

〔6〕“金张”二句：汉朝金日磾（mì dī）与张汤两族，世代为高官。七叶，七世。《汉书·金日磾传赞》：“七世内侍，何其盛也。”又同书《张汤传》：“张氏子孙相继，自宣、元以来，为侍中、中常侍者凡十余人。功臣之后，惟为金氏、张氏亲近宠贵，比于外戚。”珥（ěr），插带。貂，貂尾，汉代侍中、中常侍冠上的装饰。

〔7〕冯公：冯唐。汉文帝时冯唐年老，仍在郎署为官，汉文帝过而问之。事见《史记·张释之冯唐列传》。荀悦《汉纪》：“冯唐白首，屈于郎署。”冯唐进言文帝要重视有能力的边将，文帝命其持节去云中，赦免因为上首功不实遭贬的魏尚，帝拜冯唐为车骑都尉。

鉴赏

此诗反映魏晋贵族特权社会下寒素有才之士所遭受的不公平的待遇。开头四句用比法。以“涧底松”喻沉于下僚之位的才士，“郁

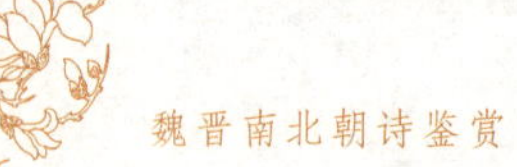

郁”极言其才华茂盛，“涧底”见其地势之低。以“山上苗”即高山顶上的弱草来喻世胄无能之人。“离离”极言其才具之薄，“山上”见其地势之高。“世胄蹑高位，英俊沉下僚”是一篇主题。“蹑”“沉”二字用得恰切，极见效果。“由来”以下，引汉史以为证，即所谓“咏史”之所在。但左氏咏史，旨在讽今，并且常常直接写今事，然后以史事证明。所以讽今是主，咏史是客。但讽今主题之所以能够深化，却在将现实的事情引到历史之中。这样做，不仅取得丰富的历史事实来充分表现这些主题，而且能获得一种正义的力量，从单纯抒发个人的怨情，提升到为同类诉不平，揭示了社会的问题。而且从单纯地揭示现实问题，进而深化到揭示历史的问题。诗人在伸说正义时，是带有激越的情感的。

此诗事象鲜明，语言明快，尤其是形容词、动词的使用都很恰当。诗人无意于属词比事，但语言艺术极高。又此诗结构极整，首四句是比。中间“世胄”两句赋出本题，“由来”两句进一步深化主题。最后四句举史为证，“金张”回应“世胄”一句，“冯公”回应“英俊”一句。

咏史诗八首（其五）

皓天舒白日〔1〕，灵景耀神州〔2〕。列宅紫宫里〔3〕，飞宇若云浮〔4〕。峨峨高门内〔5〕，蔼蔼皆王侯〔6〕。自非攀龙客〔7〕，何为欻来游〔8〕。被褐出阊阖〔9〕，高步追许由〔10〕。振衣千仞冈，濯足万里流〔11〕。

注释

〔1〕皓天：明亮的天空。

〔2〕灵景：指日光。神州：赤县神州的简称，此处指皇都。

〔3〕紫宫：星垣名，指天上紫微宫。此处喻皇宫。

〔4〕宇：屋檐。古代宫殿的屋檐像飞动的鸟翼，故云“飞宇”。若云浮：形容地势之高，殿阁之多。

〔5〕峨峨：高耸貌。

〔6〕蔼蔼：盛多貌。

〔7〕攀龙客：指追随帝王将相以求取功名利禄者。扬雄《法言·渊骞》：“攀龙鳞，附凤翼。”

〔8〕欻（xū）：忽。

〔9〕被褐：褐为平民服装。被褐指庶民的身份。阊阖：原指天门，后多指皇都之门。晋时洛阳城有阊阖门。

〔10〕高步：犹言“高蹈”，远行隐遁。许由：传说中唐尧时的隐士。尧让天下给他，他不肯接受，逃到箕山下隐居耕作。尧召他为九州长，他不想听，洗耳于颍水滨。事见《高士传》。

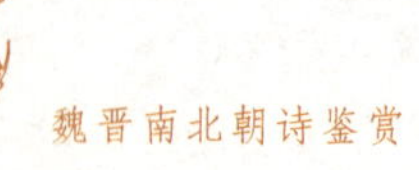

〔11〕“振衣”二句：《文选》李善注引王粲《七释》：“濯身乎沧浪，振衣乎高岳。”仞，七尺为仞。千仞，极言其高。

鉴赏

此诗实际上是写左思来到皇都追求个人的政治理想，最终发觉在一个特权阶层把持政权、等级森严的社会，一介寒素之士不可能有这样的机会，于是以古代藐视权位的高士自勉，去追求真正自由地舒展个性的隐逸生活。

这首诗的好处，是作者在表现上述思想感情时，一点都不用直接陈述的语言，而是全用景象来显示。比如开头“皓天舒白日”这四句，是用颂的笔法来写皇都、皇宫的壮丽与气象，用白日来映衬。这其实是反映了左思最初来到洛阳时那种激动、满怀理想的心情。接下“蔼蔼高门内”这两句，从文气来看，好像还是接着前面的颂的写法，但其实已经转变为讽的笔法了。这种转变笔法实在高妙。接下来“自非攀龙客”，是接“蔼蔼”两句得出的结论，但已经转到正面地表达自已的看法，于是顺流直下，写自己被褐出都，高步追许由，并振衣高冈、濯足长流，即过自由清高的生活。这是作者新的人生理想。作者从追求政治出路的旧理想转为这种新理想，表达了认识现实之后思想上的觉醒与人格的独立。

这首诗的思想情感极为鲜明，但都是藉着丰富生动的形象来表达的。这种意与象游的写法，造成风骨峻朗的美感，使这首诗具有了味之无穷的滋味。全诗几层转变，全用意象自身来完成，几乎未加抽象的议论，这其中也体现一种“气”的作用。文以气为主，在左思的《咏史》中体现最为突出。

杂诗

秋风何冽冽〔1〕，白露为朝霜。柔条旦夕劲〔2〕，绿叶日夜黄。明月出云崖，皦皦流素光〔3〕。披轩临前庭，嗷嗷晨雁翔〔4〕。高志局四海，块然守空堂〔5〕。壮齿不恒居〔6〕，岁暮常慨慷。

注释

〔1〕冽冽：寒冷貌。

〔2〕“柔条”句：是说春夏时柔韧的枝条，到了秋冬变得硬脆了。劲，硬。

〔3〕皦（jiǎo）皦：白净貌。素光：白色的光。这是写秋月，它给人的感觉是白的。

〔4〕嗷嗷：众声喧哗貌。

〔5〕“高志”二句：是说有高迈的志愿，四海犹以为局促；然而却不行动，

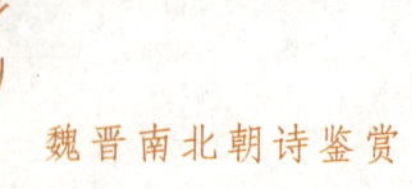

块然困守在空堂。

〔6〕壮齿：壮年。不恒居：不长留。

鉴赏

这首诗慨叹志不获酬而老之将至，表现的是一个寒士的形象。《文选》李善注曰："于时贾充征为记室，不就。因感人年老，故作是诗。"此诗效果的获得，首先是连续使用表现秋天的意象，从秋风之烈、白露化霜，柔软的枝条变劲硬，在秋风挣扎，嫩绿的叶子日夜在变黄。乃至秋月流晖，秋雁南翔。这许多稠叠纷错的意象，突出了"秋"的主题。而写"秋"是为了叹老。人生的渐老，亦如季节的入秋。这原是中国文学常用的连类譬喻之法，前人也写了很多。但作者这里如此集中地用这些意象，并且每一个意象中，都包含一种紧急的感觉。因而成功地传达出老之将至，时不我待，志不能酬的情感，使读者产生强烈的同情与共鸣。最后四句，是直接写这个主题，情极慷慨，意极苍凉。

左思、阮籍等人的诗歌有一个特点，就是比兴之语多，待到直接写到所比兴之事时，往往是极简短的，但又极明白。如此诗，前八句全是物象，是比兴，后面写到本意，只有四句。所谓汉魏诗歌的兴寄做法，正是这样。

张 协

张协（？—307），字景阳，安平武邑（今河北省武邑县）人。清简寡欲，晚年屏居草泽，以吟咏自娱。张协诗描写生动，造语清警。西晋诗人中，左思之外，推为高作。

杂诗十首（其一）〔1〕

秋夜凉风起，清气荡暄浊〔2〕。蜻蛚吟阶下〔3〕，飞蛾拂明烛〔4〕。君子从远役〔5〕，佳人守茕独〔6〕。离居几何时，钻燧忽改木〔7〕。房栊无行迹〔8〕，庭草萋以绿〔9〕。青苔依空墙，蜘蛛网四屋。感物多所怀，沉忧结心曲。

注 释

〔1〕本篇为张协《杂诗十首》的第一首。

〔2〕荡：洗涤。暄：暖。

〔3〕蜻蛚（jīng liè）：蟋蟀的一种。

〔4〕飞蛾：虫名，夜出，见灯火即飞扑，俗称“灯蛾”。

〔5〕君子：指游子。

〔6〕佳人：指思妇。茕（qióng）独：孤独。

〔7〕“钻燧”句：取火之木改变，意思是时节变化很快。燧，火石。钻燧，用火石钻木以取火。季节不同，取火之木也不同。《邹子》云：“春取榆柳之火，夏取枣杏之火，季夏取桑柘之火，秋取柞楢之火，冬取槐檀之火。”

〔8〕房栊：房室。

〔9〕萋以绿：一作“萋已绿”。

鉴赏

这是一首思妇诗。汉魏时写征夫思妇之诗，多是直抒其情，直叙其事。张华《情诗》，则多用细腻的环境描写来衬托，张协此诗进一步发展晋诗的这种新技法，全诗完全是通过节物环境的描写来展现主人公的内心活动。在这方面，我们可以看到晋诗在艺术上的一些发展。

诗的前四句写秋夜的景象，值得注意的是，这种景物描写并非纯粹地为写景而写景，而是包含着时光在流动的意识。“秋夜凉风起，清气荡暄浊”，秋的清凉代替了夏的暑热。“蜻蛚”两句写两种代表性的秋夜的事物，“蜻蛚”与“飞蛾”。主人公对这些小生物的关注，正是其内心寂寞的表现。晋宋古诗，比兴渐入于体物，而比兴之意仍在。

通过上面这四句，已经创造出一种气氛，一种适宜于思妇的感情活动的气氛。接下来八句，是正面地表现思妇生活的部分，实属于本诗中赋事的部分。中间又分两层，从“君子从远役”到“钻燧忽改木”是正面叙述夫妇离居的事情，是本诗的基本情节。从“房栊无行迹”到“蜘蛛网四屋”这四句，则进一步用环境的荒芜萧条衬托思妇的寂寞心情，其实也包含着对其情深而贞静的暗示，当然也有怨的成份在内。这种景象之语，包含的情思本来就是很丰富的，所以才会有味之无尽的效果。张协诗善于写物，此处四句，每句都完整地表现出一种事物。所用之词，如“萋以绿”“依空墙”“网四屋”都很准确。钟嵘说张诗“巧构形似之言”，正指这些地方。李白《长干行》“门前旧行迹，一一长绿苔”，似借鉴于此。

最后两句点出感物怀人的主题，“沉忧结心曲”五字，造语古朴有力，后人拟古诗，多于此等处取形似。诗句是说眼前之景物（即前四句所写）引发诸多思忆，沉重的忧思纠结于内心深处。吴淇《六朝选诗定论》卷九：“此诗前云‘蜻蛚’云云，尚未感物，只是感时而思。凡人所思，未有不低头。低头则目之所触，正在昔日所行之地上。房栊既无行迹，意者其在室之外乎？于是又稍稍抬头一看，前庭又无行迹，惟草之萋绿而已。于是又稍稍抬头平看，惟见空墙而已。于是不觉回首向内，仰屋而叹，惟见蛛网而已。如此写来，真抉情之三昧。”

刘琨

刘琨（271—318），字越石，中山魏昌（今河北无极）人。年二十六为司隶从事，以文咏称，为贾谧“二十四友”之一。永嘉元年（307）为并州刺史，赴任途中，备尝艰阻，联合各方力量抗击匈奴刘渊、刘聪，志欲恢复中原。后来同盟者段匹磾承王敦旨意，矫诏杀之。

扶风歌〔1〕

朝发广莫门〔2〕，暮宿丹水山〔3〕。左手弯繁弱〔4〕，右手挥龙渊〔5〕。顾瞻望宫阙，俯仰御飞轩〔6〕。据鞍长叹息，泪下如流泉。系马长松下，废鞍高岳头〔7〕。烈烈悲风起，泠泠涧水流。挥手长相谢，哽咽不能言。浮云为我结，归鸟为我旋。去家日已远，安知存与亡。慷慨穷林中，抱膝独摧藏〔8〕。麋鹿游我前，猿猴戏我侧。资粮既乏尽，薇蕨安可食〔9〕。揽辔命徒侣〔10〕，吟啸绝岩中。君子道微矣〔11〕，夫子故有穷〔12〕。惟昔李骞期，寄在匈奴庭。忠信反获罪，汉武不见明〔13〕。我欲竟此曲，此曲悲且长。弃置勿重陈，重陈令心伤〔14〕。

注释

〔1〕扶风歌：乐府诗，《文选》列入乐府杂歌类，郭茂倩《乐府诗集》归入杂歌谣辞类。扶风，郡名，在今陕西泾阳。这首诗，《文选》作一首，《乐府诗集》著录时，分为一题九首，每四句为一首。其实是一首诗中的九解。“解”是汉魏乐府乐曲演奏的停顿、间歇部分。各解之间自成段落，所以也可以说一解就是一段。此诗的创作时间，余冠英《汉魏六朝诗选》（第174页）和北京大学中国文学史教研室选注《魏晋南北朝文学史参考资料》（中华书局1978年，第311页），都认为是作于永嘉元年出任并州刺史时。清人何焯《义门读书记》认为“此诗疑为段氏所幽而作”。此处依据何氏所说，具体分析可参见拙作《魏晋南北朝诗歌史述》（北京大学出版社2005年，第268页）。

〔2〕广莫门：都城洛阳的东北门。刘琨从此门出发赴并州。

〔3〕丹水山：即丹朱岭。《汉书·地理志》：“高都县莞谷，丹水所出也。”在今山西晋城、高平县北。丹水见《山海经·西山经》：“又西百七十里，曰南山，上多丹粟，丹水出焉。”

〔4〕繁弱：古代一种大弓的名字。

〔5〕龙渊：古代一种宝剑的名字。此处是写自己左挽强弓，右挥宝剑，

志欲抗敌赴难。

〔6〕“顾瞻”二句：写自己一方面留恋皇都，另一方面又急急地赴任，因为此番赴任，肩负联合北方力量，共同抗击匈奴刘氏的任务。顾瞻，回头瞻望。宫阙，首都洛城的宫阙。飞轩，飞车。闻人倓《古诗笺》：“言车之轻捷如欲飞也。”

〔7〕废鞍：言卸下马鞍。一作“发鞍”。张云璈《选学胶言》：“《晋书·袁瓌传》：‘魏武身亲介胄，务在武功，犹尚废鞍览卷，投戈吟咏。此‘发鞍’或作‘废鞍’，与上‘系马’合。”高岳头：高山顶上。

〔8〕摧藏：《文选》李善注：“《琴操》：《王昭君歌》‘离宫绝旷身摧藏’。”《古诗为焦仲卿妻作》：“未至二三里，摧藏马悲哀。”闻一多《乐府诗笺》《焦仲卿妻》注，摧藏即凄怆之音转。

〔9〕薇蕨：薇和蕨，两种野菜。《诗经·召南·草虫》“言采其薇”“言采其蕨”。又《史记·伯夷叔齐列传》有伯夷叔齐穷饿采薇的故事。

〔10〕揽辔：揽住马缰绳。因为缰绳连着马辔。《后汉书·党锢传》：“(范)滂登车揽辔，慨然有澄清天下之志。”

〔11〕道微：即《周易·否》彖辞曰：“小人道长，君子道消。”

〔12〕“夫子”句：《论语·卫灵公》：“在陈绝粮，从者病，莫能兴。子路愠见曰：‘君子亦有穷乎？’子曰：‘君子固穷，小人穷斯滥矣。’”

〔13〕“惟昔”四句：用李陵之事自喻。李，李陵。骞（qiān）期：愆期。骞，同“愆”，耽误。寄在匈奴庭，李陵孤军深入，力战而败，暂降匈奴

以图后用。汉武帝听信谗言，认为他真的投降了，杀其家属，让他感到绝望。刘琨联合匈奴、鲜卑各部力量抗击刘渊、刘聪及石勒的势力，后来又被段氏所拘。段氏承王敦旨意，并以朝廷的名义矫诏杀之。一定要给他加一些罪名，比如用他儿子刘群与鲜卑末波联盟这样的事，来坐实其投敌的罪名。因为这种罪名是以朝廷名义加诸刘琨的，所以刘琨感叹自己不为朝廷所知，忠信而获罪，类似于李陵的遭遇。《晋书·刘琨传》记载，刘琨被杀害后，朝廷因为段氏势强，并且还想让他为国讨石勒，不为刘琨举哀，也就是默认了王敦、段匹磾矫诏的行为。后来刘琨的旧部卢谌、崔悦等上表为刘琨疏理，其中正是说段氏矫诏杀刘的事情。温峤也上疏理之。东晋元帝才降命吊祭，赠侍中、太尉，谥曰愍。

〔14〕“我欲”四句：这四句是汉魏乐府中的一种常用之语。

鉴赏

这是一首乐府诗，叙事与抒情兼用，篇幅比较长。因为作者所要写的事很纷错，所要表达的感情很复杂，所以只有用较长的篇幅，才能比较尽情地表达。但此诗又不像蔡琰的《悲愤诗》那样，采用时间顺序、原原本本地叙述自己的不幸遭遇；也不像曹植的《赠白马王彪》那样，集中地写一个时间内的离情别绪，并且采用顶真的方式，首尾衔接，把情感的各个方面逐层地抒写出来。此诗虽有一

个从离开洛阳到困守穷林的时间线索，但中间却不是有伦有序的，而是一个画面、一个画面地跳出来。我们分析一下，有这样几个画面：诗人朝发洛阳广莫门，暮宿在丹水山。其形象则是左弯繁弱，右挥龙渊，在眷恋顾望洛阳宫阙的心情中，驾御飞车而去。此时其情感极为悲慨，以至于泪下如泉。那么这一个画面与形象表现了什么呢？诗人只写他的行动，却不写造成此番离开洛阳，悲愤踏上征途的背景与原因。这就是抒情诗的叙事方式。它往往不交代事件的背景与原因，甚至也不注重情节的完整性。要那样做的话，就是散文的方法了，尤其是散文中的史传。其下“系马长松下”八句，是写途中情形。作者在洛阳为匈奴所占、王室播迁时匆匆离开洛阳，踏上寻找时机抗敌保国的征途。但这个主要事件，却不是原原本本地写出来的，而是影影绰绰地藏在写游子征途艰辛的一系列意象中的。系马长松之下，发鞍高岳之巅，悲风烈烈，流水泠泠，与乐府《陇头歌》所写情形颇为相近。其中挥手相别，悲动浮云与飞鸟，表面上看，都是一些游子征途的情形。诗中的“去家日已远，安知存与亡”，仍然是典型的游子诗的感喟之词。甚至于“慷慨穷林中”这一段，是写其所经历的种种艰难之境。这一段的写法，让我们想起曹操《苦寒行》中描写途中艰难的那些文字。待到最后“君子道微矣”这几句，才露出被段氏所囚的情事。段匹磾是以他联盟末波，叛逆朝廷的名义来拘囚他的。作者仍没有正面写，而是用引古以自明的写法。

诗人引古人忠信获罪以自宽，亦所谓古来圣贤皆有这种遭遇。

这首诗是自述其在剧乱中离开洛阳，走上抗敌的征途，最后不幸失败的经历。但却全用游子诗的写法。我们只要对比一下史传的纪事性文字，就可以发现这一点。这其实也是一种比兴之法。曹操的《苦寒行》也是这样的写，此诗深受曹诗的影响。传统认为，这首诗是典型的继承建安风骨之作。元好问论诗绝句说："可惜并州刘越石，不教横槊建安中"，差不多是拿曹操来比刘琨了。的确，他的这种苍凉的气质，慷慨的情绪，与建安诗人之作是相近的。

王 谠

王谠（生卒年不详），字正长，义阳（今河南新野一带）人。太康中为太子舍人，惠帝时拜侍中。永嘉中为陈留内史，曾击败石勒，后为石勒所杀。

杂 诗

朔风动秋草〔1〕，边马有归心。胡宁久分析〔2〕，靡靡忽至今。王事离我志〔3〕，殊隔过商参。昔往鸧鹒鸣〔4〕，今来蟋蟀吟〔5〕。人情怀旧乡，客鸟思故林〔6〕。师涓久不奏〔7〕，谁能宣我心。

注 释

〔1〕朔风：北风，寒风。

〔2〕分析：即离析，分离的意思。

〔3〕王事：朝廷之事，公家之事。《诗经·邶风·北门》："王事适我，政事一埤益我。"离我志：牵系着我的情志，这里的"离"，当"附着"

来解。

〔4〕鸧鹒：即仓庚，《艺文类聚》作“仓庚”，黄莺，鸣于春。《诗经·豳风·七月》：“春日载阳，有鸣仓庚。”

〔5〕蟋蟀吟：《诗经·豳风·七月》：“十月蟋蟀入我床下。”王褒《圣主得贤臣颂》：“蟋蟀俟秋吟。”

〔6〕“人情”二句：六臣本《文选》作“人情旧乡客，鸟思栖故林”。

〔7〕“师涓”句：师涓，春秋时卫国的乐师。《韩非子·十过》：“卫灵公将至晋，至濮水之上，税车而放马，设舍以宿，夜分而闻鼓新声者而悦之，使人问左右，尽报弗闻，召师涓而告之曰：‘有鼓新声者，使人问左右，尽报弗闻。其状似鬼神。子为听而写之。’师涓曰：‘诺。因静坐鼓琴而写之。’师涓明日报曰：‘臣得之矣。’”按：据后来师旷所说，师涓得于濮水之上的这一支，属声悲的清商曲子。所以，王赞这里的意思，是说没有人能像师涓一样，鼓奏一曲清商之曲，来宣释我的悲心。

鉴赏

西晋诗歌，趋向于文采温丽，所谓“采缛于正始，力柔于建安”（《文心雕龙·明诗》），但还有一些作者，继承汉魏诗歌抒激楚之情，以风骨见长，不为雕绘之词。王赞的这首诗，就是这种风格。并且，他是明显地受到《诗经》的影响。比如《邶风·北门》那首诗中，

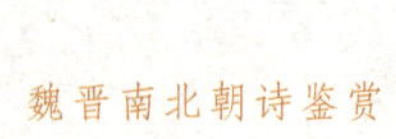

诗人感叹“王事适我，政事一埤益我”，又《周南·卷耳》等诗，多为行役者思家之事。所以，这首诗总体上说，风格是比较古质的。这些诗歌的创作，是真正的遇事感激，有感而发。

开头“朔风动秋草”是钟嵘《诗品》“直寻”之语，即用最自然的、毫无修饰的语言，将一种景象表现出来，天然之极，但却有着极为丰盈的韵味。其实这是真正的审美活动的发生，直观的形象，超越于言语之上。此下再垫一句“边马有归心”，这首诗差不多是已经成功了一半。下面四句，直接写戍边之久，没有想到，竟与故乡与亲人分开那么长久，而这一切又是多么无奈，因为主人公是为王家做事。这是没办法呀！接下来“昔往鸧鹒鸣，今来蟋蟀吟”，明显是学《采薇》诗中的“昔我往矣，杨柳依依。今我来思，雨雪霏霏”，也正是写勤劳王事的征夫的。接下说人情怀故乡，如鸟之思故林。这种语言都很朴素，但都能直击人心。最后说，今世已不可见能够像师涓那样的妙写新声的乐师，我心中的一番哀楚之情，谁能为传出。作者这样写，是感到虽然写了上述的诗句，但内心的感情，还是没法真正地抒写出来。这就是提示读者，有许多东西，还在这首诗的文字之外。可见作者写诗，并不仅仅在追琢一种文字，而是用心地抒情。

郭 璞

郭璞（276—324），字景纯，河东闻喜（今山西闻喜县）人。博洽多闻，好古文奇字，曾为《尔雅》《方言》《山海经》《穆天子传》《楚辞》等书作注。郭璞精于阴阳、历算、天文、卜筮之学。王敦谋反，郭璞以筮卦谏，被害。赋、辞、序、赞等作品数万言。诗歌富于文采。

游仙诗十九首（其一）〔1〕

京华游侠窟〔2〕，山林隐遁栖〔3〕。朱门何足荣〔4〕，未若托蓬莱。临源挹清波〔5〕，陵冈掇丹荑〔6〕。灵溪可潜盘，安事登云梯〔7〕。漆园有傲吏〔8〕，莱氏有逸妻〔9〕。进则保龙见，退为触藩羝〔10〕。高蹈风尘外，长揖谢夷齐〔11〕。

注 释

〔1〕郭璞《游仙诗》共十九首，本篇为第一首。

〔2〕游侠窟：游侠出没之所。称游侠窟者，言其聚集之多也。这里的游侠窟，

实指名利场。窟，六臣本《文选》作“客”。《诗纪》同。

〔3〕隐遁栖：隐遁者之栖所。此处“栖”，与上句“窟”对应，作名词用。

〔4〕朱门：豪门。古代贵族之门，涂以朱色。

〔5〕挹（yì）：斟。

〔6〕丹荑（tí）：丹芝，即赤芝，一种仙药。荑的原意是初生的草芽。《文选》李善注：“凡草之初生，通名曰荑，故曰丹荑。”

〔7〕“灵溪”二句：是描写山林隐遁者，盘游于灵溪之中，饮清泉，食芝草，也可以成仙，不必别求飞升之术。灵溪，水名，庾仲雍《荆州记》：“大城西九里有灵溪水。”然此处疑非实指。潜盘，隐约地盘游，指远离人世。《诗经·卫风·考槃》：“考槃在涧，硕人之宽。”潜盘，近于考槃。云梯，公输班曾造云梯为攻城之具。此处是俗语所说的天梯，即古人幻想可以上天的梯子。

〔8〕“漆园”句：漆园傲吏，指庄周。《史记·老庄申韩列传》：“庄子尝为漆园吏，楚王闻周贤，使使厚币迎，许以为相。周笑谓楚使者曰：‘亟去，无污我。’”

〔9〕“莱氏”句：莱氏逸妻，指古代隐士老莱子的妻子。逸，高逸。刘向《列女传》记载她与丈夫偕隐，丈夫有应楚王之请出来做官的意思，她说了一番话来阻止。

〔10〕“进则”二句：是说进则能做到见龙在田，退则为触藩之羝。龙见，《周易·乾》九二：“见龙在田，利见大人。”触藩羝，撞在篱笆上的羊。

羝，大公羊。此语出《周易·大壮》上六："上六，羝羊触藩，不能退，不能遂，无攸利，艰则吉。"这两句关键是这里的"进"与"退"各指什么？有两种解释，一种是《文选》李善注的说法，"进谓求仙，退谓处俗"。按照这种说法，进则龙见，是指隐身潜德，保全一种"龙见"之德，因为龙是神奇出没难为常理所测的。退则从俗出仕，但难免为触藩之羝，进退维谷。余冠英《汉魏六朝诗选》（第178页）并引《周易·乾·象》"子曰：'龙德而中正者也。'""这句是用《周易》语表示进一步高蹈便能如龙之见，保中正之美德。"这其实是接受了李善的说法。另一种则是沈德潜《古诗源》的说法，以进为仕进，退为退隐。其解曰："进，谓仕进。言仕进者为保身全名之计，退则类触藩之羝。孰若高蹈风尘外，从事于游仙乎？"北京大学中国文学史教研室编《魏晋南北朝文学史参考资料》（第342页）用此说："这二句意谓像庄子、老莱子那样的著名贤者，如果进仕，则可见重于君王，但是一旦陷入困境，那时再想退隐，就成为触藩羝了。"两说当以前说为妥。

〔11〕"高蹈"二句：是说要高蹈于风尘之外，修道游仙，谢绝世俗的名利与是非纷争。高蹈，指游仙。风尘，世俗，尘世。谢，辞别。夷齐，伯夷、叔齐。他们因为反对武王伐纣，进谏不得用，不食周粟，采薇充饥，饿死在首阳山上。他们实是被一种世间的是非所牵扯，并非传统的隐逸之士。

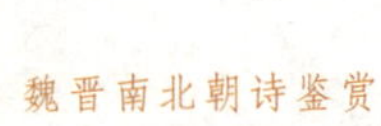

鉴赏

《晋书·郭璞传》说："惠、怀之际，河东先扰。璞筮之，投策而叹曰：'嗟乎！黔黎将湮于异类，桑梓其剪为龙荒乎！'于是潜结姻昵及交游数十家，欲避地东南。"郭璞处两晋之际的乱世，对于现实的危机有很深切的感受，对自身的前途也充满了忧虑。所以钟嵘说，他的《游仙诗》，"词多慷慨，乖远玄宗。其云'奈何虎豹姿'，又云'戢翼栖榛梗'，乃是坎壈咏怀"。郭璞的游仙诗，具体创作的时间不太清楚。陈沆《诗比兴笺》认为是在他仕于王敦时作的，认为他对王敦的谋反之意有所觉察，也感觉到自己陷在一种危险的境地中，所以作游仙诗以言怀抱。他认为诗中写的"青溪"，是荆州之地。这当然也可备一说。但是郭璞在河东的时候，就已经意识到现实的危机，就有避地之思。可见他的出世之想，由来已久。《游仙诗》所抒发的，正是他的出世避地之想，只不过是借着游仙的话题，做一番自由的畅想而已。这与汉魏诗中那些认真阐发仙术的游仙诗是不同的。但正是这样，他开拓了后世文人以游仙寄托避世之怀的传统。钟嵘认为他的《游仙诗》，好些都是表现慷慨的情绪，不是寻仙的旨趣，这是拿他同时的那些道教仙真诗来衡量，其实游仙诗的正宗，正是反映文人因不满于现实而追求自由的愿望。所以，我们提到古代的游仙诗，常常要举郭氏为代表。

这一首带有序诗的味道，其实也交代了诗人游仙之想的来由，所表现的主要是避世的思想。开头两句，以京华名利交结的游侠窟与山林隐栖之所相比较。接下说，朱门之荣不足留恋，不如求仙访道，托身于蓬莱。这四句，不仅是本诗的开头，实在也可视为他这一组游仙诗的“序论”。

接下来所写的内容，并非从“未若托蓬莱”这一句引下来，而是从“山林隐遁栖”这一句引下来的，是具体地写游盘于山水中的非凡乐趣。诗人写这种乐趣时，是带有仙气的，所以说“灵溪可潜盘，安事登云梯”。这也就是“人间仙境”可居的意思。最后，诗人以漆园傲吏、莱氏逸妻自比，认为其之所以能超越于世，端在于思想上摆脱世纷，以清贫朴素自守。至于伯夷、叔齐，虽然也在避世，却未免陷于一种政治上的是非纷争之中，最后饥死首阳。作者认为这不是可取的人生选择。看来作者是想选择一条能超越现实是非纷争之上、以一种“游”的方式来处世，并能保全自身的性命。这种玄远的思想，找不到更合适的寄托形象，于是就将其寄托在游仙的形象之上。

阮籍的诗文，常常表现对伯夷、叔齐的一种向往，郭璞却认为夷、齐二人，未能外于世纷。这却有了从避人到避世的一种发展。这能帮助我们了解郭璞游仙诗发生的原因。

此诗最吸引人的地方，在于写出山林幽深之境，以及隐遁之士的丰富的乐趣。

游仙诗十九首（其三）

翡翠戏兰苕〔1〕，容色更相鲜。绿萝结高林〔2〕，蒙笼盖一山。中有冥寂士〔3〕，静啸抚清弦〔4〕。放情凌霄外〔5〕，嚼蕊挹飞泉。赤松临上游〔6〕，驾鸿乘紫烟。左挹浮丘袖〔7〕，右拍洪崖肩〔8〕。借问蜉蝣辈〔9〕，宁知龟鹤年〔10〕。

注释

〔1〕翡翠：珍禽名。赤羽雀，雄赤曰翡，雌青曰翠，见《说文》。毛色多样，十分鲜丽。兰苕：兰花。《文选》李善注："言珍禽芳草，递相辉映，可悦耳之甚也。兰苕，兰秀也。"

〔2〕绿萝：松萝，一种善于攀援的蔓生植物。《诗经·小雅·頍弁》："茑与女萝，施于松柏。"郭氏这一句出于此。

〔3〕冥寂士：隐居玄默之士。

〔4〕静啸：独自舒啸。啸，魏晋名士流行的一种口技。成公绥有《啸赋》。抚清弦：抚弹清琴。

〔5〕放情：舒放情志。情在这里是指一种方外之情。凌霄外：出于云霄之上。

〔6〕赤松：即赤松子。《列仙传》记载他是神农时的雨师，服水玉，教神农，

能入火不烧，至昆仑山，常常停居在西王母那里。

〔7〕浮丘：仙人名。《列仙传》记载他曾接王子乔上嵩高山。

〔8〕洪崖：仙人名。《列仙传》记载他与另一仙人卫叔卿博戏，叔卿称他为洪崖先生。张衡《西京赋》中写到平乐馆仙戏中，有“洪崖立而指麾”这样一个情节。

〔9〕蜉蝣（fú yóu）：朝生暮死的生物，见《大戴礼·夏小正》。古人以蜉蝣喻生命之短暂。这里的蜉蝣辈，是指神仙长生之士眼中的生命短暂的凡人。

〔10〕龟鹤：龟与鹤都活得久，古人用以比喻长寿之人。这里是指游仙之人，能够长生不老。

鉴赏

此诗写冥寂求道之士最终得与仙人相遇，长生久视，得龟鹤之年，非世人命如蜉蝣者能够知道的。其意已由保生全身，进展到求长生成仙了。

诗的头四句，是写幽栖之境，写景极为鲜明生动。翡翠游戏兰苕之上，珍禽芳草，相映成趣，所以作者以“容色更相鲜”评之。绿萝结于高林，葱茏地覆盖在山坡之上。这几句暗示此处迥非凡境，为后面冥寂之士的活动，创造了一个合适的环境。接下正面地写冥寂之士的方外游仙之乐。放情云霄之外，嚼芳蕊，挹飞泉，过的不

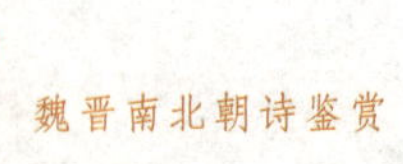

是凡人的生活。因此能进入仙境与传说中的神仙相遇。

从游仙诗的角度来说，这是一首比较典型的游仙之作。其塑造的境界，对后世类似的诗歌有影响。

游仙诗十九首（其五）

杂县寓鲁门，风暖将为灾〔1〕。吞舟涌海底〔2〕，高浪驾蓬莱。神仙排云出，但见金银台〔3〕。陵阳挹丹溜〔4〕，容成挥玉杯〔5〕。姮娥扬妙音〔6〕，洪崖颔其颐〔7〕。升降随长烟〔8〕，飘飖戏九垓〔9〕。奇龄迈五龙〔10〕，千岁方婴孩。燕昭无灵气〔11〕，汉武非仙才〔12〕。

注释

〔1〕“杂县”二句：言海上将起大风。杂县，海鸟名，又名爰居。《国语·鲁语上》：“海鸟曰‘爰居’，止于鲁东门之外三日。臧文仲使国人祭之。展禽曰：‘越哉！臧孙之为政也。夫祀，国之大节也。而节，政之所成也。故慎制祀以为国典。今无故而加典，非政之宜也。……今海鸟至，己不知而祀之，以为国典，难以为仁且智矣。……今兹海其有灾乎？夫广川之鸟兽，恒知避其灾也。’是岁也，海多大风，冬暖。”贾逵注：

"爰居，杂县也。"鲁门，鲁国城门。

〔2〕涌：一作"浮"。

〔3〕金银台：传说中神仙世界的金银楼台。《汉书·郊祀志》："自威、宣、燕昭使人入海求蓬莱、方丈、瀛州。此三神山者，其传在勃海中，去人不远。盖尝有到者，诸仙人及不死之药皆在焉。其物、禽兽尽白，而黄金、银为宫阙。未至，望之如云。及到，三神山反居水下。"

〔4〕陵阳：古仙人陵阳子明。刘向《列仙传》："陵阳子明者，铚乡人也。好钓鱼于旋溪，钓得白龙。子明惧，解钩，拜而放之。后得白鱼，腹中有书，教子明服食之法。子明遂上黄山，采五石脂，沸水而服之。三年，龙来迎去，止陵阳山上百余年。"丹溜：石脂，或称流丹。

〔5〕容成：仙人容成公。《列仙传》："容成公者，自称黄帝师，见于周穆王。能善补导之事，取精于玄牝。其要谷神不死，守生养气者也。发白更黑，齿落更生。事与老子同。亦云老子师也。"

〔6〕姮（héng）娥：即嫦娥。相传后羿从西王母得不死药，嫦娥偷吃后逃往月中。

〔7〕洪崖：《列仙传》："洪崖先生姓张氏，尧时已三千岁。"《列子·汤问》："巧夫颔其颐则歌合律，捧其手则舞应节。"

〔8〕"升降"句：咏仙人宁封子事。《列仙传》："宁封子者，黄帝时人，积火自烧而随烟上下。"

〔9〕九垓（gāi）：九天。中央及四正四隅九方之天为九天。

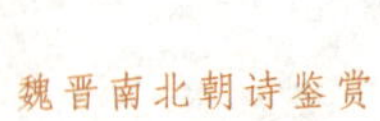

〔10〕五龙：传说中五个人面龙身的仙人。《遁甲开山图》荣氏解曰："五龙，皇后君也。昆弟五人，皆人面而龙身。长曰角龙，木仙也；次曰徵龙，火仙也；次曰商龙，金仙也；次曰羽龙，水仙也；次曰宫龙，土仙也。"

〔11〕"燕昭"句：晋人元嘉《拾遗记》："（燕昭）王居正寝，召其臣甘需曰：'寡人志于仙道，欲学长生久视之法，可得遂乎？'需曰：'臣游昆台之山，见有垂白之叟，宛若少童，貌若冰雪，行如处子，血清骨劲，肤实肠轻，乃历蓬瀛而超碧海，经涉升降，游往无穷，此为上仙之人也。盖能去滞欲而离嗜爱，洗神灭念，常游于太极之门。今大王以妖容惑目，美味爽口，列女成群，迷心动虑，所爱之容，恐不及玉，纤腰皓齿，患不如神。而欲却老云游，何异操圭爵以量沧海，执毫厘而回日月，其可得乎？'"

〔12〕"汉武"句：《汉武帝内传》："刘彻好道，适来视之，见彻了了，似可成进。然形慢神秽，……虽当语之以至道，殆恐非仙才也。"

鉴赏

钟嵘论郭璞云："《游仙》之作，辞多慷慨，乖远玄宗。而云'奈何虎豹姿'，又云'戢翼栖榛梗'，乃是坎壈咏怀，非列仙之趣也。"钟氏此论，实是指出其非纯粹游仙诗的性质，并非否定其整体的游仙诗资格。然后人受钟氏此论影响，于郭璞《游仙诗》，多着重其现实性。的确，郭氏在东西晋之际动乱的现实中写作这一组游仙诗，其主要的目的是想通过游仙的畅想来忘却现实。但现实又不能完全忘却，故时露“坎壈咏怀”之气，但也不能因此而否定他在创造游仙境界上的成功。

郭璞《游仙诗》中其实有好几种神仙的类型。一种是司马相如《大人赋》所说居山泽之间的“列仙之儒”，如《游仙诗》其一中“灵溪可潜盘，安事登云梯”，其二所说的青溪中鬼谷子，其三“绿萝结高林，蒙笼盖一山”之中的“冥寂士”，以及其《游仙诗》断句所写的“放浪林泽外，被发师岩穴。仿佛若士姿，梦想游列缺”，都是属于“列仙之儒居山泽间”这一类的。另一种则是游衍仙境、腾驾云螭的仙人。像其二“灵妃顾我笑，粲然启玉齿”，其三“赤松临上游，驾鸿临紫烟”，其八“手顿羲和辔，足蹈阊阖开”等等，又都是遨游天地之际，出没蓬莱、昆仑之间的“大人”之仙。

这首诗属于上述两类中的后一类。诗从“爰居”避风的传说开始，写海上将起大风，舟被吞没，浪驾蓬莱。这种写法，或许有暗寓现实的意思。其后“神仙排云出”至“千岁方婴孩”这十句诗，是正面地写神仙的活动。写他们自由地出没在天地之间，排列层霄，与前面所隐寓的现实有一种对比的关系。这种写法，其实受到张衡《西京赋》中描写平乐观仙戏的影响。可见郭璞《游仙诗》与汉代的游仙文学的渊源关系。

最后两句“燕昭无灵气，汉武非仙才”，恐怕才是主题所在，

讽喻人主求仙之徒事纷纭。这种结构安排深受阮诗的影响,阮籍《咏怀》多是前面赋写尽情，最后两句突转出真正的主题。细推起来，这种结构又是出于汉赋的“曲终奏雅”。

湛方生

湛方生（生卒年不详），考其籍里，应在今江西新淦。曾任卫军咨议参军，《隋书·经籍志》载其有集十卷。东晋太元前后在世，桓温时曾任夷陵西道县令。

天晴诗

屏翳寝神辔〔1〕，飞廉收灵扇〔2〕。青天莹如镜，凝津平如研〔3〕。落帆修江渚，悠悠极长眄。清气朗山壑，千里遥相见。

注释

〔1〕“屏翳”句：写雨霁的情景。屏翳（yì），雨师。神辔，雨神的车驾。

〔2〕“飞廉”句：写风静的情景。飞廉，风伯。灵扇，风神的巨扇。

〔3〕“凝津”句：形容凝净的河津像砚石一样平坦。凝津，平静得不起一丝风波的河津。研，即砚，写毛笔字磨墨用的文具，多数用石做成。

鉴赏

山水诗虽然最后奠定于谢灵运，在谢灵运之前的东晋时期已经有不少的创作。主要有两类，一类是由玄言诗发展为山水诗，另一类则是由纪行诗发展为山水诗。湛方生是谢灵运之前的重要山水诗人。他有三首写江行的诗。《帆入南湖》诗有“白沙净川路，青松蔚岩首”，《还都帆》诗有“高岳万丈峻，长湖千里清”，都是很好的句子。他表现山水景物，都是在纪行的动态中进行的，并且有境界阔大、视野旷远的特点。

这首《天晴诗》也是这样。诗写风雨停止后的一段江行风景。首二句用传说中的雨师、风伯的名字，显得文词典雅丰茂。接下几句，都是采取直接的描写方法来写，并且重视线条与点、面的勾勒。“青天”一句形容天空如镜，“凝津”一句形容水平如砚，其中着“落帆”一点，依于江渚。诗人当此际，引颈长望，觉山壑之际，朗然气清，千里之外，皆如可见。此诗以一种静境写江山千里之势，整体感很强。这种表现的能力，与玄学自然哲学的渗透是分不开的。

陶渊明

陶渊明（365—427），一名潜，字元亮，浔阳柴桑（今江西九江，一说今江西省德化县西南）人。曾祖陶侃。渊明初仕州祭酒，少日辞去。后历任镇军参军、建威参军等职。义熙元年（405）出任彭泽令，在官八十余日即辞归。从此隐居躬耕，过了二十多年的田园生活。他的田园诗大多自然深至，亲切有味，开创了田园诗的传统。他也有少数作品反映社会现实并表达个人的政治理想，显出他对世事并未完全忘情。

停云诗四章

停云〔1〕，思亲友也。樽湛新醪〔2〕，园列初荣〔3〕。愿言不从〔4〕，叹想弥襟云尔〔5〕。

霭霭停云〔6〕，濛濛时雨。八表同昏〔7〕，平路伊阻〔8〕。静寄东轩，春醪独抚〔9〕。良朋悠邈〔10〕，搔首延伫〔11〕。

停云霭霭，时雨濛濛。八表同昏，平陆成江。有酒有酒，

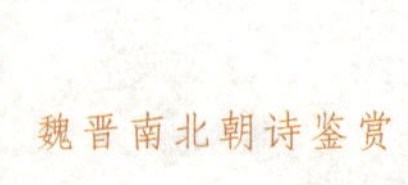

闲饮东窗。愿言怀人，舟车靡从[12]。

东园之树，枝条再荣。竞朋亲好，以怡余情[13]。人亦有言，日月于征[14]。安得促席[15]，说彼平生[16]。

翩翩飞鸟，息我庭柯[17]。敛翮闲止[18]，好声相和[19]。岂无他人，念子实多。愿言不获，抱恨如何。

注释

〔1〕停云：停滞不散的云。曹丕《杂诗》："西北有浮云，亭亭如车盖。"渊明"停云"一词或出于此。

〔2〕樽湛新醪（láo）：酒樽里洋溢着新酿熟的酒。湛，形容酒在樽中澄清的样子。

〔3〕园列初荣：园林中列植初开的花木。

〔4〕愿言不从：有愿望而不得实现。这里是指在美好的春天与亲友相会的愿望。

〔5〕叹想：感叹想望。弥襟：犹言满怀。

〔6〕霭霭：茂盛貌。用来形容云一类的事物，是指浓密貌。

〔7〕八表：八方，即天地六合。亦言四表。

〔8〕伊阻：即阻隔。伊，发语词。

〔9〕独抚：独饮的一种更优雅的说法。渊明说饮酒，有多种说法，如称"挥"："每恨靡所挥"（《和胡西曹示顾贼曹》），"欲言无予和，挥杯劝孤影"

（《杂诗》其二）。

〔10〕悠邈：悠远，邈远。

〔11〕延伫：长时间地站立。形容盼望朋友、等待朋友到来的样子。

〔12〕靡从：无从，没办法具备。

〔13〕“竞朋”二句：这两句异文较多。通行本多作“竞用新好，以怡余情”。此用曾本、苏写本及李邕古诗帖，作“竞朋亲好，以怡余情”。详见拙文《李邕〈古诗四言〉帖在古诗校对方面的价值》（《中国典籍与文化》2007年第1期）。

〔14〕日月于征：日月运行，这里是说日子过得很快。

〔15〕促席：拉近坐席。犹云“促膝”。

〔16〕平生：平生的种种愿望与情事。

〔17〕庭柯：庭树的柯条。渊明《归去来兮辞》：“眄庭柯以怡颜。”

〔18〕敛翮（hé）：敛翅。闲止：闲立的样子。止，语助词。

〔19〕“好声”句：指鸟儿鸣声相和，以兴友朋之乐。此句有《小雅·鹿鸣》以嘤鸣兴宴友之乐的遗意。

鉴赏

《停云》《荣木》《时运》是陶渊明学习《诗经》中《国风》的体裁及风格而创作的，是魏晋时代四言诗的代表作。这首《停云》诗，是写诗人在春日里闲居的感思，并且在空间的隔绝和时光流逝的感

喟之中，抒发对一位亲知的思念之情。后面这种意绪与情节，在曹植与阮籍的诗中曾经见过。

第一章写停云、时雨之骤，至平陆成江，路途阻绝。这里面很可能不只是写一种自然的气象，而是蕴寓作者对现实的某种感受。

第二章重复前面的停云时雨之境，继续抒写怀友之思，而又加进了“静寄东轩，春醪独抚”，并且对不能与朋友共饮表示极深的遗憾。这两章都是写风雨中与朋友隔绝的，但使得作者与朋友之间“舟车靡从”的，恐怕并非停云时雨、平陆漫流之阻。这两章写骤雨终风中平陆成江、往来隔绝的境界极其出色，同时也很出色地写出雨天中“心灵孤岛”的感觉。

第三章写雨停后园中花木之景。诗人说，东园树木，枝条再次变得柔软鲜嫩，有新花绽于其上。此时欲聚亲好赏景，以乐我情。日月运行，时光流逝，怎么才能够与亲知的良友促席而说平生之愿，抒友好之情呢？

第四章模仿风诗意境，以鸟雀嘤鸣之境，比兴朋友相与之乐，并表达对不能与良友聚首的极大遗憾。

总之，这首诗，正如作者在序中所说，其基本的主题，在于“思亲友”，属于通常所说的怀人之诗。但是阮籍、陶渊明的怀人诗，往往在怀友中寄托了更多的人生感思，甚至是某种现实感的寄托。

关于陶渊明《停云》等四言诗与《国风》的关系，清人张谦宜《絸斋诗谈》评论得比较好，他说："《停云》，温雅和平，与《三百篇》近；流逸松脆，与《三百篇》远。"由于陶渊明具有淳朴、高古、简净的审美趣味，其四言体贴近风诗的境界。但他没有像其他诗人那样熔经铸典，在文字篇章方面模仿《诗经》，而是立足于自身的情性抒写，所以创造出了四言诗的新意境。其中当然也有魏晋诗的风格，所谓"南窗白日羲皇上，未害渊明是晋人"（元好问《论诗三十首》），渊明与《诗经》的关系也是这样：具有高古情调及慕古行为的诗人，原不曾真正离开他自己的时代。

和郭主簿诗二首（其一）

蔼蔼堂北林〔1〕，中夏贮清阴〔2〕。凯风因时来，回飚开我襟〔3〕。息交游闲业〔4〕，卧起弄书琴。园蔬有余滋〔5〕，旧谷犹储今。营己良有极，过足非所钦〔6〕。舂秫作美酒〔7〕，酒熟吾自斟。弱子戏我侧，学语未成音。此事真复乐〔8〕，聊用忘华簪〔9〕。遥遥望白云，怀古一何深。

注释

〔1〕"蔼蔼"句：蔼蔼，茂盛貌。堂北林，各本作"堂前林"。逯钦立《陶

渊明集》校注："曾本云：一作'北'。"案：作"北"较好。渊明闲居住处，北林最丰茂。《五月旦作和戴主簿》"北林荣且丰"。又《与子俨等疏》："少学琴书，偶爱闲静，开卷有得，便欣然忘食。见树木交荫，时鸟变声，亦复欢然有喜。常言：五六月中，北窗下卧，遇凉风暂至，自谓羲皇上人。"

〔2〕中夏：即夏中。魏晋时语"中"字皆前置，如中朝即朝中，中夜即夜中。

〔3〕"凯风"二句：凯风，南风。《诗经·邶风·凯风》："凯风自南，吹彼棘苗。"《尔雅·释天》："南风谓之凯风。"回飚（biāo）：回风。开我襟，《古诗纪》云：开，一作吹。案：作"开"是，王粲《登楼赋》："向北风而开襟。"

〔4〕息交：停止交游。其实质指停止与有利害关系即名利场中的人物的交往。闲业：与正业相对。指无关于名利及仕宦的事，即下文"弄书琴"。

〔5〕"园蔬"句：闻人倓《古诗笺》："《尔雅》注：'凡草菜可食者，通名为蔬。'《礼记》：'必有草木之滋焉。'"关于"余滋"，有两种注释，一种如逯钦立《陶渊明集》解为滋生、滋长之意："余滋，不尽的滋长繁殖。《国语·齐语》：'滋，长也。'《文选·思玄赋》：'滋，繁也。'"一种作"滋味"解，如龚斌《陶渊明集校笺》："余滋，多味，美味。"按此诗下句"旧谷犹储今"，是说粮食丰足的意思。所以这里的"余滋"，也应该是指园中蔬菜长得很多，很茂盛的意思。以前一种解释为好。

〔6〕"营己"二句：这是陶渊明对于物质生活的一个看法，他是重视物质

生活的，并主张自己负责自己的生活。如其在《庚戌岁九日中于西田获早稻》诗中就说：“人生归有道，衣食固其端。孰是都不营，而以求自安。”这就是“营己”的意思。营己，经营自己（包括家庭）的生活。良，虚词，诚然、实在的意思。有极，有一个必要的度。但他不是崇拜物质财富、耽于物欲的人，所以又说“良有极”，说“过足非所钦”。非所钦，不是我所欣赏的。

〔7〕秫（shú）：黏稻。萧统《陶渊明传》：“公田悉令吏种秫，曰：‘吾常得醉于酒，足矣！’妻子固请种粳。乃使二顷五十亩种秫，五十亩种粳。”

〔8〕此事：泛指眼前的情形，即上面所说这种生活情景，非专指“弱子戏我侧，学语未成音”这一件事。

〔9〕华簪：华丽的髻簪。古代出仕者，要用簪来固定发髻。而不做官，不会客，则不需要这么麻烦。这里的华簪，代指仕宦与官禄。

鉴赏

这是《和郭主簿二首》的第一首，写仲夏闲居之乐；其二是写秋日观物之情，都是用来寄托怀抱的。

这一首极写闲居自适之乐，并且表达知足的生活态度。诗人描写这种生活，是与仕宦以及为谋求世俗功名而出外交游相对比的，不仅是自足，也是一种自慰。“息交游闲业”这一句，正逗出此中消息。

所谓“闲业”，即无关于名利之事的弄书琴之类的事情。

首四句夏日堂前树木清荫及凯风之美，是陶诗中具有代表性的和谐之境。陶公最能领会自然的生机与和谐，一片夏木的清荫，一阵夏日的清风，即能带给他满心的欢乐。披襟而迎之，岂减楚襄王雄风之乐。所以此诗的开头四句，已经把境界写足。接下“息交游闲业”一句，点出目前的生活状态。对于读书谋功名之人来说，这本来是一种令人担心的状态，但作者却从这里找到一种更为真实的人生之乐。了解这一点，才能充分领会此诗中极力渲染闲居之乐的原因，也能理解他为什么要对自己和朋友说出“营己良有极，过足非所钦”的话。这话当然是相对世俗所求的功名利禄而言的。最后写饮酒之乐，戏儿之乐，则是加一倍地畅叙闲居之情。更见得那世俗的追求，是毫无价值，也是毫无必要的。

此诗风格自然。开头四句，景情兼具，极见写境之美；后面叙述日常生活的情事，也极为生动。其中偶有议论抒怀之语，也都安排得很自然，不露圭角。陶诗之美，不尽在于见道，更在能写。

归园田居诗五首（其一）〔1〕

少无适俗韵〔2〕，性本爱丘山。误落尘网中〔3〕，一去三十年〔4〕。羁鸟恋旧林，池鱼思故渊〔5〕。开荒南野际〔6〕，守拙归园田〔7〕。方宅十余亩〔8〕，草屋八九间〔9〕。榆柳荫后檐，桃李罗堂前。暧暧远人村〔10〕，依依墟里烟〔11〕。狗吠深巷中，鸡鸣桑树巅〔12〕。户庭无尘杂〔13〕，虚室有余闲〔14〕。久在樊笼里〔15〕，复得返自然。

注释

〔1〕陶渊明《归园田居》一共五首，本篇为第一首。晋安帝义熙元年（405）十一月，陶渊明自彭泽归隐。此诗大约作于次年，诗人时年四十二。归园田：从仕途回归田园。东汉张衡有《归田赋》，陶氏“归园田”“归田”等词可能正取自《归田赋》。

〔2〕适俗韵：应酬俗世、俗事的素质。韵，一作“愿”。

〔3〕尘网：世网，言尘世如同罗网。东方朔《与友人书》：“不可使尘网名缰拘锁。”这里指官场、仕途。

〔4〕一去三十年：“三十年”极言其时间之长，非实指。或说是“十三年”之误。盖陶氏从晋孝武帝太元十八年（393）初出仕为江州祭酒，至义熙二年（406）创作此诗时正好十三年。

〔5〕“羁鸟”二句：“羁鸟”“池鱼”喻居官的自己。“旧林”“故渊”比喻家乡的田园，也比喻自己寄身于其间的大自然。陶澍《靖节先生集》引何孟春注云：“《古诗》：‘胡马嘶北风，越鸟巢南枝’，张景阳（协）

《杂诗》:'流波恋旧浦，行云思故山'，陆士衡（机）诗:'孤兽思故薮，羁鸟悲旧林'，皆言不忘本也。"可见陶渊明这两句诗句法和词语都借鉴了前人的诗句。恋，一作"眷"。

〔6〕南野：一作"南亩"。际：间。

〔7〕拙：谦辞，与"巧"相对。

〔8〕方：旁。

〔9〕草屋：一作"草舍"。

〔10〕暧（ài）暧：昏暗貌。

〔11〕依依：轻柔貌。墟里：村落。

〔12〕"狗吠"二句：汉乐府《鸡鸣》："鸡鸣高树巅，狗吠深宫中。"

〔13〕"户庭"句：言归隐后，不仅远离官场，而且连一般的世俗应酬之事也没有。与《饮酒》诗中"结庐在人境，而无车马喧"意思相近。尘杂，指世俗之事。

〔14〕"虚室"句：强调归隐后的闲旷。虚室，虚空闲静的居室，暗示澄明虚淡的心境。《庄子·人间世》："虚室生白，吉祥止止。"指空旷的房室中透进白光，是一种吉祥的气氛，用来暗示一种澄明淡泊的心境。

〔15〕樊笼：关鸟兽的笼子，比喻仕途。

鉴赏

陶渊明从走上仕途开始，就产生了深切盼望回归田园的情绪。

他在官场上勉强地留滞了十二三年，终于在任彭泽令八十日后辞官归隐田园。此时其内心是充满自由、愉悦的心情的，《归去来兮辞》《归园田居五首》，就是在这样的心境下写出的，实为中国古代田园文学的经典与绝唱。

此诗前六句叙归田的原因，这里反映的是一种“自然”的主题。“少无适俗韵，性本爱丘山”，自述本性在求自然，故以世途为尘网，因其处处与自然的本旨相违。这六句，写了世俗的官场和田园故乡两种场景，前者是束缚诗人的，后者则是让诗人得到自由。经过反复的考虑，诗人终于下决心放弃前者，选择了后者。这正是历来归田、归隐的文学作品的基本主题。

接下来十二句，是具体描写田园风景以及诗人自己在田园中的生活情景。详尽的描写，充分地表现了诗人内心的喜悦，作者带着对官场、仕途的回忆来体验田园生活，所以有庆幸自己的选择的意思包含在内。“开荒南野际，守拙归园田”，作者自认为没有适应世俗生活的机巧，所以说自己“归田”之举为“守拙”。“方宅十余亩，草屋八九间。榆柳荫后檐，桃李罗堂前”，笔致洒落，“十余亩”“八九间”，不用准确的数字，表现出一种随意、不经心的情绪。“榆柳”“桃李”两句，没有写更多的别的花草树木，但已经包含了整个庭院的景色。“暧暧远人村，依依墟里烟。狗吠深巷中，鸡鸣桑树巅”，写整片乡村的景色，表现出乡村特有的和平、宁静、悠闲。“远人村”，

传统的解释，是说“远处的村庄”，并且让人想起老子形容他理想中的小国寡民社会：“鸡犬之声相闻，而民老死不相往来。”但玩其诗意，应是陶渊明称自己居住的村庄为远人村，即远离人境的村庄。这表现陶公以远离纷烦的士族社会，自远于名利场的心态。（参见刘青海《“暧暧远人村”新说》，载《中国典籍与文化》2022年第2期）单就写景之美而言，这几句也是远近有致，动静相得，境界是很美的。接着“户庭无尘杂，虚室有余闲”两句，进一步提点出隐居田园生活的清静自由，其用意还是在与曾经呆过的纷杂、虚伪的官场对比。

最后“久在樊笼里，复得返自然”，独作一层，是全诗的一个总结，同时也是对自己的整个田园生活做了一个概括性很强的总结。在这里，我们仿佛看到，作者长长地叹了一口气，表现出一种完全解脱后的轻松、愉悦的心境。

此诗通过对田园与仕途的对比，充分表现了寄身于自然、寄身于淳朴的乡村中的自由情绪，并且歌唱优美的田园风光。

饮酒诗二十首（其五）〔1〕

结庐在人境〔2〕，而无车马喧。问君何能尔〔3〕，心远地自偏。采菊东篱下，悠然见南山〔4〕。山气日夕佳〔5〕，飞鸟相与还。此还有真意[6]，欲辨已忘言。

注释

〔1〕《饮酒诗二十首》是陶渊明辞官归隐田园后创作的一组诗。具体的写作时间作者没有明确的交代，后人有认为是归隐不久之作，也有认为是五十三四岁时的作品。题目虽为《饮酒》，但内容并非仅写饮酒。其实属于魏晋“杂诗”的一种。

〔2〕结庐：构室，造房子。人境：人间。

〔3〕君：第二人称代词，此处为渊明自谓。尔：如此。

〔4〕悠然见南山：逯钦立《先秦汉魏晋南北朝诗》校记：“《文选》作‘望’，《类聚》同。曾本云：一作望。”苏轼《东坡题跋》云：“因采菊而见山，境与意会，此句最有妙处。近岁俗本皆作‘望南山’，则此一篇神气都索然矣。”大概苏轼所见陶诗本子，有作“见”，有作“望”，他选择了“见”字。又苏轼同时人晁补之引苏轼语云：“望山，意尽于山，无余蕴矣，非渊明意也。见南山者，本自采菊，无意望山，适举首见之，故悠然忘情，趣闲而景远。”宋人多宗苏、晁之说，多有阐发。南山，庐山（此从丁福保说）。又王瑶《陶渊明集》：“相传服菊可以延年，采菊是为了服食。《诗经》上说‘如南山之寿’，南山是寿考的征象。”悠然，自得貌。

〔5〕山气：一作“山色”。日夕：傍晚。《诗经·王风·君子于役》：“日

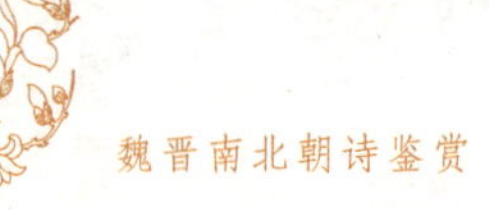

之夕矣，羊牛下来。”

〔6〕“此还”二句：用《庄子》语。《庄子·齐物论》：“辩也者，有不辩也，大辩不言。”《庄子·外物》：“言者所以在意也，得意而忘言。”这里是说从大自然中得到启示，会其真趣，不可言说，也无待言说。还，一作“中”。

鉴赏

此诗是陶诗平淡和谐境界的代表作。在这里，诗人以最为淡泊，差不多接近于“无我”的心境去体悟自然。那样的心境，即使对于陶渊明来讲，也是难得有的一种体验。

因为此诗来自于作者一段宁静、淡泊的心灵体验，所以诗一开始就凸现出这种宁静、淡泊的心境。“结庐在人境，而无车马喧。问君何能尔，心远地自偏。”“结庐”，过去隐居山林之人，简单地用树木搭一座屋庐，葺盖上茅草，称之为“结庐”。这个“结”字有特殊的韵味，不能翻译。在这里，“结庐”实指隐居。一般隐士是“结庐”在远离人间的山林，陶渊明则说自己“结庐”在人境（人间）。虽然结庐在人间，却照样能够远离世俗的纷扰，所以这里用转折词“而”字。接下两句，作者自我设问：“问君何能尔？”请问你是如何做到结庐在人境，而没有世俗的纷扰（车马喧）呢？这一问语气甚直，这样直迫的问句，底下往往会有一个很精彩的答复，会写出一个奇特的境界或立意。不然的话就会失败。陶渊明这里“心远地自偏”五字，就是一个惊人的妙语，其中含有一种妙理。

以上四句，作者说明自己宁静、淡泊心境产生的原因，在写法上带有一种“分析”的性质。接下“采菊东篱下，悠然见南山。山气日夕佳，飞鸟相与还”，则直接地凸现这种奇特的宁静、淡泊的心境。心本无象，着物则有象，所以作者通过自己的行为“采菊”“见南山”及自然景物“山气”“飞鸟”来凸现宁静的心境。如果说前面四句的写法带有一种“分析性”，这里的写法则完全是直感的，无分析，无逻辑的，混沌一片，心灵与自然冥会，妙无端倪。

最后“此中有真意，欲辨已忘言”，深有玄思之趣，是理趣之境。作者在这种宁静、和谐中忽地觉悟到某种“理”，觉得人生之真谛、自然之真谛生动地呈现于眼前。欲待说明，则已忘言语。实际是不欲说明。这也是诗与理的一个分际，诗人此时站在诗与理的交界，他不欲放弃诗，完全走向理。而谢灵运是常常在这种地方放弃了诗走向理的！

杂诗十二首（其二）〔1〕

白日沦西阿〔2〕，素月出东岭。遥遥万里辉，荡荡空中景〔3〕。风来入房户，夜中枕席冷。气变悟时易，不眠知夕永。

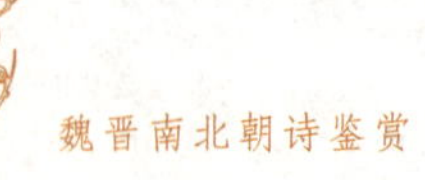

欲言无予和〔4〕，挥杯劝孤影。日月掷人去〔5〕，有志不获骋〔6〕。念此怀悲凄，终晓不能静。

注释

〔1〕陶渊明这组《杂诗》共十二首。

〔2〕“白日”二句：闻人倓《古诗笺》注：“言日沉于西而月起于东，盖薄暮时也。”西阿，西面的山阿。

〔3〕荡荡：空旷浩大的样子。

〔4〕“欲言”句：想要把心中这些感时兴思的话说出来，但眼下没有人会应和，会理解的。

〔5〕日月：时光，光阴。掷人去：极言人在时光迅疾流逝中一种被动的感觉。后来宋人蒋捷《一剪梅》词句：“流光容易把人抛”，就出于陶诗此句。

〔6〕志：各种志愿，愿望。骋：驰骋，这里解作实现、酬得。

鉴赏

陶公见道之人，性情淳至，性格乐易，诗风自然，以和缓为主，苏轼甚至以“散缓”评之，当然不是贬词。但他也有一种抒发慷慨之情、风格鲜明紧健的作品。这首诗就是这样，它更接近魏晋抒情诗的一般风格。

起二句写日落西山之阿，月出东岭之上。“遥遥万里辉”是说落日余光，望之遥遥万里；“荡荡空中景”，写月光悠悠荡荡地悬挂在中天的样子。作者写日落月升，既是写当刻之景，同时也寄寓时光流逝之感。接下来的风入房户，枕席夜寒，也是这样，既写情景，也是感怀。到了“气变悟时易”这一句，就把上述描写景象中所包含的感时兴思的意思明确地表达出来了。因气变而致不眠，因不眠而知夜长，因夜长无眠而思友，又因无可对床夜谈之人而饮酒。又因独饮无伴，而更生一种孤独之感。这所有情绪产生的原因，都在于“日夜掷人去，有志不获骋”这两句。言念及此，竟是百计也无法消此中夜的愁思，竟至于长夜难眠。

凡道高者在于情深，没有过一番真正的执着，也谈不上透彻的领悟。古今未有不能入而能出者也。世人对于陶公的了解，往往只知道他的见道，而不知道他的深情。

咏贫士诗七首（其一）

万族皆有托〔1〕，孤云独无依。暧暧空中灭〔2〕，何时见余晖〔3〕。朝霞开宿雾，众鸟相与飞。迟迟出林翮，未夕复来归。量力守故辙，岂不寒与饥〔4〕？知音苟不存，已矣何所悲〔5〕。

注释

〔1〕万族：万类。皆：一作“各”。

〔2〕“暧暧”句：形容远望过去，孤云在遥空中消散的样子。

〔3〕余晖：余光。晖，六臣本《文选》作“辉”。

〔4〕“量力”二句：估量自己的力量，守住生活的常规，不为好高骛远之计。具体地说，就是指坚持隐逸，不出去做官。这样难道不会带来饥寒吗？这一句是自问，作者省略了答案，而答案已在前一句中。

〔5〕“知音”二句：是说自己走这一条固穷守节的道路，是难得到别人理解的。但这又有什么办法？倘因此而更生一种知音难觅的感叹，那又何苦呢？这是贤士经常有的一种世不我知的感叹，渊明诗中常有。如《咏贫士》其三：“赐也徒能辨，乃不见吾心。”又如《咏贫士》其六咏张仲蔚云：“举世无知者，止有一刘龚。”他在这里说“已矣何所悲”，劝慰自己不要因知音不存而悲哀，则是一种更高的境界。

鉴赏

陶诗多乐境，也多悲境。《咏贫士》七首，是陶公弃官隐居之后，经历长久的生活困难之后，引古来的贫士以自我勖勉，其所表达的是作为他平生的重要思想之一的“君子固穷”的思想。

此诗结体，最合魏晋诗法。开头两层，一层以万族皆所托，来对比孤云的漂泊无依，另一层是朝霞中众鸟相与飞翔，以对比迟迟飞出，又很快地飞回的这只孤鸟。这两层，都是比喻寒素的贫士的。魏晋时推行九品中正之法，门阀士人往往是二十岁左右就能得官，并且能够授清显之职。寒素之士，常常是到了三十来岁，才有可能得到一官半职，并且常常是那种被世俗轻视的、近于俗吏之流的官职。陶渊明本人正是这样。所以这两层比兴，其实正是写他寒素身世与迟宦的经历的。他所用的孤云、孤鸟这两个比象，原是很常见的，但却写得这样的含义丰富，并且比拟贴切。我们不得不佩服他对比兴之法的运用，已经极为纯熟。这也可见他的诗学修养，是极为深厚的。

最后“量力守故辙”，真是见道之语。但却因此而寒饥，不免兴悲。兴悲之由，不仅在饥寒本身，而在世少君子，无人知我对固穷之道的坚守。

曹操的诗像《却东西门行》，阮籍的诗像《咏怀》（嘉树下成蹊），都是前篇大半做比兴语，最后直接转入赋写本事。赋写本事的部分少于比兴的部分，这是魏晋诗的一种古法。陶渊明这一首也是如此。

读山海经诗十三首〔1〕（其一）

孟夏草木长〔2〕，绕屋树扶疏〔3〕。众鸟欣有托〔4〕，吾

亦爱吾庐。既耕亦已种，时还读我书。穷巷隔深辙，颇回故人车[5]。欢然酌春酒，摘我园中蔬。微雨从东来，好风与之俱。泛览周王传[6]，流观山海图。俯仰终宇宙，不乐复何如。

注释

〔1〕《山海经》是中国古代最早的地理著作，记载了海内外的山川及其祭祀、鸟兽、草木等，其中有丰富的神话内容。原始版本不仅有文字，还有图画。东晋郭璞曾为《山海经》作注，并题图赞。陶渊明此组诗题中见《山海经》，而诗中有“流观山海图”之句，他读的正是带有图画的《山海经》，或为郭璞之注本。

〔2〕孟夏：夏季的第一个月。《楚辞·九章·怀沙》：“滔滔孟夏。”又《吕氏春秋》有《孟夏纪》。

〔3〕扶疏：草木枝条纷敷的样子。《文选》李善注：“《上林赋》：枝条扶疏。”

〔4〕“众鸟”句：言孟夏之草木生长，众鸟得以栖息。

〔5〕“穷巷”二句：是说自己隐居，与外界人物尤其是名利场中的人物不来往。穷巷，陋巷，僻巷。隔深辙，车辙不通。逯钦立《陶渊明集》注：“深辙，大车的车辙；车大辙深。古人常以门外多深辙，表示贵人来访的车多。李善注：‘张负随陈平至其家，乃负郭穷巷，以席为门，门外多长者车辙。’”此反用其意。

〔6〕周王传：即《穆天子传》，记载周穆王巡游各地，最后到昆仑与西王母会见的故事，具有古代神话小说的性质。

鉴赏

此为《读山海经诗十三首》这一组诗的序诗，但全篇主要是在写夏日闲居之乐，境界与《和郭主簿》其一相近。也可见渊明平常闲居之乐，端在此种境界。前面在分析《和郭主簿》其一时说过，这种闲居生活的背后，是对照着另一种忙碌于仕宦的生活的。诗中“穷巷隔深辙，颇回故人车”，正是遥映着外面的那个世界，或者说对比着过去的那生活。所以，诗人在说闲居之乐时，是对着另一些人，或者说另一个自己说话的。造成境界上的丰富，正在于此，因为它不是一般地写日常生活，而是在表达一种人生观。

首四句境极美。随处可见的人间境界，在渊明笔下能写得这样的和谐，这样的丰富，这当然在于其非凡的胸襟与识度。下面的那些生活情节，如耕种、读书、酌酒、摘蔬、赏雨、吟风，也是这样。只有真正见道之人，才能享受这种闲居之乐。何况古人有奇书如《穆天子传》《山海经》图，供我观览古今。后来陆象山说宇宙即我心，我心即宇宙，或许受到与他同乡的这位古人的启发。陶公思想之深邃，殆非常人所能测也。

宋 诗

谢灵运

谢灵运(385—433),陈郡阳夏(今河南太康)人。谢玄之孙,晋时袭封康乐公,世称谢康乐。入宋降为侯,累官至侍中。喜游山陟岭,每出游,随从数百。元嘉十年获罪,弃市广州,年四十九。谢诗好模山范水,往往工妙,为山水诗传统的开创者。但有时累于繁复,伤于刻划。

登池上楼诗〔1〕

潜虬媚幽姿〔2〕,飞鸿响远音。薄霄愧云浮〔3〕,栖川怍渊沉〔4〕。进德智所拙〔5〕,退耕力不任〔6〕。徇禄及穷海〔7〕,卧痾对空林〔8〕。衾枕昧节候,褰开暂窥临〔9〕。倾耳聆波澜〔10〕,举目眺岖嵚〔11〕。初景革绪风〔12〕,新阳改故阴〔13〕。池塘生春草,园柳变鸣禽〔14〕。祁祁伤豳歌〔15〕,

萋萋感楚吟[16]。索居易永久，离群难处心[17]。持操岂独古，无闷征在今[18]。

注释

〔1〕池上楼：在永嘉郡（今浙江温州市）。诗人于永初三年（422）深秋离开建康，到了永嘉后，曾经卧病床笫。本篇作于景平元年（423）初春，是卧病初愈时登永嘉郡楼所作。此处近临浙南名水瓯江，涛声接耳，稍远处可眺望江上群峰，景色十分秀美。这一切，在诗中均有表现。

〔2〕虬（qiú）：有角的小龙。媚幽姿：以幽姿自媚。

〔3〕薄霄愧云浮：即愧薄霄云浮。薄霄，迫近云宵，即凌霄。薄，通“泊”，止。云浮，浮于云间。

〔4〕栖川怍（zuò）渊沉：即怍栖川渊沉。这一句与上一句一样，都是将动词置于两个意思相近词组中间，造成一种特殊的句法。栖川，深栖于川水中。怍，惭愧。渊沉，沉于深渊。

〔5〕进德智所拙：《周易·乾·文言》：“君子进德修业，欲及时也。”进德，增进自己德行修养，目的是为了完成政治理想。

〔6〕力不任：体力不够。

〔7〕徇（xùn）禄：求取俸禄，即做官。徇，一作“殉”。及：到。一作“反”。穷海：边远的海滨，指永嘉。《宋书·谢灵运传》：“少帝即位，权在

大臣，灵运构扇异同，非毁执政，司徒徐羡之等患之，出为永嘉太守。”

〔8〕卧痾（ē）：卧病。空林：秋冬叶落，林中空阔，故曰空林。

〔9〕李善本《文选》无此二句。

〔10〕倾耳：侧耳。聆：聆听。

〔11〕岖嵚（qīn）：山高险貌。

〔12〕初景：初春的日光。革：改、变。绪风：余风。《楚辞·九章·涉江》：“欸秋冬之绪风。”

〔13〕新阳：春阳。故阴：指冬天。

〔14〕“池塘”二句：写早春之景。池塘，池的塘岸。园柳变鸣禽，园中柳树上已有春鸟啼鸣。即陶渊明《与子俨等疏》“见树木交荫，时鸟变声”之意。

〔15〕“祁祁”句：《诗经·豳风·七月》：“春日迟迟，采蘩祁祁。女心伤悲，殆及公子同归。”祁祁，众多貌。

〔16〕“萋萋”句：《楚辞·招隐士》：“王孙游兮不归，春草生兮萋萋。”萋萋，草茂盛貌。

〔17〕“索居”二句：《礼记·檀弓》：“吾离群索居，亦已久矣。”

〔18〕“持操”二句：言岂独古人坚持节操，“遁世无闷”我已经践行了。无闷，指避世隐居而无所烦忧。《周易·乾》：“龙德而隐者也，不易乎世，不成乎名，遁世无闷。”这里指离开京城，出任永嘉太守。征，应验。在，一作“于”。

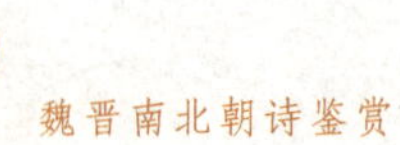

鉴赏

永嘉山水诗是谢灵运政治上失败后心灵危机时期的产物。他这时候另一个重要的慰藉是重新领会佛学和老庄哲学。所以他的山水诗，可以说是山水自然景物和老庄、佛理的结合。

诗首四句写登楼所见之感。诗人所登的池上楼临江，所以想到深潜水底的“虬”；又因为楼高，楼前天宇开阔，所以看到（或是想到）“飞鸿”。他不是仅从写景状物的角度写“虬”“鸿”二物，而是由“虬”“鸿”的生活情形：一则是深藏江底，自己欣赏自己的幽秀姿态（媚幽姿）；一则是远飞天际，发出自由欢畅、无拘无束的鸣声（响远音）。诗人则是政治上失败，遭受外放处分，感到身心都不自由，前途甚至有危险，因此产生了一种远身避害的想法。所以“潜虬”“飞鸿”两种形象引起他的共鸣。于是有“薄霄愧云浮，栖川怍渊沉”之叹。所以，这两句诗写景中含有比兴，有魏晋诗的品格。沈德潜说元嘉诸家诗“尚比兴，厚重处仍有古意”（《古诗源》），大概正是指的这种地方。陶渊明《始作镇军参军经曲阿》有“望云惭高鸟，临水愧游鱼”，谢诗意象与之同，似受陶诗影响。

“进德智所拙，退耕力不任”，是说自己进退失据，样子十分狼狈。这两句正是给前面“薄霄愧云浮，栖川怍渊沉”作注脚的，写出“愧”“怍”的原因。这两句也是写他思想上的一种矛盾，同时也带有牢骚的意味。

以上从开首至“力不任”六句,正是一个冒头。接下“徇禄”以下,才进入登楼本事。“徇禄及穷海”,是说为追求微禄,来到这僻远的海滨永嘉。“卧痾对空林”,妙有意象,写尽客中无聊之绪。可谓写景之工。

“衾枕昧节候”承“病痾”句来,卧病床笫(衾枕),昧于时节。“褰开暂窥临”揭开帘帏,暂且登临观赏。“登池上楼”一题,至此才明白说出。本来诗是可以从这里写起,直接破题,但作者将此藏在篇中,可以说是一种藏头法。

“倾耳”以下六句,写登池上楼历历所见之景。谢灵运作诗,受到汉赋体物法的影响,喜欢用“波澜”“岖嵚”之类的叠词,以形容词代名词。“池塘生春草,园柳变鸣禽”,这两句诗千古传诵,其好处众说纷纭,其实也只是诗人病后所得的一片生机,写出一个失意之人、久病之人对自然生机的渴求。妙在清新自然。

“祁祁伤豳歌”,写作者远宦他乡的游子情绪,引出了最后离群索居之感,并以《周易》“遁世无闷”作结,显示谢灵运以理克情的一贯表达方式。

石壁精舍还湖中作诗〔1〕

昏旦变气候,山水含清晖。清晖能娱人,游子澹忘

归〔2〕。出谷日尚早，入舟阳已微〔3〕。林壑敛暝色，云霞收夕霏。芰荷迭映蔚〔4〕，蒲稗相因依〔5〕。披拂趋南径〔6〕，愉悦偃东扉。虑澹物自轻，意惬理无违〔7〕。寄言摄生客〔8〕，试用此理推。

注释

〔1〕石壁精舍：谢灵运的始宁别墅内的一处精舍，在今浙江嵊州市。谢灵运《游名山志》："巫湖三面悉高山，枕水渚山溪涧，凡有五处，南第一谷，在今所谓石壁精舍。"精舍，东晋南朝时修习佛、道的居处之名。谢灵运信仰佛教，故名其山居为精舍。还湖中：从石壁精舍回到湖中。湖，即巫湖。又称太康湖。

〔2〕"清晖"二句：《文选》李善注："《楚辞》曰：羌声色兮娱人，观者憺兮忘归。王逸曰：娱，乐也；憺，安也。"谢灵运此处的"澹"，同憺。

〔3〕阳：太阳。

〔4〕芰（jì）：菱。映蔚：形容菱荷之类暮色中迭相映照的样子。

〔5〕蒲稗（bài）：香蒲与稗草。稗，一种长着细粒子，株形有点像稻子的杂草。因依：草木相依倚的样子。

〔6〕"披拂"句：是说披拂着道旁的草木，趋行在南径之中。

〔7〕"虑澹"二句：虑澹，心境淡泊。意惬，意思顺洽。《文选》李善注："《淮南子》曰：'澹然无虑。'许慎曰：'澹，犹足也。'《孙卿子》曰：'内省则外物轻矣。'《广雅》曰：'惬，可也。'"

〔8〕摄生客：养生者。摄，持。古人多以“客”称人，如“诗客”“词客”之类。

鉴赏

这首诗写游湖一日的经历。谢灵运的许多山水诗，其实都是纪游诗。他的写法是展示游览的全程和山水景物的整体形象，与后来山水诗喜欢从某种角度、某种时空关系去表现景物不一样。当然后人也有全景式、全程式的山水诗，有不少是有意识地学习谢灵运的。谢灵运在安排全景时，也已经开始尝试把握景物之间的时空关系，并有一些表现得很空灵的诗句。

在描写技术方面，谢灵运虽然继承汉赋及曹植、陆机诗的描写技巧，但也有他自己的探索。一方面，他尽量希望将景物的形状、位置比较准确地描写出来，如：

> 密林含余清，远峰隐半规。(《游南亭》)
> 近涧涓密石，远山映疏木。(《过白岸亭》)

另一方面，他开始将形状之外的光影、声响也加以描写，这是一种新的技法。《石壁精舍还湖中作》一诗就较多地追求对光影的描写，注意光线与景物形象的重要关系。诗一开始就写“昏旦变气候，山水含清晖”，“清晖”二字，可说是此篇写景之目。其下“林壑敛暝色，

云霞收夕霏。芰荷迭映蔚，蒲稗相因依”，写出一种光影陆离的状态。“披拂”两句，写一日游览之后回到别馆之中，心情十分愉悦。这是为渲染上面那段景色的情绪效果。“披拂趋南径”，是写在道上披拂草木地前行。陶渊明《归园田居》其二：“时复墟曲中，披草共来往。”又其三：“道狭草木长，夕露沾我衣。”谢氏或于陶诗有所借鉴，而语趋于雅。可见陶、谢两家造语之不同。陶渊明用语通俗而自然，谢灵运则走典雅修饰的一类。

最后四句是说理。“虑澹物自轻”，思想淡泊，外物自然就被看轻。中国古代哲人是反对人被物役的。“意惬理无违”，心意顺惬，万物之理自然就呈现于眼前。诗人经过一天的游览，重新体认了人与自然、人与外物的和谐相融的关系，所以才有上面这两句说理句。这也是东晋玄学家以山水悟道的余风。

过白岸亭诗〔1〕

拂衣遵沙垣〔2〕，缓步入蓬屋〔3〕。近涧涓密石〔4〕，远山映疏木。空翠难强名〔5〕，渔钓易为曲〔6〕。援萝临青崖〔7〕，春心自相属〔8〕。交交止栩黄〔9〕，呦呦食苹鹿〔10〕。伤彼人百哀，嘉尔承筐乐〔11〕。荣悴迭去来〔12〕，穷通成休戚〔13〕。未若长疏散〔14〕，万事恒抱朴〔15〕。

注释

〔1〕白岸亭：据《太平寰宇记》，亭在枏溪（今称楠溪），去永嘉郡（在今浙江温州）八十七里。因岸沙白而得名。

〔2〕拂衣：即振衣。古人穿长衣，人走动时，衣服即摆动或抖动。故以拂衣指起行，起步。沙垣（yuán）：这里应该是指沿波的沙道。垣，原为墙的意思，这里指缘坡而建的道路。

〔3〕蓬屋：指白岸亭。其顶为茅草覆盖，故称蓬屋。

〔4〕涓：涓流，即涧里石隙间的水流。

〔5〕空翠：即岚翠，山中青绿色的水气。难强名：难以形容，描状。强名，用《老子》论道之语："吾不知其名，字之曰道，强名之曰大。"

〔6〕"渔钓"句：是写作者听到的渔钓有歌曲。易为曲，指民间的野曲，不讲音律，随口吟唱。这两句对于了解浙南温州、丽水一带的古代歌谣，有重要的史料价值。

〔7〕援萝：攀援藤萝。临青崖：攀临苍翠的山岩。刘节《广文选》作"聆青崖"，则是说聆听崖间回音，亦佳！

〔8〕春心：感受到春意的心情。

〔9〕交交：鸟鸣声。栩（xǔ）：栎树。黄：黄莺。《诗经·秦风·黄鸟》："交交黄鸟，止于棘。谁从穆公，子车奄息。"这是秦人看到子车氏兄弟三人，因生前受穆公宠爱，穆公死了下葬时，三人都要殉葬，哀而作歌。诗中又写道："彼苍者天，歼我良人。如可赎兮，人百其身！"下文

"伤彼人百哀"说的就是这件事。

〔10〕"呦呦"句：用《诗经·小雅·鹿鸣》，见前曹操《短歌行》注。《鹿鸣》这首诗中，写到国君、王公宴飨臣僚宾客时，还有"吹笙鼓簧，承筐是将"两句，是说不仅飨以酒肴，娱以音乐，还成筐成筐地赏赐、赠送礼物，极写对佳宾的盛情招待。下文"嘉彼承筐乐"，说的就是这种情形。

〔11〕"伤彼"二句：这两句连着上面两句，是诗人就眼前所看到的或联想到的黄鸟交交、鹿鸣呦呦的景物，想到了《诗经》中的两首诗及其所叙述的两个故事。一个是伤心的，一个是欢乐的。但是它们的背后，却有着共同的机制。今日的伤心，也许正是欢乐的果；而今日的欢乐，也许正是明日伤心的因。因为作者知道，三良之所以要受到殉葬的可怕遭遇，是因为他们从前享受了穆公的荣遇。由此想到，《鹿鸣》诗中的人虽然这样欢乐，却未必不是埋下了明日的祸机。这里面有作者自己政治生活的体验。其实政治未必像作者所说的这样危险。但作者及中国古代的大多数文人，只用而且也只愿意用这种方法来思考人生的荣辱祸福的事实。

〔12〕荣悴：荣耀与枯悴，即指上面《黄鸟》诗与《鹿鸣》诗写的两种相反的情形。

〔13〕穷通：即穷达，指个人处境方面的顺利与逆境。古代多用于政治上的遭遇。休戚：欢乐与悲戚。

〔14〕疏散：远离政治、远离人世间的是非。

〔15〕抱朴：《老子》的思想，抱朴守真。指一种一切都专注内心生活而忽略外在的社会性的、物质性的各种利益的生活态度。

鉴 赏

宋乐史《太平寰宇记》卷九十九："白岸亭在柟溪西南，去州八十七里，因岸沙白为名。谢公游之。"又谢灵运辞官永嘉太守归始宁别墅途中所作《归途赋》："发青田（今浙江青田县）之枉渚，逗白岸之新亭。"但作者辞官归途是在深秋季节，其赋中亦云："时旻秋之杪节，天既高而物衰。"此诗有"春心自相属"之句，写的是春天的景色，所以跟《归途赋》中所叙的不是同一次。也就是说，谢灵运游览"白岸亭"至少有两次。

这首诗前十句写景物甚妙，在谢诗中也是不多见的。后六句则由景物之一端，即"黄鸟""鹿"联想到典故和史事，从而产生对人事的荣（兴）悴（衰）变化的感叹，并且表达了自己对人生的态度。整个的结构是：先叙行，再写景，再由景物引出典故和名理，抒发人生感慨。这种结构，在谢诗中是很常见的。

首二句"拂衣遵沙垣，缓步入蓬屋"是叙行，起得很自然，并且以叙行的笔法带出景物，是一种很好的写法。诗人一路由岸边的沙垣行来，缓缓地走近用蓬草葺盖的白岸亭中。这种笔墨，真有画

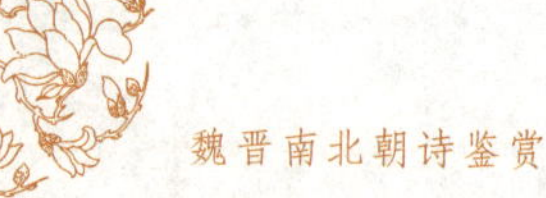

面之美。接下来“近涧涓密石，远山映疏木”，是写在亭中所见的周围远近的景色：近处的溪涧中，溪水在密集白亮的溪石中流过；远处的山上，散布着疏疏的树林。因为树林很疏，所以林中光影可鉴。这种样子，诗人用“映”字表现，是很恰当的。

“空翠难强名，渔钓易为曲”两句，是说空中的岚翠很美，但诗人觉得难以描写。于是他就想起《老子》关于“道”的一个名言：“吾不知其名，字之曰道，强名之曰大。”他觉得非但抽象的道难以用言词来表达，就是自然景色，看似具体可触，但其呈现美妙、变化希微之处，也是同样难以言说的。我们说，谢灵运是能模山范水的诗人，他的描写景物常追求一种“密附”效果，后来有人嫌他写得太过实在，缺乏空灵感。但诗人自己这里也悟到了这一点，表明诗人对山水审美能力的提高。“渔钓易为曲”与“空翠难强名”相对，诗人看到附近有渔钓之人，他们因为超脱名利之外，心情自由开朗，所以随口吟唱，即成动听的曲调，这种情景，让诗人深感羡慕。

“援萝”以下，写另一种景色。在亭中见山色甚美，不由得引起攀援登览的兴趣，在崖谷间历览一番后，觉得到处有美好的景物与自己的心意相沟通。“春心自相属”，极能写陶醉之状。

“交交止栩黄”句，《诗经·小雅·黄鸟》有“黄鸟黄鸟，无集于栩”。另外，《秦风·黄鸟》篇是诗人哀伤三良殉葬秦穆公之事而作，其首章曰：“交交黄鸟，止于棘。谁从穆公？子车奄息。维此奄息，百夫之特。临其穴，惴惴其慄。彼苍者天，歼我良人！如可赎兮，人百其身！”谢诗此处是合两处来使用的。是说交交地鸣叫着的黄鸟，停在栩木上，此情此景让他想起了《秦风·黄鸟》所叙述的悲哀的故事。“呦呦食萍鹿”出于《小雅·鹿鸣》：“呦呦鹿鸣，食野之苹。我有嘉宾，鼓瑟吹笙。吹笙鼓簧，承筐是将。”谢灵运看到山坡上的鸣鹿，想起了这首诗里宾主相得的宴会之乐。其实，无论是三良的故事，还是鹿鸣的故事，都是写宾主（君臣）相得，却有哀乐之别。所以下面两句，“伤彼人百哀”承“交交止栩黄”，“嘉尔承筐乐”承“呦呦食萍鹿”。诗人由上面两个故事得出“荣悴迭去来，穷通成休戚”这样的结论。他觉得人生的荣悴和穷通是难以逆料的，于是确定了“未若长疏散，万事恒抱朴”的人生态度。谢灵运这种写诗方法是很特殊的，他由眼前的景想到经典上的事情，然后结合典故和当下情景来抒情达意。他的表达方式是很曲折的。另外，从用典的方法来讲，谢诗的这种将两个、甚至多个不同的典故绾合在一起的做法，初看生硬奥涩，仔细体会，自有一种妥帖的安排。如《鹿鸣》与《黄鸟》所叙述的事，原本很不一样，但他用哀乐荣悴的主题将它们结合在一起了。三良受恩于穆公时，其与穆公之间的生活，不正是《鹿鸣》诗所表现的情景吗？所以谢灵运将它们联系起来，是很巧妙合理的。

在谢灵运的时代，政治上纷争激烈，倾轧也很严重。一个人的荣华与衰败，乃至生与死都难以预料。最切近的一件事，是谢灵运

所依附的庐陵王刘义真的倾败。庐陵王被废为庶民，庐陵王周围的人也失势了。此事与谢氏切身相关，所以他写此诗时，很可能是想起这类事情。所以谢氏写人生感慨，不全是无病呻吟！他所说的那些"玄理"，有许多也确有他真实的体验。

石门岩上宿诗〔1〕

朝搴苑中兰〔2〕，畏彼霜下歇。暝还云际宿，弄此石上月。鸟鸣识夜栖，木落知风发。异音同至听，殊响俱清越〔3〕。妙物莫为赏〔4〕,芳醑谁与伐〔5〕。美人竟不来〔6〕，阳阿徒晞发〔7〕。

注 释

〔1〕石门：在浙江嵊州市界内。谢灵运《山居赋》的南山、北山的建筑。石门即南山之筑。一说在浙江青田的石门。

〔2〕搴（qiān）：摘取。《楚辞·离骚》："朝搴阰之木兰兮。"

〔3〕"异音"二句：异音、殊响，指不同的声音，即前两句说的鸟鸣、木落之声。至听，至美的声音。清越，清新发越。

〔4〕妙物：美妙的事物。此处指石门岩上的风景，如苑兰、山月、鸟鸣、

木落之类。莫为赏：无人共赏。

〔5〕芳醑（xǔ）：美酒。伐：原指评论，这里是指品赏。

〔6〕美人：佳妙的人物，这里指好朋友。

〔7〕阳阿：山南曲隅。晞（xī）发：晾干头发。《楚辞·九歌·少司命》："与女沐兮咸池，晞女发兮阳之阿。望美人兮未来，临风恍兮浩歌"。

鉴赏

谢灵运的山水诗，常常被视作模山范水，是以"写物"为主的。但他自己的主观意图，还是要在山水景物的描写中寄托主观的情志，也有意识地继承《诗经》《楚辞》以来的比兴言志传统。对于这一点，向来很少有人给予肯定。但唐代诗人白居易却特别肯定了谢氏山水诗中的寄托精神。其《读谢灵运诗》云：

> 谢公才廓落，与世不相遇。壮士郁不用，须有所泄处。泄为山水诗，逸韵谐奇趣。大必笼天海，细不遗草树。岂唯玩景物，亦欲摅心素。往往即事中，未能忘兴谕。因知康乐作，不独在章句。

这就是说，谢诗不仅是写景物、即事，也有摅心素、兴谕的一面。这一首《石门岩上宿》，就很有些寄托之意。诗的结构也与他平常的作品不一样，首尾两处，突然而起，忽然而终，中间写景也有恍惚迷离之感。尤其值得注意的是，诗中用了《离骚》的一些意象，似

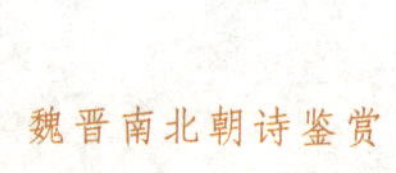

乎是在有意识地将楚辞艺术的比兴精神吸收到一首平常的山水诗中。

诗开头四句“朝搴苑中兰，畏彼霜下歇。暝还云际宿，弄此石上月”，两两相对，造语甚工，景象更是空灵美妙。《离骚》：“朝搴阰之木兰兮，夕揽洲之宿莽。”谢氏这里仿其句式，还用“搴兰”这个意象。这四句写出一个非人间所有、超绝尘寰之外的美好境界，也写出了诗人耽爱这美好境界的心理。诗人觉得自己不为现实所容，但与这种超现实性的美好境界却是很和谐的。

“鸟鸣”两句，写出深幽岩谷间事物之理：山间鸟鸣，知其夜晚寻栖之意；林间有树叶落下的声音，那是山风吹拂的消息。这种种不同的声音，都入于诗人之耳，音响不同，却都有清越之美。谢诗写景，很喜欢用“分析”的笔法写，分析景物之理。有时不期然地说出了一些美学上的道理，如此处“异音同至听，殊响俱清越”指出了美的某种客观性。“鸟鸣识夜栖”句，或许对于王维《鸟鸣涧》“人闲桂花落，夜静春山空。月出惊山鸟，时鸣春涧中”一诗的境界创造有所启发。

最后四句，写当此美妙境界，惜无知音之人同赏美景，同饮芳醑。最后仍用《楚辞》语：“与女沐兮咸池，晞女发兮阳之阿。望美人兮未来，临风怳兮浩歌。”（《九歌·少司命》）谢灵运所说的“美人”究竟指谁，我们今天不得而知。也许他本来就是一种寄托，没有具体所指的对象。

此诗清奇古雅，实为山水诗中神奇之品，后人难以模仿。

鲍 照

鲍照（约 415—470），字明远，东海（今山东郯城）人。家世寒微，宋临川王刘义庆任命他为国侍郎，宋文帝迁为中书舍人。后临海王刘子顼镇荆州，鲍照为前军将军。子顼作乱，鲍照为乱兵所杀。鲍诗气骨劲健，语言精练，词彩华丽，常表现慷慨不平之思，当时有“操调险急”之评。在刘宋一代诗人中最为特出。七言诗尤工，对唐人有很大的影响。

代东门行〔1〕

伤禽恶弦惊，倦客恶离声〔2〕。离声断客情，宾御皆涕零〔3〕。涕零心断绝，将去复还诀〔4〕。一息不相知，何况异乡别〔5〕。遥遥征驾远，杳杳白日晚〔6〕。居人掩闺卧，行子夜中饭〔7〕。野风吹草木，行子心肠断〔8〕。食梅常苦酸，衣葛常苦寒〔9〕。丝竹徒满座，忧人不解颜〔10〕。长歌欲自慰，弥起长恨端〔11〕。

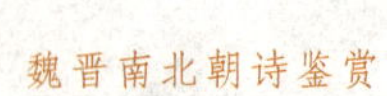

注释

〔1〕《代东门行》是汉乐府的古题，在汉乐府原诗中叙说了一个贫困者铤而走险的故事。鲍照这里则仅写客子离乡别井之恨，但在贫贱这一点是相同的。

〔2〕“伤禽”二句：言倦于行旅的游子厌恶离歌之声，就如同受过箭伤的鸟儿厌恶弓弦之声一样。伤禽恶弦惊，用更羸发虚弓而下伤鸟的典故。《战国策·楚策》：“异日者，更羸与魏王处京台之下，仰见飞鸟。更羸谓魏王曰：‘臣为王引弓虚发而下鸟。’魏王曰：‘然则射可至此乎？’更羸曰：‘可。’有间，雁从东方来，更羸以虚发而下之。魏王曰：‘然则射可至此乎？’更羸曰：‘此孽也。’王曰：‘先生何以知之？’对曰：‘其飞徐而鸣悲。飞徐者，故疮痛也。鸣悲者，久失群也。故疮未息而惊心未至也，闻弦音，引而高飞，故疮陨也。’”离声，离别时听到的声音。如后面写到丝竹之音。

〔3〕宾：将离之客。御：御者，赶车的人。

〔4〕诀：别。

〔5〕“一息”二句：言片刻不在一起已难承受，何况在异乡与人作别。

〔6〕杳杳：深暗貌。

〔7〕“居人”二句：写离别之难堪，思妇闺中独居，早早掩门闭户而卧；游子仆仆道途，独自夜中进食。

〔8〕“野风”二句：接上句“游子夜中饭”，写旅行孤独，野风吹过草木，

游子思乡肠断。

〔9〕“食梅”二句:为起兴,以梅之酸谐心之酸,葛之寒谐心之寒。兴中有比,引出下文“忧人不解颜”。

〔10〕丝竹：弦乐和管乐，泛指音乐。解颜：解除愁苦之颜，指欢笑。

〔11〕“长歌”二句:言欲长声而歌以自我安慰,反而引发更深长的愁恨。恨端,愁绪。

鉴赏

此诗主题与汉乐府原诗有所不同。唐吴兢《乐府古题要解》云:“古词（指汉乐府《东门行》）‘出东门，不顾归；来入门，怅欲悲’，言士有贫不安其居者，拔剑将去，妻子牵衣留之，愿共餔糜，不求富贵，且曰今时清不可为非也。若宋鲍照‘伤禽恶弦惊’，但伤离别而已。”吴兢没有看到鲍照的《代东门行》与汉乐府《东门行》精神上的联系，认为鲍作不遵古意，有贬低鲍作之意。其实这种不拘泥于形似模拟而追求精神上继承汉乐府，正是鲍照拟古乐府的过人之处。

诗以比法开始,用“伤禽恶弦惊”引出“倦客恶离声”。“离声”,离别时的音乐、慰言之类，这本来是在家的亲友为了安慰要孤独赴行的“客子”而歌唱、弹奏的，但是有过多次离家远行、独客他乡经验的“客子”，一听到这“离声”，竟然也产生了厌恶的情绪，正

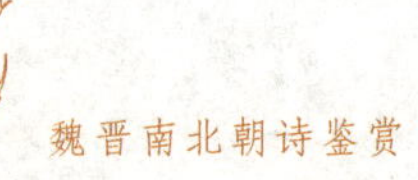

如受过箭伤的禽鸟厌恶弓弦之声一样。这两句很好地写出了一种厌倦作客的情绪，没有真实的体验是写不出来的。

接着写的都是临行的情绪，反反复复，正见其情绪仓皇凄惨之状。“离声断客情，宾御皆涕零”，客子一人不欢，使得满堂皆泣。这两句从旁边去渲染，效果也特别好。“涕零心断绝，将去复还诀”，接前两句写“心断绝”，与“断客情”意思相同。律诗要尽量避免一首诗中出现意思、造语大体相同的句子。但古诗不受这个规则限制，有时用重复唱叹以加强渲染情感效果，这正是律诗所不能运用的艺术手段。于此可悟近体诗虽然在创造形式美感上较古诗优长，但也受到限制，有些方面反不如古诗、歌行之自由。鲍照此诗前六句，用“顶真格”，这是民歌常用的，回环相生，引情自深。“将去复还诀”一句，叙事分两层：“将去”是一层，“复还诀”又是一层。这样的造语，在叙述上也有其长处。

“一息不相知，何况异乡别”，平常一刻不在一起，都会产生挂念、悬思的情绪，而今远离他乡，则此后漫长的相思生涯应该如何打发过去呢？话说到这里，心里已经是很酸恻了。

“遥遥”六句，写“行子”途中苦况极为真切。鲍照另有奇文《登大雷岸与妹书》，其中有“险径游历，栈石星饭，结荷水宿，旅客贫辛，波路壮阔”等语，可与《代东门行》参看。

“食梅”两句又是比兴，都是比作客之苦，唯客子自己心知，旁人终是不能解也。“丝竹徒满座，忧人不解颜”，正是上面两句所比的内容。最后两句以长歌长恨作结 :“长歌欲自慰，弥起长恨端”，原想作一首诗，或唱一首歌来安慰自己，谁知道惹起了更深的愁与恨。

此诗在结构上有一个特点，它不是完整地叙述一件具体的行旅之事，而是吟唱作客他乡这种事情本身。所以，全诗并不表现一个完整、有首尾的叙事结构。这正是古诗写事的一个特征。也就是说，这首诗实质上是一首抒情诗，而不是一首叙事诗。分别出这一点，就能更好地体会此诗的好处。

代陈思王京洛篇〔1〕

凤楼十二重〔2〕，四户八绮窗〔3〕。绣桷金莲花〔4〕，桂柱玉盘龙〔5〕。珠帘无隔露，罗幌不胜风。宝帐三千所〔6〕，为尔一朝容。扬芬紫烟上，垂彩绿云中。春吹回白日，霜歌落塞鸿。但惧秋尘起，盛爱逐衰蓬。坐视青苔满，卧对锦筵空〔7〕。琴瑟纵横散〔8〕，舞衣不复缝。古来共歇薄〔9〕，君意岂独浓〔10〕。惟见双黄鹄，千里一相从〔11〕。

注释

〔1〕《代陈思王京洛篇》：陈思王，即曹植。代，即拟。鲍照拟古乐府习惯用“代”字。今本《曹植集》中无《京洛篇》,唯《名都篇》中有“京洛出少年”之句，但所写为豪侠少年。《玉台新咏》选录本诗，题作《煌煌京洛行》。《煌煌京洛行》也是古乐府题，曹丕《煌煌京洛行》写张皇其词、虚美无实之有害。本篇写一位受宠的后妃，郭茂倩《乐府诗集》录入相和歌辞中的《瑟调曲》。

〔2〕凤楼：古代皇宫中的楼。《晋宫阙铭》：“总章观仪凤楼一所。”楼，一作“台”。十二重：极言层楼重叠之多。《黄庭经》：“绛楼重宫十二级。”

〔3〕绮窗：雕镂复杂华丽的花窗。

〔4〕“绣桷（jué）”句：椽角雕绣着金色莲花。何晏《景福殿记》：“列髹漆之绣桷。”桷，方形的椽子。

〔5〕“桂柱”句：桂树做的柱子上雕玉盘龙。

〔6〕宝帐:华丽的帷帐。《西京杂记》:“帝为宝帐，设于后宫。”宝帐三千所，极言受宠之重。所，一作“万”。

〔7〕锦筵：施设锦围的筵席，指盛筵。

〔8〕瑟：一作“筑”。

〔9〕共：一作“皆”。歇薄：淡薄。

〔10〕岂：一作“良”。

〔11〕“惟见”二句 :《古诗》:“黄鹄一远别，千里顾徘徊。”

鉴赏

这首诗是写一位受君王盛宠之女子惧怕失宠的忧思，同时也寄寓了作者对人与人之间感情关系多变的一种看法。全诗主要的篇幅是写女子受到盛宠的情形。先是极写建筑之华丽，殆非人间住所，好似天上的琼楼玉宇。接着写宫内珠帘罗幌之美。“珠帘无隔露”两句，是写缀珠之帘的玲珑之美，从里面看出去，透明得像露水都隔不住的样子；而罗幌质地之薄，连一点风都受不住。这两句，极写女子所住宫室陈设的奢华。“宝帐三千所”，是说君王为宠爱此女子，为她在宫中处处陈设宝帐，这种宠爱，又岂止于金屋藏娇呢？接下来“扬芬”四句，是写君王真的把她宠上天了，也是对开头“凤楼十二重”句的回应。“春吹”句写春天尽日作乐，歌吹不断；“霜高”句写秋日赏娱风光的情景，因为楼很高，所以有落塞鸿之感。写到这里，都是形容盛宠。鲍照才华富艳、文采壮丽的写作特点，在这首诗的形容中，表现得很突出。

从“但惧秋尘起”这一句起，用意陡然改变，突生一种盛极必衰、宠极必弃的忧思。秋尘一起，盛宠像转蓬般飞去。想象彼时的自己，从此阶前青苔积满，君王再也不踏进她居住的冷宫，辗转愁卧，香消玉减，徒然地对着已空的锦筵，想着从前快乐的宴会。琴瑟已

废，舞衣已破而不缝。这些镜头，都在盛宠人的眼前浮现。当然也可以理解为，她正受盛宠的时候，向着君王诉说着可能被抛弃的将来。所以会有后面“古来共歇薄，君意岂独浓”的怨诉。最后两句又一转，说要图得感情坚固，就应该放弃这种奢华的生活，像古人诗中所说的双黄鹄那样，虽然飞翔得艰难，却是不离不弃地跟从着的。这样说，鲍照的这首诗，不仅是写人间感情的易变，同时也是对富贵繁华的一种反思，表现了作者对朴素人生价值的肯定。所以，说到底，这首诗所表现的还是魏晋诗中常见的盛衰主题。

拟行路难十八首（其一）〔1〕

奉君金卮之美酒，玳瑁玉匣之雕琴。七彩芙蓉之羽帐，九华蒲萄之锦衾〔2〕。红颜零落岁将暮，寒光宛转时欲沉〔3〕。愿君裁悲且减思，听我抵节行路吟〔4〕。不见柏梁铜雀上，宁闻古时清吹音〔5〕。

注释

〔1〕《行路难》本为民间歌谣。《陈武别传》记载陈武贫贱时牧羊，曾歌此曲。东晋袁山松文其辞句，婉其节制，事见《晋书·袁瓌传》。

古辞与袁氏改作俱不存，现存最早的就是鲍照《拟行路难》组诗，共十八首（一说十九首），多感愤不平之作。本篇是第一首，为序诗。郭茂倩《乐府诗集》录入杂曲歌辞，并云："《乐府解题》曰：'《行路难》备言世路艰难及离别悲伤之意，多以'君不见'为首。'"

〔2〕"奉君"四句：用"奉君"领起四种解忧之物，一气直下，句法独创。宋人欧阳修《奉送原甫出守永兴》诗："酌君以荆州鱼枕之蕉，赠君以宣城鼠须之管。酒如长虹饮沧海，笔若骏马驰平坂。"晁无咎《行路难》："赠君珊瑚夜光之角枕，玳瑁明月之雕床。一茧秋蝉之丽縠，百和更生之宝香。"黄鲁直《送王郎》："酌君以蒲城桑落之酒，泛君以湘累秋菊之英。赠君以黟川点漆之墨，送君以阳关堕泪之声。"皆学此。卮（zhī），酒器。玳瑁（dài mào）：龟类，生海中，背上之甲可用作装饰。七彩芙蓉、九华蒲萄，皆指花纹图案。羽帐，用翠鸟羽毛所制之帐。

〔3〕"红颜"二句：《离骚》："惟草木之零落兮，恐美人之迟暮。"

〔4〕抵（zhǐ）：侧击。节：乐器，即拊鼓，歌唱时拍之以为节拍。行路吟：唱《行路难》曲。

〔5〕"不见"二句：言古时铜雀、柏梁的歌吹之声，今已不闻，不如及时行乐。柏梁、铜雀，皆台名，为歌舞宴乐之所。《汉书·武帝纪》："元鼎二年春，起柏梁台。"柏梁台以香柏为台，在长安。铜雀台，建安十五年(210)，曹操建，在邺城西北。宁（nìng），岂、何。吹，读去声，管乐。

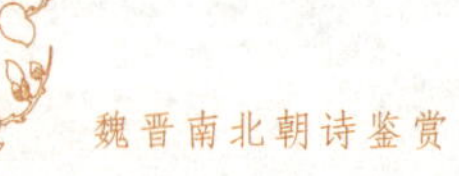

鉴赏

《拟行路难》“其一”是组诗十八首的序曲，诗中假设（或者说是作者塑造）一位生活在豪华富奢环境中的贵人，她（或者他）似乎没有任何缺少的，更没有什么生活上的具体的忧虑，但是她（或者他）却有一种无法排遣的悲哀情绪——那就是因生命短暂而引起的悲哀。于是诗歌用这一曲《行路难》来慰藉这种生命情绪。

诗的开头四句句法很奇特，也很有气势：一个“奉”字领出了一连四句，说了四件事物：斟在金卮中的美酒，装饰着玳瑁的雕琴，绣着七彩芙蓉的羽帐，织着九华葡萄花样的锦衾。这真是古人所说的锦绣堆里生活着的人，享受着仿佛是无边无际的繁华。至“红颜零落岁将暮，寒光宛转时欲沉”两句，作者的笔锋陡然一转，从欢乐场面的描写转为悲哀情绪的描写。诗人说，富贵的生活诚然美好，可是生命的短暂却是无法排遣的悲哀。至此才发现诗人侈陈奢华，是为了与生命短暂形成强烈的对比。

汉魏以来的诗歌中有不少表现生命短暂的作品，不少场合多附着诸如志士忧世、贫穷忧生等社会性内容。如曹操就有“不戚年往，忧世不治”的感叹。此诗特点，则是单纯地抒发生命短暂的悲哀情绪。为此，作者选择锦衣玉食的贵族男女作为抒情主人公。这里其实是对这个主题做了“提纯式”的处理。在似乎毫无缺失的奢华生活中，“红颜零落岁将暮，寒光宛转时欲沉”，成了一种纯粹的生命悲哀。“红颜”两句写得很有形象，可感性很强。这里有人的形象——红颜；有时间的形象，时间本来无形，可作者用“寒光宛转时欲沉”赋于时间一种形象。

鲍照的诗，常喜欢用华丽的形象表达悲哀的情绪，给人一种沉博绝丽、哀感顽艳的感觉。他的名篇《芜城赋》和《拟行路难》中的许多诗，都有这个特点。

拟行路难十八首（其四）

泻水置平地，各自东西南北流〔1〕。人生亦有命，安能行叹复坐愁。酌酒以自宽，举杯断绝歌路难〔2〕。心非木石岂无感〔3〕，吞声踯躅不能言〔4〕。

注释

〔1〕“泻水”二句：是说把水倾倒在平地上，因为地面的高低凹凸，水向东西南北分流。这是比喻人生下来后，因为社会分化的原因，其命运也有贫富贵贱顺逆的不同。《鲍参军集注》（上海古籍出版社 1980 年）钱振伦注：“《世说》：殷中军问：‘自然无心于禀受，何以正善

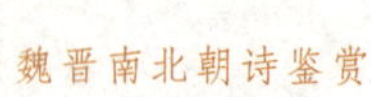

人少恶人多？’刘尹答曰：‘譬如写水著地，正自纵横流漫，略无正方圆者。’一时绝叹，以为名通。”后来梁朝范缜又以花朵飘茵堕溷来比喻人的命运不同，其实都是因为社会的分化造成的。鲍照这一比喻也是属于这一类的“名通”之语。

〔2〕断绝：形容歌声顿挫、凄怆的样子。鲍照另有《发后渚》：“声为君断绝。”歌路难：歌唱《行路难》。

〔3〕心非木石：亦如俗语说“人心是肉做的”。

〔4〕吞声：饮恨藏声。

鉴赏

这首诗是对不平等社会的抗议，用一个人生命运的主题来表现。鲍照出身寒微，在当时门阀士族林立的社会中没有什么地位。而当时的上层社会，因为长期延续贵族世袭的制度，竟也发生了一种错误的意识，认为处富贵、有权势的人是天生的聪明，天生的高贵。当时开始流行佛教因果学说（此派学说自庐山东林寺慧远法师宣扬后影响日广），更为此制造一些虚假的哲学根据。认为今世的权势、地位都是以往各世积善积德的报应。鲍照对这种说法感到很气愤，他认为所谓命运，是完全任意的，没有什么道理可说。所以说就像“泻水置平地”一样。

此诗充分运用歌行句子错落、自由转韵等形式特点。前三组，采用一短一长两个句子配合的句法，形成排宕之势，节奏感极强。前四句的用韵,用后来“平水韵”的术语,属于“尤韵”,有长歌之气。中间“酌酒”两句，转“寒韵”，声韵上有裂帛之感。最后“心非”两句，变激烈为低沉。这种声韵与情韵一配合的效果很好。

拟行路难十八首（其六）

对案不能食[1]，拔剑击柱长叹息。丈夫生世能几时，安能蹀躞垂羽翼[2]。弃置罢官去,还家自休息。朝出与亲辞,暮还在亲侧。弄儿床前戏，看妇机中织。古来圣贤尽贫贱，何况我辈孤且直。

注释

〔1〕案：食案。

〔2〕蹀躞（dié xiè）：小步行走的样子。垂羽翼：形容困顿之状。

鉴赏

这是一首表现自己激愤情绪的诗。对着饭桌，却无心饮食，站起身来拔出宝剑击砍在房柱上，同时发出长长的一声叹息！这一个

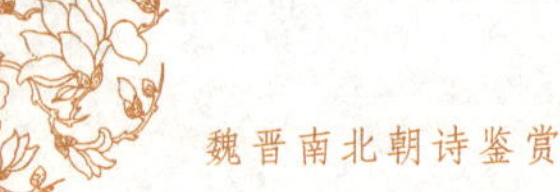

形象，十分惊耸动人。诗人表现形象，就要这样才能给人留下深刻的印象。但和传统的温柔敦厚的诗学主张不同，与晋宋之际的清旷玄远的审美趣味更是格格不入。鲍照的诗，因此而有“险俗”之目。

“丈夫”两句，紧接长叹息而来，具体写叹息之由。这两句是说得很酸苦的。陶渊明不为五斗米折腰，鲍照也不肯因为仕途而蹀躞垂羽翼，都是不愿意丧失大丈夫的志气。晋宋之际的诗人中，这两位是有相通之处的。鲍照写《学陶彭体诗》，就是以此为基础的。

接下四短句，设想罢官后的天伦乐事，写得很有情味。最后两句是真正认识了命运，理智地为自己开脱。李白《将进酒》：“古来圣贤皆寂寞，唯有饮者留其名。”就是从这里来的。

拟古诗八首（其三）

幽并重骑射〔1〕，少年好驰逐。毡带佩双鞬〔2〕，象弧插雕服〔3〕。兽肥春草短，飞鞚越平陆〔4〕。朝游雁门上，暮还楼烦宿〔5〕。石梁有余劲，惊雀无全目〔6〕。汉虏方未和，边城屡翻覆〔7〕。留我一白羽〔8〕，将以分虎竹〔9〕。

注释

〔1〕幽并：幽州与并州，大致相当于今河北北部与山西的北部。

〔2〕毡带：毡做带子。鞬（jiàn）：盛弓的器具。这一句是说这位少年的毡带上佩着两张弓。极言其勇武。

〔3〕象弧：用象牙装饰的弓。雕服：雕刻的装箭具。《毛诗》中有“象弭鱼服”之句。

〔4〕飞鞚（kòng）：此处指勒马飞跑。鞚，马勒。

〔5〕“朝游”二句：雁门、楼烦，都是边塞郡之名。《汉书》：“雁门郡有楼烦县。”在今太原北部。这里用来泛指边塞之地。上，一作“山”。

〔6〕“石梁”二句：夸张其射箭本领的厉害。《文选》李善注引《阚子》一书，记载宋景公时一位善于治弓的工人，他所造的弓能把箭头射进石梁中去。又引《帝王世纪》载羿善射，人家让他射中飞鸟的左目，他射中右目，感到十分惭愧。这里形容少年射术之精。雀，一作“爵”，二字通。

〔7〕屡：一作“累”。

〔8〕白羽：插着白色羽毛的箭矢。

〔9〕分虎竹：指将士出征时，从君王领得虎符。虎竹，用竹制虎形兵符。

鉴赏

鲍照的《拟古》这一组诗，共有八首，主要是写一位寒素之士对于出处和功名之事的一些感慨。其中有直接出现他自己形象的，也有写他人形象以寄寓自己的。这一首是写幽、并善于骑射的豪侠

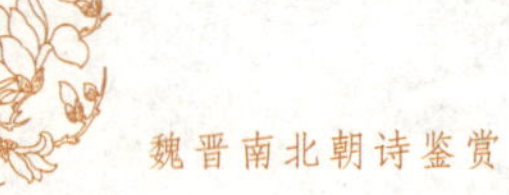

少年，大概是从曹植的《白马篇》《名都篇》这一类叙游侠少年的诗中取法的，但写得极为紧凑，笔势俊健，篇幅也比曹诗短一些。曹诗多写做一件事时的连贯动作。鲍诗则将一些多个事情中的动作连贯起来，如飞马于平陆，朝游雁门，暮宿楼烦，箭没石梁之中，矢穿飞禽之目。他的这种写法，应该是更为古老传统。

它的结构也颇有特色，即最后提出了一种大义。前面的游侠少年，虽然豪猛，但其从事的事情，并没有明确的道义。最后说，留一只白羽箭，等待着从军报国的机会，这才将作者本志表白出来。这也可以说是古老的赋文曲终奏雅的写法。所谓拟古，也表现在他对传统诗赋的这些方法的学习之上。

拟古诗八首（其六）

束薪幽篁里〔1〕，刈黍寒涧阴〔2〕。朔风伤我肌，号鸟惊思心〔3〕。岁暮井赋讫〔4〕，程课相追寻〔5〕。田租送函谷〔6〕，兽藁输上林〔7〕。河渭冰未开〔8〕，关陇雪正深〔9〕。笞击官有罚〔10〕，呵辱吏见侵。不谓乘轩意〔11〕，伏枥还至今〔12〕。

注释

〔1〕束薪：捆柴。

〔2〕刈黍（yì shǔ）：割黍子。黍是一种植物，草本，籽实为黍米，黏性。

〔3〕朔风：北风，寒风。号鸟：啼号之鸟。

〔4〕井赋：即田赋，向官府纳的田粮。上古为井田制，故此以井赋代称。讫（qì）：完毕。

〔5〕程课：即课税，向官府纳的各种税银、税物。因为有期限，所以称程课。程，期。追寻：一样接着一样。指税多。

〔6〕函谷：函谷关，入长安必经之地，在今河南灵宝市西。这句或是去长安纳田粮，或是到函谷关纳粮，因为那里有驻守的军队。

〔7〕兽藁（gǎo）：给动物吃的草料。输：运送。上林：汉朝皇帝的猎苑。那里的马或猎犬之类需要喂食，是由各地老百姓负担的。

〔8〕河渭：黄河与渭水。

〔9〕关陇：函谷关和陇阪。陇阪，即陇坻，在今甘肃陇县境内，以坡高路上著称。

〔10〕“笞（chī）击”二句：指受到上述主掌井赋、程课的官吏鞭打、辱骂。笞，古代用竹板或荆条打人脊背或臀腿的刑罚。

〔11〕乘轩：做官的意思。轩，官车。这句用卫懿公爱鹤，让鹤乘轩的语面。乘轩意，指寒士期待进身为官的志愿。在魏晋南北朝时期的门阀制度中，有门阀、有父祖所传的世袭特权的人，很容易做官，门第越高，

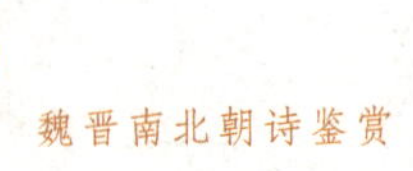

所得官职越好。而门第不高的寒士，则很难进身。同样，有世袭特权的人，无须服赋税。而像本诗中所写的寒士，和一般的农民一样，备受赋役催迫。

〔12〕伏枥（lì）：马伏在槽上，不得驰骋。曹操《步出夏门行》："老骥伏枥，志在千里。"比喻英雄蛰伏以待时。这里是指寒士志愿不伸，屈居于寒门白屋之中。

鉴赏

这首诗，写一位地位低下、需纳赋税、服徭役的寒士的艰苦生活，以及不得展其大志的悲愤。诗人同时也反映了当时国家赋税的繁重。它所呈现出来的凝练、生动的写实艺术，以及俊健的风格，受到后来的诗人的赞扬。清人方东树认为："诗之警妙，皆杜、韩所取则，亦开柳州（柳宗元）。"（《昭昧詹言》）

开头四句写樵采、刈黍的劳动景象，这种内容，在当时只有陶诗中能看到，可能受到陶诗的影响。但它所写的苦况，比陶诗还要深一点。"朔风""号鸟"两句，不乏古诗的韵味。接下说井赋方毕，又来其他税课。将田租送到函谷关，以供军食；将草料送到上林苑，供那里的马或兽食用。长途跋涉，徭役特别辛苦。这两句表面上是写汉代的事，这也是这首诗标题为"拟古"的原因。"河渭""关陇"两句，极写途中的艰难，与"朔风""号鸟"两句的效果是一样的。

这些逼真生动的苦境的描写，对后来诗人如杜甫、韩愈是有影响的。当然这首诗也是后来田园诗中“悯农”一类作品的鼻祖。

最后两句，写这位寒士想要乘时奋发的志愿一直得不到实现。这反映了当时门阀制度下寒素受压抑的现实。

所以，这是一首反映现实的诗，却以拟古的方式创作。它启发了后来唐代诗人怎样用拟古的方法来达到表现现实的效果。

陆凯

陆凯（生卒年不详），字智君，代（今河北蔚县东）人。谨重好学，以忠厚见称，曾做正平太守，在郡七年，号称良吏（据余冠英《汉魏六朝诗选》）。

赠范晔诗〔1〕

折花逢驿使〔2〕，寄与陇头人。江南无所有，聊赠一枝春。

注释

〔1〕范晔（398—445）：南朝刘宋时人，字蔚宗，长于文史，著有《后汉书》。刘宋受禅后，曾为秘书丞、尚书吏部郎等官。元嘉二十二年，与孔熙先等谋立彭城王义康，事泄被杀，时年四十八。

〔2〕驿使：使者。

鉴赏

关于这首诗，《荆州记》有这样的记载："陆凯与范晔交善，自江南寄梅花一枝，诣长安与晔。兼赠诗曰。”清人唐汝询的《古诗解》中说：“晔为江南人，陆凯代北人，当是范寄陆耳。”这里的确有一些疑问，但文学作品的写作情况有时是很复杂的，很难用简单的地理知识来判断。

这是一首影响深远的佳作。观其体制，正是受吴声歌曲的影响，或者也可以直接看作是吴声体。当时的文人多效吴声为绝句，范、陆二人或有此种唱酬。观此，则可知这首诗虽是两个男士之间的友谊歌唱，却是效法了吴声的儿女之辞的。后来《西洲曲》“忆梅下西洲，折梅寄江北”，与此诗的情节正同，只是未能细考二作创作时间的先后。

此诗虽短短四句，但因为善于托物以尽情，立象以寄意，所以造成极为浑融的境界，以及十分丰殷的意趣。令人诵之，不但齿颊生香，韵味无穷！以少少许胜多多许，对后人类似作品的写作，有丰富的启示作用。

“一枝春”三字，提炼最精。不说“一枝梅”而说“一枝春”，用春取代梅，是将具象化为抽象。将一个绝大的“春”的概念，纳入这样细小的“一枝”之中，又是将抽象化为具象。这样的一种语言创造，预示中国古代诗歌语言艺术正向着一种意象化语言的发展。但是，此诗造词之妙，又在于完全是神来之笔，毫无造作雕琢的痕迹。此所以为千古佳作也。

江 淹

江淹（444—505），字文通，济阳考城（今河南民权）人，少孤贫，好文章。宋末曾为吴兴令，齐时显达，累迁至秘书监、侍中、卫尉卿。梁天监元年（502）为散骑常侍、左卫尉将军，封临沮县伯，后迁金紫光禄大夫，改封醴陵伯。江淹早年仕途蹭蹬，诗风近于鲍照，入齐梁后，文思颇减，世称江郎才尽。他的代表性作品是在宋末创作的。

陶征君田居〔1〕

种苗在东皋〔2〕，苗生满阡陌。虽有荷锄倦，浊酒聊自适〔3〕。日暮巾柴车〔4〕，路暗光已夕。归人望烟火〔5〕，稚子候檐隙〔6〕。问君亦何为，百年会有役〔7〕。但愿桑麻成〔8〕，蚕月得纺绩。素心正如此，开径望三益〔9〕。

注释

〔1〕陶征君：即陶渊明。征君，古代对受过朝廷征聘的隐居之士的

尊称。江淹创作《杂拟三十首》，模拟从汉代古诗到刘宋汤惠休三十位诗人作品，力求再现他们的风格与意境。这一首拟陶渊明田园诗。

〔2〕东皋：陶渊明《归去来兮辞》："登东皋以舒啸。"又阮籍《奏记》："将耕东皋之阳。"潘岳《秋兴赋》："耕东皋之沃壤。"《文选》李善注："水田曰皋。"

〔3〕"虽有"二句：陶渊明《归田园居五首》其二："带月荷锄归。"《时运》："清琴横床，浊酒半壶。"浊酒，未滤的酒。

〔4〕巾柴车：陶渊明《归去来兮辞》："或命巾车。"巾车，有车帷的车。巾柴车，为柴车张上车帷。

〔5〕"归人"句：意境似出陶渊明《归园田居五首》其一："暧暧远人村，依依墟里烟。"

〔6〕"稚子"句：陶渊明《归去来兮辞》："乃瞻衡宇，……稚子候门。"

〔7〕"问君"二句：自问自答，句法本陶渊明《饮酒》："问君何能尔，心远地自偏。"

〔8〕"但愿"句：陶渊明《归园田居五首》其二："相见无杂言，但道桑麻长。"

〔9〕"开径"句：汉人蒋诩在隐居的园子里开了三条小径，在等待好朋友求仲、求羊的到来。三益，《论语·季氏》载孔子之语："益者三友，友直、友谅、友多闻。"

鉴赏

江淹长于五言诗，尤其擅长于模仿。他的《杂拟三十首》模仿汉、魏、晋、宋三十位诗人的作品，有些达到逼真的程度。这一首《陶征君田园》，宋代一些学者就曾把它当成陶渊明本人的作品。此诗的词语与境界，可以说是从陶渊明的作品化出来的，但并非简单的模拟，而是运用陶诗的词语、意境进行新的创造。这也可以理解为晋宋诗人一种新的写作方法，对后来唐宋诗人有很多的启发。

中国古代田园诗，有一种是渊源于隐逸之流的，所以不仅写田园，更要写出隐逸者躬耕于田园的生活态度，即一种淳朴自然的生活态度。这首诗的成功，不仅在于将陶渊明隐居躬耕的生活情形写得十分生动，如“日暮巾柴车”四句，写景叙事，极为传神；更在于将他的心灵呈现出来。作者力图让思想融在一种场景中，来逼真陶诗的风格。当然，比起陶渊明本人的田园诗，这首诗仍带有某种“解说”性。没有达到陶诗中“不着一字，自得风流”的那种妙境。但其所达到的成就，足够作为中国古代田园诗的代表作。在着重表现田园境界方面，它甚至比陶诗本身还要具有代表性。

南齐诗

谢朓

谢朓（464—499），字玄晖，陈郡阳夏（今河南太康）人。出身贵族，母为宋长城公主，仕齐至中书吏部郎。齐东昏侯永元（499—501）初，江祏等谋立始安王萧遥光，遥光以谢朓兼知卫尉，欲引为党羽，不从，致下狱死，年三十六。谢朓诗风秀逸，为当时作家所爱重。梁武帝极重谢朓诗，曾云："三日不读，即觉口臭。"南宋人赵师秀有句云："玄晖诗变有唐风。"他对于五言诗的律化影响甚大。

游东田诗〔1〕

戚戚苦无悰〔2〕，携手共行乐。寻云陟累榭〔3〕，随山望菌阁〔4〕。远树暖阡阡〔5〕，生烟纷漠漠。鱼戏新荷动，鸟散余花落。不对芳春酒，还望青山郭。

注释

〔1〕东田：在钟山下，南齐文惠太子立楼馆于此。

〔2〕无悰（cóng）：不快乐。悰，乐。

〔3〕陟（zhì）：登攀。累榭：层层相叠的楼榭。

〔4〕菌阁：像芝菌一样的高阁。余冠英《汉魏六朝诗选》注："累榭、菌阁均见《楚辞》，此指山庄言。"

〔5〕暧：昏暗不明的样子。阡（qiān）阡：同"芊芊"，草木茂盛状。

鉴赏

游赏山水及园林景物的诗歌，源于建安诗人的邺下讌游之作。两晋时有缓慢的发展，到刘宋谢灵运、颜延之、鲍照等人，成为一种很重要的诗体，写景艺术也在不断地发展。谢朓的这首《游东田诗》是这方面的一个名作，对后世同类作品影响很大。其中的"鱼戏新荷动，鸟散余花落"这两句，每一句都是由两种事物构成一个动态的关系，比起静止地描写景物，或者只是单纯地写一种事物，要生动、活泼得多。它启发诗人要从不同事物之间的关系来把握景物，尤其要抓住在时间与空间中不断变化的景物。如果掌握了这个经验，那么诗的表现对象，就能够无穷生发，能不断地创造出与前人不重复的清新的诗境。这也许是这两句诗出名的原因吧！

全诗的各个部分，在表现上都有一种恰到好处的感觉。诗从一种不太激烈的抒情开始，也是交代与友人携手游览东田的原因。接着写登上累榭，看到像芝盖那样翘然的飞阁。这两句的好处，是随着登攀的行动，写出山庄的景象。再接下去，是写从山庄的高处看到的远景，即远树芊芊，生烟漠漠，这是江南川原春天常有的一种景色。写了远景之后，诗人转回来观察局部的生动景物：看到初生的荷叶在动，知有鱼儿在底下戏水；鸟儿从树头飞走后，枝条弹起，洒落一片花朵。写到这里，全诗的画面都生动起来了，可以说这两句起到点睛的效果。

最后两句说，正当芳春，可以饮酒的时候，却来登临青山楼阁。这里其实在暗示他们情调的高雅潇洒，能够欣赏园林山川之趣。

暂使下都夜发新林至京邑赠西府同僚诗〔1〕

大江流日夜〔2〕，客心悲未央〔3〕。徒念关山近，终知返路长〔4〕。秋河曙耿耿〔5〕，寒渚夜苍苍〔6〕。引领见京室〔7〕，宫雉正相望〔8〕。金波丽鳷鹊，玉绳低建章〔9〕。驱车鼎门外，思见昭丘阳〔10〕。驰晖不可接，何况隔两乡〔11〕。风云有鸟路，江汉限无梁〔12〕。常恐鹰隼击，时菊委严霜〔13〕。寄言罻罗者，

寥廓已高翔〔14〕。

注释

〔1〕《南齐书·谢朓传》:“(萧)子隆在荆州,好辞赋,数集僚友,朓以文才,尤被赏爱,流连晤对,不舍日夕。长史王秀之以朓年少相动,密以启闻。世祖敕曰:‘侍读虞云自宜恒应侍接。朓可还都。’”本篇即作于谢朓从荆州(今湖北省江陵)回当时的首都建康(今江苏南京)途中。下都:与首都建康相对,故称“下都”。这里指荆州,当时是随王萧子隆的藩国都城。新林:浦名,离建康不远。京邑:指萧齐的首都建康。西府:随王萧子隆在荆州的府邸。吴淇《六朝选诗定论》卷十五:“自发新林到京邑说起,题却着‘暂使下都’。‘下都’盖荆州随王之国,曰‘下都’,乃谗人之薮。曰‘使下都’,乃见遭谗之由。既受命而为随王文学,却曰‘暂使’,见今已诏还京,且以幸其不再返也。不曰‘京师’,曰‘京邑’,盖其家在焉。故诗中又变化为‘关山’。观朓又有《之宣城发新林浦向板桥》诗,足证新林距京邑不远,一时到家心切,故急急然不待明发。”吴氏“曰‘下都’,乃谗人之薮”,这一句,未免过多地添入一种意思。

〔2〕大江:长江。

〔3〕未央:不尽。

〔4〕“徒念”二句:言连夜江行,距离金陵越来越近,终知返回荆州的路

程却更长了。将回到京邑的喜悦与对荆州僚友的牵念一并写出。

〔5〕秋河：秋日的银河。耿耿：明净。

〔6〕苍苍：深青色。

〔7〕引领:引颈，翘首瞻望。领，《文选》李善注作“顾”。见:一作“望”。京室：指建康。

〔8〕宫雉：宫墙。古以城长三丈、高一丈为雉。

〔9〕“金波”二句：言鳷鹊观前，建章宫下，月华如水，玉绳低垂。金波，月光。丽，附，连。鳷鹊、建章，汉有鳷鹊观、建章宫。这里指代台城的宫殿。玉绳，星名。

〔10〕“驱车”二句：言曙色中弃舟登岸，车驾至都门之外，荆州风景如昭丘之日，只在念中了。鼎门，《文选》李善注引《帝王世纪》，谓成王定鼎于郏鄏，其南门称定鼎门，简称鼎门。这里指建康南门。昭丘，楚昭王之墓，在荆州当阳东。扬雄《方言》:“冢大者为丘，丘南曰阳。”张玉縠《古诗赏析》:“言昭丘者，以楚昭好贤，阴比子隆也。”

〔11〕“驰晖”二句:接上句“昭丘阳”，言日光普照，昭丘阳光尚不可骤接，何况自己和西府同僚相隔两地，更难相见。《晋书·明帝纪》载明帝小时有“举目见日，不见长安远”之对。谢朓此处意正相同，或者正是修辞所本。驰晖，指日光。曹植《箜篌引》:“惊风飘白日，光景驰西流。”谢朓另有《至寻阳》诗：“过客无留轸，驰晖有奔箭。”接，迎。“驰晖不可接”，是说昭丘之日西流，想在建康迎接它的升起，

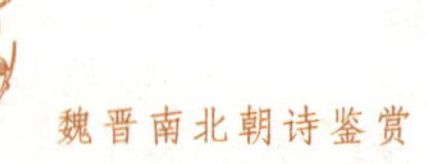

但秋夜将晓，朝阳未升，故不可接。

〔12〕“风云”二句：言寥廓的天空不限飞鸟，江汉近地却不能相通。

〔13〕“常恐”二句：言内心常常忧惧谗邪中伤，如同鸟惧鹰隼搏击，菊畏严霜摧残。鹰隼（sǔn），代指猛禽。隼，鹰类，比鹰稍小。这里喻指权柄者用来打击人的利器。时菊，《南齐书》作“秋菊”。委，枯萎。

〔14〕“寄言”二句：以鸟雀自比，以罗者比政敌如王秀之等，言我今已远避，高翔于寥廓之宇，谗者无计施其技矣。罻（wèi）罗，捕鸟的网罗。寥廓，指高远的天空。司马相如《喻巴蜀檄》：“犹鹪鹏之翔乎寥廓之宇，而罗者犹视乎薮泽。”

鉴赏

谢朓在荆州随王萧子隆的王府担任文学官的职务，以文才被萧子隆所赏识，两人关系很密切，当时随王府长史官王秀之向皇帝进谗言，齐武帝听信了王秀之的话，将谢朓召回金陵。将近金陵时，从新林趁夜出发。此时金陵已在望中，但荆州却是十分遥远了。诗人心里的感情十分复杂，离开王秀之等馋人，离开荆州随王府这一是非之地，回到原来就是自己的家乡的首都，诗人的心情有着喜悦、庆幸的一面；可是另一方面，想到自己终究离开了自己关系密切的萧子隆和西府内的朋友们，又是一种新的思念，又想到自己无缘无故地被人谗谤，而齐武帝竟听信谗人之言，心里不觉又有一些气愤的情绪。因为有一定的感情深度，所以这首诗风格沉郁顿挫，超越于清新流丽之上。

开头两句，是千古传颂的名句。“大江流日夜，客心悲未央”，以江水之流喻悲愁无尽，这两句写得沉郁而壮大，意象被后人反复传述。“秋河”两句，一写天河景象，似有“耿耿”的曙色；一写长江的江边小渚，寒冷而苍暗。这里有上明下暗的对比。这两句声律的抑扬也深可吟味。此诗至此六句，都是写发新林时当地所见的情景。

接下四句写望中所见的京邑，“金波丽鳷鹊，玉绳低建章”这两句很能写出京城雄伟的气象。用月光和星宿来衬托宫殿，非但写出它的高大，而且很好地表现出其辉煌的景象。对于谢朓来说，金陵既是国都，又是家乡，所以他对金陵有一种特别深的感情。所以每写到京邑，总有一些好句子。如《晚登三山还望京邑》中有“白日丽飞甍”句，与此诗“金波丽鳷鹊”，所用写法是一样的，都是从天象来烘托宫殿建筑的雄伟壮丽，但一句是白日所见，一是月夜所见，感觉不同。

“驱车”六句写怀念西府同僚。最后四句庆幸自己离开谗人之薮，终于可以摆脱陷害了。

这首诗结构顿挫、多转折，是谢朓长篇诗中的代表作。它既有永明诗写景生动、锤炼精工的特点，又吸取了魏晋古诗的气骨。谢朓诗对元嘉诗人谢灵运、颜延之等都有所吸取，从这首诗中也可以看到一些迹象。

之宣城郡出新林浦向板桥诗[1]

江路西南永，归流东北骛[2]。天际识归舟，云中辨江树。旅思倦摇摇，孤游昔已屡。既欢怀禄情[3]，复协沧洲趣[4]。嚣尘自兹隔[5]，赏心于此遇[6]。虽无玄豹姿，终隐南山雾[7]。

注释

〔1〕宣城郡：今安徽宣城一带。《南齐书》卷十四《州郡》，南豫州宣城郡，领县有广德、怀安、宛陵、广阳、石城、临城、宁国、宣城、建元、泾、安吴。新林浦：在今江苏南京西南。板桥：新林浦南。《文选》李善注："郦善长《水经注》曰：江水经三山，又湘浦出焉。水上南北结浮桥渡水，故曰板桥。浦江又北经新林浦。"

〔2〕"江路"二句：作者在长江中坐船从建康向宣城郡。这一段的长江，是从西南向东北流向。永，长。《诗经·周南·汉广》："江之永矣。"归流，即指江流向海中。骛，驰骛。

〔3〕怀禄情：求得俸禄的心情。李善《文选注》："杨恽书曰：怀禄贪势，不能自退。"又谢灵运《登池上楼》："徇禄及穷海。"

〔4〕沧洲趣：赏玩江水洲屿之趣。这原本是一种隐逸遨游之士才能得到，

作者不意于赴宦之途中得到。

〔5〕嚣尘：陆地上、尤其是市井中的尘嚣。这里其实是指世俗的纷乱，暗指从前置身的京城的名利场。

〔6〕赏心：即赏心乐事。这里指在山水中颇略到自然之趣。

〔7〕“虽无”二句：是说虽然没有高真绝俗的资质，但终当离开仕途，去过一种真正隐逸的生活。这里用了《列女传·陶答子妻》典故，陶地的官员答子，治陶三年，没有好的政声，家里却富裕。他妻子认为肯定会生祸患，抱着小儿哭泣。她的婆婆即答子的母亲骂她不祥。她说：“妾闻南山有玄豹，雾雨七日而不下食者，何也？欲泽其毛而成文章也，故藏而远害。”她用这个故事，表达了一种不贪图财富权势，藏身远害的哲理。后来人们多用玄豹藏于南山来指隐逸修真之意。

鉴赏

齐明帝建武二年（495），谢朓三十二岁，出任宣城太守。前一年即建武元年，对南齐朝廷来讲，是一个惊心动魄的年头。齐武帝萧赜死后，皇太孙郁林王即位，萧鸾受命辅政。该年七月，萧鸾假皇太后之令废郁林王，立新安王；但到了十月又废新安王，萧鸾自立为帝。谢朓因为在此以前就已经是萧鸾的属官，又代表朝廷百官写过劝进表，所以萧鸾当了皇帝后谢朓官位反而上升了，先除秘书丞，后又升为中书郎。这种际遇也是富有戏剧性的。谢朓是因人谗

言被齐武帝从荆州萧子隆那里召回朝廷，本来回朝廷后是很可能受冷落的，但谢朓一回来，齐武帝就去世了，他受到萧鸾的赏识，命运发生了戏剧性的变化。而他的故主萧子隆却被萧鸾诛杀。假若谢朓此时仍在荆州，以他与萧子隆的亲密关系，是很可能受到牵连，说不定还要遭受杀身之祸。因为王秀之给谢朓的罪名就是说他年轻有才华，深得萧子隆赏识，有可能会鼓动萧子隆做出不安分的事，本传说“长史王秀之以朓年少相动，密以启闻”，即此意也。

由此看来，这两年是谢朓生涯中动荡多变、命运不测的时候，对诗人精神上的影响是很大的。在这个时候离开朝廷出任宣城太守，虽有离乡背井的萧条寂寞，但又有摆脱羁绊，获得自由的喜悦，了解诗人创作时的这种生活情形和精神状态，就能更好地理解诗中的情绪。

从全诗的构成来看，前四句写江行之景，写得阔远杳渺，真是长江下游的景色。后八句则写旅中的情绪和思想。因为这些情绪和思想是诗人置身于阔远杳渺的江中所产生的，所以与前面四句的景物描写仍有一种联系。这也是诗词中情景融合的一种方式。

晚登三山还望京邑诗[1]

灞涘望长安，河阳视京县[2]。白日丽飞甍[3]，参差皆可见。余霞散成绮，澄江静如练〔4〕。喧鸟覆春洲〔5〕，杂英满芳甸。去矣方滞淫，怀哉罢欢宴。佳期怅何许，泪下如流霰。有情知望乡，谁能鬒不变〔6〕。

注释

〔1〕三山：山名，在今南京市西南长江南岸。京邑：指建康，故址今江苏南京市。

〔2〕“灞涘（sì）”二句：写登上三山回望都城建康。但他并非直接地叙述，而是用建安诗人王粲及西晋诗人潘岳的诗句来曲折地叙述的。王粲《七哀诗》“西京乱无象”这一首中，有“南登灞陵岸，回首望长安”之句。灞涘，即灞陵岸的意思。潘岳《河阳县诗》有“引领望京室，南路在伐柯”之句。诗人之所以用王粲、潘岳两人的诗句，当然也是在说，他在这个时候，与古人发生了共鸣。

〔3〕飞甍（méng）：飞宇的意思。甍，屋脊。

〔4〕静：《文镜秘府》《太平寰宇记》作“净”。

〔5〕喧：《三谢诗》作“暄”。六臣本《文选》作“暄”。

〔6〕鬒（zhěn）：黑发。

鉴赏

谢朓这首诗，不仅充分发挥了永明诗人善于运用写景生动传神

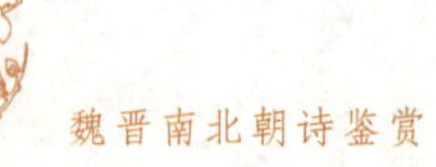

的手段，同时也吸取了汉魏诗歌那种质朴有力的抒情方法。后者表现了他能够超越时风的艺术造诣。

诗人的立意在抒情，但他的抒情，是通过“晚登三山还望京邑”这个独特的场景来进行的，所以能够做到情景的交融。虽是抽象的感情，却雕刻出生动的形象来了。开头用王粲、潘岳之句来写登三山望京邑之事，引古人为同类，其情自长。“白日”两句，是写从这里可以很清晰地望到京邑，白日照耀在参差高下的飞宇层檐之上，十分清楚。作者写出这样一种景，是为了传达他对京邑深深的留恋。下来的“余霞”这两句，是他很出名的句子。不仅将天上晚霞之光写好，同时也把这一段澄静的江面写出来了。这两句，整体的效果好，又有局部的生动呈现。既画出线条，又突出平面，并且染出色彩。这里不仅是名词布置得好，动词的选择也是极重要的。“余霞”后置一“散”字，再带一“成绮”。“澄江”后置一“静”字，再带一“如练”。后面写春洲喧鸟、芳甸杂英，句法都是这样的。词组的结构有所改变。这四句，其实是作者逐层摇出这四个镜头，最后形成一个整体的景象。

后面六句的抒情，是采取很质重浓郁的笔法来写的。这与前面明丽的写景相配合，使这首诗不流于一般的登临览物之作。可以说是饶有古意的。

玉阶怨[1]

夕殿下珠帘[2]，流萤飞复息。长夜缝罗衣[3]，思君此何极[4]。

注释

〔1〕玉阶:玉做的台阶,这里特指宫殿的台阶,并且是用玉阶来指宫殿。《玉阶怨》即宫怨。怨,乐府诗题一种类型,来源于汉乐府清商楚调曲《怨诗行》。又,魏晋乐府有《婕妤怨》。郭茂倩《乐府诗集》将《玉阶怨》归入相和歌辞《楚调曲》。

〔2〕夕殿：黄昏的宫殿。这里的夕殿，是君王所居住的地方，非发此怨声的宫人所住之处。这一句写此失意宫人遥见君王玉殿垂下珠帘（意味着君王不再出来），一天的等待又要落空。

〔3〕罗衣：轻罗制作的舞衣。

〔4〕思君：思君王。极：尽头。

鉴赏

这类短诗，体制原出于民间，是晋宋时期很流行的民歌小调，

多数是表现恋情的。南朝诗人喜欢这种体制，不少诗人都有仿作。经过他们的创作，此体愈来愈趋向精美，诗人们追求表现上的凝练、含蓄、隽永，意余象外，含情不尽，对后来的唐诗中的绝句体有很大的影响。

此诗表达得很精致。首先是时空上的集中。诗人写宫中失意女子的生活，只撷取一个短片，当沉沉暮霭降临时，房门中放下了珠帘，流萤飞飞欲息。紧接而来的是一个仿佛无尽的长夜，失意的宫人在这长夜中，一边缝着罗衣，一边思念着君王。这样的时空选择，是最有典型意义的，最能表现主题的。

其次，此诗的每一个意象都富于暗示性，这种暗示性甚至在一些字上面体现出来。第一句，“夕殿”，翻译成现代汉语就是“黄昏时节的宫殿”，但终不如“夕殿”二字之精彩。因为“黄昏时节的宫殿”只是一种时间的陈述，“夕殿”则不仅是时间的陈述，更有一种虚拟性的性质描写:“夕”仿佛成了“殿”的一种属性。“下珠帘”的“下”字虽只是一种客观动态的描写，即将珠帘放下来，但是它暗示一种情绪，表现宫女到黄昏情绪更趋低沉。“流萤飞复息”，只是写景，但从宫女眼睛中表现这个景。失意的宫女，她的生活寂寞之极，无聊之极，命运似乎已经永远注定了，看不出一点变化的迹象了。所以才会注视起流萤这一点小小的形象，然流萤飞飞复停息，则真是百无聊赖矣。白居易《长恨歌》“夕殿萤飞思悄然”一句就是脱化于谢诗的。

珠帘之“下”是情绪的一次低落，“流萤飞复息”，则是又一次低落。至“长夜缝罗衣，思君此何极”则点出情绪的性质，这个宫女失意了，可并不甘心，这是从“缝罗衣”一事中看出来的。这件罗衣，让她想起承宠时的情景，仍在缝罗衣则仍望得到宠爱。所以下接“思君此何极”，顺理成章。点出了“玉阶怨”这个主题。此诗题为“怨”,但诗中未见一“怨”字,也没有怨的口气。这是以“思”包含“怨”，思君即怨君。这是表现上的一种含蓄。

王融

王融（467—493），字元长，琅邪临沂（今山东临沂）人。举秀才，为晋安王南中郎将行参军，坐公事免。竟陵王、司徒萧子良辟为法曹参军，迁太子舍人、秘书丞等官。齐武帝疾危时，王融欲拥立竟陵王萧子良。齐郁林王即位后被害。王融为“竟陵八友”之一。

江皋曲〔1〕

林断山更续，洲尽江复开。云峰帝乡起〔2〕，水源桐柏来〔3〕。

注释

〔1〕江皋（gāo）：江边的高地。

〔2〕帝乡：天帝之乡，亦即天上的意思。

〔3〕桐柏：山名，位于河南省与湖北省的交界地区。在上清派道教传说中，桐柏山是真人王子乔所居之地。在陶弘景编撰的《真诰·运象篇》

载有东晋兴宁三年（365）紫微夫人降灵事，又记载桐柏山真人王子乔降灵之事。

鉴赏

这是一首写景的诗，却用了《江皋曲》这样的乐府题目。乐府本来是叙事为主的，但到晋、宋、齐、梁的时代，随着景物描写，尤其是山水景物描写在诗歌中的分量越来越重，乐府诗中的写景成份也在增加。还有一种情况，是当时吴声西曲中，原也有一种写景物的。所以王融的这首诗，与吴声歌曲也有渊源的关系。

全诗四句，都用拉长、或说连续的方式，来摇曳地写景物。第一句写顺着一片原野的森林望去，森林一直延伸到山麓；林断之处，正是山坡往上升起的地方。第二句是写向一片河洲望过去，望到洲头，正是一道江面。接下两句，侧重地理景观，并且是远望峰峦上萦绕的云霞，正是天帝之乡所在；而眼前的江水，则是从桐柏山泉源流下来的。

此诗写江皋的一种远望、仰望。虽然没有明确地表现情感，但比较生动地反映了作者对眼前这种江河萦曲、林峦层叠的山河景色的喜爱。其中“云峰帝乡起，水源桐柏来”，暗示仙乡的联想。桐柏山在上清派传说中是真人王子乔的住所。

张融

张融（444—497），字思光，吴郡（今江苏苏州吴江区）人。历仕宋、齐。有《玉海集》等。

别诗

白云山上尽，清风松下歇。欲识离人悲，孤台见明月。

鉴赏

这是齐梁间出现的一种新颖隽永的短诗，情景交融，意余象外。题为《别诗》，却不写离别时具体的情与事，只用外界的景物来渲染。诗人说，山上白云飞尽，松下清风消歇。这两句似乎也在暗示，两人临别时绸缪、不忍分开的时间很久了。也是用一种萧条、冷落的景物，来写别情。最后两句说，这种离别之悲，无法言说，你如果一定要我说，那就看看这个孤台照着明月的景象吧！由此诗可见，诗人用景来写情的意图是很明显的。这些都可以理解为齐梁诗抒情的新方法。“孤台见明月”，空灵澹荡，情景无限！

梁诗

沈约

沈约（441—513），字休文，吴兴武康（今浙江德清市）人。仕宋历征西记室参军、尚书度支郎。入齐为文惠太子家令，历尚书左丞、吏部郎、东阳太守。沈约在南齐时为“竟陵八友”之一，任东阳太守时曾作《八咏诗》。永明末与谢朓等人创立声律，为“永明体”的重要作家之一。梁武帝受禅，除仆射、尚书令，封建昌县侯。沈约在齐梁时期，居于文坛领袖的地位。

石塘濑听猿诗

噭噭夜猿鸣〔1〕，溶溶晨雾合。不知声远近，惟见山重沓〔2〕。既欢东岭唱，复伫西岩答〔3〕。

注释

〔1〕噭（jiào）噭：猿鸣声。

〔2〕重沓：重叠。

〔3〕“既欢”二句：写猿群在群山中相互鸣叫，像人一样，有唱有和。伫（zhù），企盼，等待。

鉴赏

此诗写黎明时分在石塘濑听猿声的情景，重在“听”字。作者写猿声，是要写出此处环境的幽深荒僻。最后两句写群猿的应和，饶有趣味。可以说妙于状写，物无遁形。此诗境界可谓尽野逸清新之至。

别范安成诗〔1〕

生平少年日，分手易前期〔2〕。及尔同衰暮〔3〕，非复别离时。勿言一樽酒，明日难重持。梦中不识路，何以慰相思。

注释

〔1〕范安成：范岫，字懋宾，济阳考城人。高祖为东晋名士范宣。早年孤贫，

事母孝，与沈约俱为蔡兴宗所礼待。他曾为南齐文惠太子的太子家令。太子好引接文士，范岫虽然文才无法与沈约等人相比，但熟于魏晋以来吉、凶礼仪故事，沈约曾赞扬他说："范公好事该博，胡广无以加。"永明年间任尚书右丞，以母忧去官。服满后任右军咨议参军，南义阳太守。永明后期出任建威将军、安成内史。沈约此诗或许作于其赴任安成内史时。据《南齐书·州郡志上》，安成郡属江州，领平都、新喻、永新、萍乡、宜阳、广兴、安复等县。

〔2〕"生平"二句：当少年之时，每次分手，都不觉得特别难过，因为还会有再见之期。前期，未来的期约，即后会之约。易前期：即以前期为易。

〔3〕衰暮：衰老的晚年。古人常在年龄不太老的时候，就说自己衰老了。和我们今天的人对年龄的感觉是不一样的。

鉴赏

梁陈之际的写别离的诗作，篇幅趋短，善写物色以见别情。沈约此诗则纯为言情之作，称心而语，句句入情，平淡自然，清空一气，毫无雕锼之气。这在注重繁复修辞的齐梁体中，是比较特殊的。诗写别情，着重强调人生衰暮之别，与意气风发的少年时代的分别，是两种完全不同的情况。由此得出少年时易别，而老年时难别。因为这一别，就不知何日能够再会。最后"梦中不识路，何以慰相思"

两句写得浓至。

颜之推《颜氏家训·文章篇》记载沈约关于文章的议论，认为“文章当从三易：易见事，一也；易识字，二也；易读诵，三也”。他说的文章，即指诗赋。可见沈约作诗，修辞注重平易自然。他自己在这方面的实践成就虽然有限，但这个“三易”的观点，对后来作家的影响很大。可以理解为让诗歌走出繁复奥衍的元嘉体与繁缛绮艳的齐梁体的一个途径。他的这首诗之所以能做到自然地抒发情感，恐怕与他主张“三易”的主张分不开。

柳 恽

柳恽（465—512），字文畅，河东解（今山西临猗南）人。曾为吴兴太守，为政清静。工诗，风格清绮，善写怨思。

江南曲

汀洲采白蘋[1]，日落江南春。洞庭有归客，潇湘逢故人[2]。故人何不返，春花复应晚[3]。不道新知乐[4]，只言行路远。

注释

〔1〕汀洲：水洲。

〔2〕“洞庭”二句：是说主人公遇到一位从洞庭归来的客人，跟她说在潇湘一带曾经见到她所思念的那个人。

〔3〕复应晚：又到了晚暮的时节。

〔4〕新知乐：《楚辞·少司命》：“乐莫乐兮新相知。”王逸注：“言天下之乐，莫大于男女始相知之时也。”

鉴赏

这是一首表达怨思的作品。作品写一位女子对远方情人的思念。诗歌开头“汀洲采白蘋，日落江南春”，既是一种背景，又是一种情事，还像是一种比兴。意蕴极其丰厚，可说是绝妙的情景之词。论它的渊源，其实是受到了《诗经·周南》之《关雎》《卷耳》，《小雅·采绿》这类诗的影响。那些诗往往是将思念情人的主人公安排在一种采撷的情景之中。这种采撷既是她的一种行动，也是一种好的寓兴。其所达到的效果是很微妙的。柳恽的这首诗写汀洲采白蘋，情景是全新的。这种在运思上借鉴古人，而不摹拟词句的作法，是很可取的。

接下来，作者设计一个别致但又是生活中常见的情节，主人公从一位洞庭归客那里得知所思之人的消息。思念之余，又生出种种的猜想，内心由此动荡不安。她自言又像是向远方人说，你为何不早些回来，要知道春花又该到快谢的时候了！这里暗藏着青春易逝的感叹，又暗寓着一种如花美眷、似水华年的意思。所有这些你统统不顾，究竟为何呢？那只有一个可能，就是你在外地遇到新欢了，却推说路远难还。她这种心理实在是有些故意发难的意思，但却是很真实的心理。

这首诗意境清新，含情宛转，包孕丰富，是齐梁诗中难得的神韵之品。

吴 均

吴均（469—519），字叔庠。吴兴故鄣县（今浙江安吉西北）人，家世寒贱。曾为建安王萧伟记室，补国侍郎，还为奉朝请。撰《通史》，未就而卒。吴均诗风韵清拔，有古气，多兴寄之语，不同于当时绮靡之体，当时号为“吴均体”。

山中杂诗三首（其一）〔1〕

山际见来烟，竹中窥落日。鸟向檐上飞，云从窗里出。

注 释

〔1〕《广文选》题作《还山》，共三首。应该是吴均回到浙中故山所作。

鉴 赏

此为清新发越的山水之作，其中所寄托的是作者的潇洒出尘之想。观其次首曰：“绿竹可充食，女萝可代裙。山中自有宅，桂树笼青云。”第三首曰：“具区穷地险，嵇山万里余。如何梁隐士，一去无还书。”虽是山水之作，不无比兴之意。

此首写景尤其成功，其造境以山居之宅为中心，向外眺望，见山际之飞烟；舍旁竹林可窥落日。写山居所见的薄暮景色甚精。鸟从檐间飞走，云自窗中飘出。作者这样写，是在极力表现自己居住在山中，与自然界混融一体的境界，用来寄托其方外之情。这种境界的创造，对后来王、孟等人有直接的启发。

何 逊

何逊（？—518），字仲言，东海郯（今山东郯城）人。起家奉朝请，历任王府参军等官，曾为尚书水部郎，后世常称“何水部”。何逊八岁能赋诗，其诗歌风格能融合古今，常有清思奇绝之句。

从镇江州与游故别诗〔1〕

历稔共追随〔2〕，一旦辞群匹〔3〕。复如东注水〔4〕，未有西归日。夜雨滴空阶〔5〕，晓灯暗离室〔6〕。相悲各罢酒，何时同促膝〔7〕。

注释

〔1〕《诗纪》题作《临行与故游夜别》，此从《文苑英华》《艺文类聚》。何逊曾为庐陵王记室，庐陵王军府设在江州（在今江西九江）。此诗当作于赴江州时，写与友人分别之情景。

〔2〕历稔（rěn）:即历年。稔，谷熟。稻子一年一熟，故以稔代年。追随：

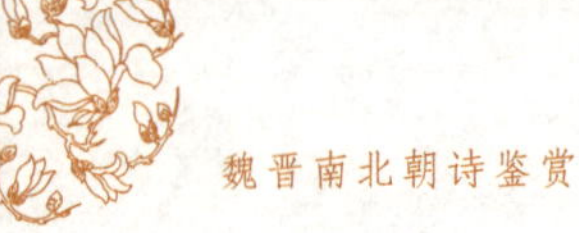

一作“追游”。

〔3〕匹：偶，朋友。群匹，很多朋友。

〔4〕注：一作“流”。

〔5〕空阶：入夜后阶前无人往来，故云空阶。

〔6〕离室：离别时饮筵之所在。

〔7〕促：近。古人席地或据榻而坐，对坐时膝相接近，叫促膝。

鉴赏

齐梁诗多尚词藻、典故，此诗直接叙述，用白描的方法写出情景，这是何逊诗歌超越时风的地方。另外，这个时期的一些诗歌，在具体情景的表现上，比古诗有新的发展。古诗中写离别的有不少，大都是一般性地写一种离别之意。这里则具体地写到故游之别、临行夜别这些具体的情节。这是齐梁诗在境界创造上的推进。

诗首四句写与多年从游的故友们离别，并用东注水不返，来比拟此去难有归期，因此更见离情之深。这四句语言真质，但有一种紧凑的笔势。为下面出色的别境表现做了很好的铺垫。

“夜雨”这两句最精彩，直接写临别时情景。此时听到外面雨滴空阶，平添了百种愁情，同时发现室内灯光渐暗，这是因为侵晓的缘故。这两句的背后，其实蕴藏了很丰富的事情与场景。故人的饯别，常从傍晚开始，黎明停杯罢饮。这两句是写一夜饯饮、叙别后的一个冷场，听到了雨滴空阶的声音，看到灯暗室中，意识到临别在即。于是乎悲情重又进入高潮，罢酒不饮，道一声最后的珍重，并问何时再同促膝。正是齐梁诗中这种具体情景的描写，为后来的唐诗宋词相关情节表现，积累了经验。同时这两句中的词语琢炼也值得注意，名词如“夜雨”“空阶”“晓灯”“离室”，都琢炼成极浑成的意象之语，不再是日常的语言表达。动词的“滴”“暗”用得尤其好。这些地方，反映出诗歌语言在向更精致、超越日常语言方向发展，也就是向更具诗性意味的语言发展。

与胡兴安夜别诗〔1〕

居人行转轼〔2〕，客子暂维舟〔3〕。念此一筵笑，分为两地愁。露湿寒塘草，月映清淮流。方抱新离恨，独守故园秋。

注释

〔1〕胡兴安：当为一位姓胡的兴安县令。据《南齐书·州郡志上》，湘州临贺郡有兴安县，在今广西兴安县。

〔2〕转轼：掉转车头回去。轼，古代车厢前扶手的横木。

〔3〕维舟：系舟。

鉴赏

诗到永明诸家，已重视凝练的作法，追求传神的效果。这种功夫尤其表现在他们的短篇作品中。何逊、阴铿继续永明诗人的这种作法，将之推进。实是诗歌从古体发展到近体的重要环节。

与《从镇江州与游故别诗》主要写室内的离别情境不同，本篇主要写舟中或者淮河上的离别情景。前面四句是直接写分别时的情形。“居人”两句写别事，“念此”两句写别情。这四句是用叙述的方式来写的，在章句之法上追求一种很紧密的效果。送行的人将回未回之际，远客的船将发未发之顷。这不仅是写时间，也是暗示依依难舍之情。到了“念此”两句，就直接把这种别情写出来了。强调今宵片刻的欢笑，将为此后两地想念之愁情。这四句，不仅每两句很紧密，四句连在一起，也是很紧密的。从笔法来说，“行”“暂”及“念此”“分为”这些联缀的词，都起了很好的作用。

“露湿”一联更为警策。这是融情入景的一种写法，这种写法，是齐梁诗人的创新笔法。这两句在全诗中起到的作用极多，首先是题中“夜别”两字，全靠这两句点出。但它的效果，又绝不只是点出夜别这样简单，而是通过对景色的描写，把夜别的情景传神地表达出来。说它传神，是指它不仅写出了客观景物那种迷离变化的效果，同时又融入了丰富的感觉。

最后两句以很动情的语言，抒发对友人的深深思念之情。等于把“念此”这两句的情节进一步引下去。诗歌就结束在深情涌现的这一刻。

王 籍

王籍（480—550？），字文海，琅邪临沂（今山东临沂市）人。齐末为冠军行参军，累迁外兵、记室。梁天监初除安成王主簿、廷尉正等官，历余姚、钱塘令，除湘东王咨议参军。湘东王为荆州时，引为安西府咨议参军，带作唐令，不久卒。

入若邪溪诗〔1〕

艅艎何泛泛〔2〕，空水共悠悠。阴霞生远岫，阳景逐回流〔3〕。蝉噪林逾静，鸟鸣山更幽。此地动归念，长年悲倦游。

注释

〔1〕若邪溪：即若耶溪，在今浙江绍兴境内，当时属会稽郡。《梁书》本传："除轻车湘东王谘议参军，随府会稽。郡境有云门天柱山，籍尝游之，或累月不反。至若邪溪赋诗，其略云：'蝉噪林逾静，鸟鸣山更幽。'当时以为文外独绝。"

〔2〕艅艎（yú huáng）：吴王大舰名，此处为船只的泛称。

〔3〕阳景：日影。

鉴赏

此诗写泛舟若邪溪的情景，它的景物描写的主题在于自在清幽趣味的表达。第一句写出“泛”字，第二句写出一个“悠”字。“阴霞”“阳景”两句，是描摹泛舟时所看到的霞光、日色在溪流晃荡变化的样子。“蝉噪”“鸟鸣”两句的景物主题在幽静。最后两句是写思乡之情，倦游之念。这两句的写情，与前面的写景，没有完全融合起来。这种情景相离的情况，在南朝山水诗中时有出现。也可理解为当时山水诗的一种特点。与此相对，才有所谓“情景交融”的说法。

梁代诗文写作上有一种新的追求，重视表现清奇深幽的境界，沈约《新安江至清浅深见底贻京邑游好》《石塘濑听猿》，吴均《与宋元思书》，陶弘景《答谢中书书》以及《山中问答》，都着意于表现这种境界，可以说是当时写作上的一种新风气。在诸多这类作品中，王籍的这首《入若邪溪诗》最为出名。其中“蝉噪林逾静，鸟鸣山更幽”更是传诵千古的名句。说起来，此句写景的妙诀，是以蝉噪、鸟鸣的响闹，来点出山林的静幽。不仅如此，作者还在静前加一个“逾”字，在“幽”前面加了一个“更”字。这在逻辑上是不对的，但在感觉上却是十分真实的。单纯的静，是一种死静，让人意识不到静。有了时噪时歇的蝉声、一鸣一停的鸟声，才能让人

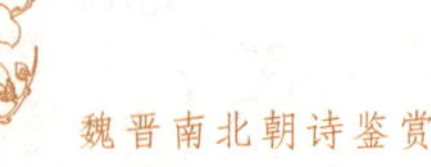

意识到这闹后面的静，山林之“静”才更好地表现出来了。一般来说，我们表现某种事物的特征或者情状时，往往单纯地就其特征性一方面来写，如静只强调它的静，动只强调它的动。但某些特征，往往存在于一种相反相成的关系中。有时从与之相反的一方面来表现，反而能使其特征更加突出。这样写，往往会写出境界上的丰富性来，让读者玩味不尽，愈读愈觉其工。王籍的这两句诗，因为藏着这么一些艺术表现上的原理，所以被千古的诗人所乐道。《颜氏家训·文章篇》记载，“江南以为文外独绝”，也就是说，其妙在文字之外的韵致。诗歌是语言（即文字）的艺术，但好的诗歌境界，能超越语言本身，达到一种呈现于直觉的美。这就是所谓“文外独绝”。另外，这首诗其实也深受谢灵运山水诗的影响，剔除元嘉的繁复，而向齐梁的简练传神发展。

王 褒

王褒(约513—576),字子渊,琅邪临沂(今山东临沂市)人。仕梁历吏部尚书左仆射。梁朝江陵破后,与众多人士一起被带到西魏,为宇文氏所重。北周时位至开府仪同三司、太子少保。

燕歌行[1]

初春丽景莺欲娇,桃花流水没河桥[2]。蔷薇花开百重叶[3],杨柳拂地数千条[4]。陇西将军号都护[5],楼兰校尉称嫖姚[6]。自从昔别春燕分[7],经年一去不相闻。无复汉地长安月[8],唯有漠北蓟城云。淮南镜中明月影[9],流黄机上织成文。充国行军屡筑营[10],阳史讨虏陷平城[11]。城下风多能却阵,沙中雪浅讵停兵。属国小妇犹年少[12],羽林轻骑数征行[13]。遥闻陌上采桑曲[14],犹胜边地胡笳声。胡笳向暮使人泣[15],长望闺中空伫立。桃花落地杏花舒,桐生井底寒叶疏。试为来看上林雁,应有遥寄陇头书。

注释

〔1〕《燕歌行》：乐府旧题。《北史》王褒本传记载："褒曾作《燕歌》，妙尽塞北苦寒之言。元帝及诸文士并和之，而竞为凄切之辞，至此（江陵为魏师所破，元帝出降）方验焉。"可知王褒是在梁朝时作这首诗的，地点在江陵。当时梁元帝、庾信等人见他写得好，纷纷唱和。他们当时是在南方，但却刻意形容北方的边塞从军之状，所以史家认为这是后来梁朝灭亡，诸人流徙到北朝的一种预兆。此诗流传版本多异文，这里根据逯钦立先生的原本略作校正，择要注出。

〔2〕没：《文苑辨证》作"绕"。

〔3〕花开：《文苑英华》作"开花"。《乐府诗集》注："一作开花。"

〔4〕拂：《艺文类聚》作"覆"。《文苑辨证》同。《乐府诗集》注："一作覆。"

〔5〕陇西将军：陇西地方的将军。都护：汉防守边关的军职名。

〔6〕楼兰：汉代西域古国名。校尉：汉军职。嫖姚：即嫖姚将军。汉武帝曾封霍去病为嫖姚将军。

〔7〕自从昔别：《文苑英华》作"自昔别如"。

〔8〕长安：《文苑英华》作"长安"，别本作"关山"。

〔9〕淮南镜：别本作"淮南桂"。作"淮南镜"是，即淮南所制之镜。

〔10〕充国：赵充国，西汉名将，熟悉匈奴与羌人习性。随贰师将军李广利出讨匈奴，后封营平侯。行军：《文苑英华》作"军行"。

〔11〕阳史：人物未详。平城：今山西大同一带。

〔12〕属国：官名，即典属国，掌管外交、接待外国人之事。此处指苏武。他出使匈奴被扣留十九年，回汉后封为典属国。

〔13〕羽林：原为皇帝的侍卫军。

〔14〕陌上：一作“陌头”。

〔15〕胡笳：《文苑辨证》作“笳声”。

鉴赏

此诗用歌行的铺叙手法，比较充分地展开汉地的妇女对从军边塞或出使异国的征夫的思念。作者仍然是以托言汉事的方法来写的，其中的人物、名物、职官等也都用汉代的。这种方法，对唐代诗人的乐府歌行有直接的影响。另外一点须要指出的是，和众多的征夫思妇诗一样，它所写的人物，无论是征夫还是思妇，都非个别的，而是复数的。当然在表现具体的情节时，它会使用叙述具体的个人的方式来进行。

诗人把这种思念的背景，安排在内地春光明艳的季节。开头四句，就是写这种惹人情思的浓春。这四句写得很艳丽，但自然生动，并非雕琢，这里的关键，在于帖切地写出景色本身的美感。他不仅要写出丽，同时也要写出大自然春光烂漫的景象。这使他的笔触没有流于纤细，能够承得住后面比较宏大的叙事。接下来的“陇西将

军”“楼兰校尉”，即指边塞从军者。照应开头春景的画面，作者在诗中交代说，征夫与思妇分别时，也正在春燕飞翔的时节。同时“春燕分”也是一种暗示夫妻分离的物象。“唯有漠北蓟城云”这一句，点出了“燕歌行”的题名，所谓《燕歌行》，正是写从军燕地的情形。再接下来“淮南镜中明月影，流黄机上织成文”，写思妇的闺中孤独的、含思的样子，或是对镜独怜，或是在织机上织流黄之布。这些行为，都是思念良人的表现。此下的“充国”四句，则是写征夫的边塞生活。尽管思妇过着难耐的寂寞生活，征夫也思念家中，他们同样无可奈何地在边塞过着令人难耐的夫妻分离的生活。当然，这几句也可以理解为思妇对征人生活的一种悬想。

接下来的“属国小妇”这六句，每两句都是一写思妇，一说征夫，或是一写内地景色，一写边地景象，一写军中听胡笳，一写闺中长望的样子。对应得很紧密，充分地表现了征夫、思妇两方的无奈。

结尾“桃花落地杏花舒，桐生井底寒叶疏”写春光正在流逝，且很快要到夏秋时节了。他们的团聚仍然是无望的，只有看看上林苑，有没有像苏武那样托雁寄来报道自己尚在匈奴流滞消息的书信。

此诗在铺叙情节、渲染景色，以及使用典故方面，都具有一种典范性。唐人歌行多受其影响。

陈 诗

阴 铿

阴铿（生卒年不详），字子坚，武威姑臧（今甘肃武威）人。仕梁为湘东王法曹参军，入陈为始兴王中录事参军。阴铿善诗，后世将其与何逊并称“阴何”，其诗写景状物，多精思之句。

江津送刘光禄不及诗〔1〕

依然临送渚，长望倚河津。鼓声随听绝〔2〕，帆势与云邻。泊处空余鸟，离亭已散人。林寒正下叶，钓晚欲收纶〔3〕。如何相背远，江汉与城闉〔4〕。

注 释

〔1〕江津：江边渡口、码头。刘光禄：刘孺，字孝稚，善文章。《梁书》卷四十一载其事迹。他任光禄寺卿大约在梁普通年间。

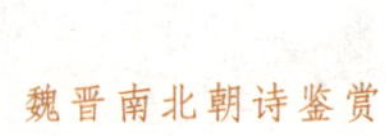

〔2〕鼓声：打鼓开船的声音。

〔3〕收纶：收起钓丝。纶，丝。

〔4〕城闉（yīn）：城曲。

鉴赏

此诗也比较典型地反映了齐梁诗人在艺术上的新探索，表现于对更加具体的情景的表现。如这首诗，它的具体情节是送友不及，发生的地点在江津。整个诗情与诗境，就是依着这个极具体的情节来展开的。这种写法就很新颖，境界上也有新的发展。

诗中叙述，在赶往江津送别友人的路上，听到开船的鼓声，待到达时船已开走。为了突出送友不及的怅惋情绪，在具体的叙述手法上，作者做了倒叙的处理。出现在读者眼前的第一个形象，即“依然临送渚，长望倚河津”的怅惋形象，光这个形象，就传达出对离去友人的深情。然后才是补充送别不及的具体情节，即“鼓声”这两句所表达的。到此为止，其实已经把基本的情节交代完了。当然，诗歌的这种交代，并非平直的叙述，而是创造富有感染力的情境。但更主要的情景渲染是在下面几句中。作者将笔触转向对周围环境的表现，而这种环境之所以值得表现，是因为在作者的眼中，处处浸透着离情别绪。或者说是作者的主观感情赋予江津景物这种情绪色彩。于是下面的泊处鸟歇、离亭人散、寒林木叶正下、钓渚渔人欲归等眼前之景，无不是刚才故人所处，而今却独自追抚伤怀。这一种情绪正是所谓的诗意，将其成功地表现出来，就完成了诗的境界的创造。

这首诗中，最富有韵味的是“帆势与云邻”和“泊处空余鸟”。前一句让人想起李白《黄鹤楼送孟浩然之广陵》中的“孤帆远影碧空尽，唯见长江天际流”那两句。对比中可发现五言与七言不同的境界特点，其达情之宛转虽不如李句，但别有境界高浑、意象深隽之美。后面“泊处空余鸟”，其实从语言表达上，蕴藏着一个错讹。试想当朋友泊船未发、喧声嚷嚷之时，此处不可能有鸟歇着。鸟是船开走后才回来，但作者却用了一个“余”字，仿佛是船走了，只有鸟留下来。这样一个错讹性的叙述，正是诗句韵味所在。诗的表现，常常是忽略了某种逻辑及事实细节的准确表达，而专注于一种纯粹审美的感受。

徐陵

徐陵（507—583），字孝穆，东海郯（今山东郯城）人。在梁累官至散骑常侍，入陈迁光禄大夫、太子少傅。曾出使北朝。初，陵与其父徐摛及庾肩吾、庾信父子在太子萧纲左右，倡艳丽之体，后人称为“徐庾体”。

关山月二首（其一）〔1〕

关山三五月〔2〕，客子忆秦川〔3〕。思妇高楼上，当窗应未眠。星旗映疏勒〔4〕，云阵上祁连〔5〕。战气今如此，从军复几年。

注释

〔1〕《关山月》：乐府横吹曲。横吹曲是从北朝传入梁朝的一组乐曲。《乐府解题》：“《关山月》，伤别离也。”

〔2〕三五月：即十五的月亮。

〔3〕秦川：即关中。此处应指长安及长安附近。

〔4〕星旗：旗，星名。《史记·天官书》："房、心……东北曲十二星曰旗。"

疏勒：河名，亦为地名。古今有变迁。今疏勒河在今敦煌西北。

〔5〕祁连：即祁连山。在今甘肃、青海境内。

鉴赏

这首诗写一位在边关从军的征人对秦地家人的思念。此诗叙事条畅，写景明朗，能把征夫、思妇的最具典型的生活写出来。正是最具本色的征夫思妇之歌。

前四句一口气叙述下来，连接紧密，写当此关山十五之夜的月亮，征夫深情地忆念着秦川，并且知道秦川家中的妻子，也应该正在对月怀人。这几句只一个"月"字，将两地两人的心紧紧地连在了一起。他的叙述方法是很巧妙的，并且很浑成。

"星旗"这两句，是关山这边的情景。写征人当此月夜，仰觇星象与天文，看到旗星照映在疏勒河上，阵云布满祁连山上，可知战事未解，兵连祸结的岁月还要延续下去，何时能够还到秦川，与家人团聚，甚至能不能回家，都未可知。后面"战气复如此，从军复几年"，即是把这个意思直接地写出来了。

这首诗对后来唐宋人写征夫思妇的作品影响很大。李白的《关山月》"长安一片月"，甚至杜甫的《月夜》"今夜鄜州月"，都可以看到这首诗的影响。

江 总

江总（518—590），字总持，济阳考城（今河南民权）人。历梁、陈、隋三代。仕陈任尚书令，不持政事，随陈后主宴于后庭，多作艳诗。诏策称其为“辞宗学府”。入隋迁于关中，位至上开府，后南归，卒于江都。

于长安归还扬州九月九日行薇山亭赋韵〔1〕

心逐南云逝，形随北雁来。故乡篱下菊，今日几花开？

注 释

〔1〕诗题，《初学记》作“九月九日至微山亭诗”，明杨慎《升庵诗话》引《诗纪》作“长安九日诗”。似较契合诗意。隋文帝开皇九年（589），隋平陈，江总随陈后主降，入长安。薇山亭，地点未详。

鉴赏

首二句心、形两写，心向南方，而形留北方。添上“南云逝”“北雁来”两个具体的形象，恰当而又十分鲜明地写出这种难堪的身心分离的境况。应该说思乡情感本身，已经写出来了。后面“故乡篱下菊，今日几花开”，更把思家念乡的情绪具体地展现出来。其对故园无限忆念，通过对菊花开未的一问，充分地写出来了。所谓以少总多，情貌无遗，正是指这种写法。

这诗虽然只有四句，但它的结构却是极圆成自足的。一段思乡情绪，完全地写出来了，引起读者的共鸣，这就是好诗了。

北齐诗

斛律金

斛律金（488—567），字阿六敦，朔州敕勒部人，北齐大将。

敕勒歌〔1〕

敕勒川〔2〕，阴山下〔3〕。天似穹庐〔4〕，笼盖四野。天苍苍。野茫茫。风吹草低见牛羊。

注释

〔1〕《乐府诗集》引《乐府广题》曰："北齐神武攻周玉壁，士卒死者十四五。神武恚愤疾发。周王下令曰：'高欢鼠子，亲犯玉壁。剑弩一发，元凶自毙。'神武闻之，勉坐以安士众。悉引诸贵，使斛律金唱《敕勒》，神武自和之。其歌本鲜卑语，易为齐言，故其句长短不齐。"按此首的性质为鲜卑族歌曲，各本多作无名，或直接称北朝民歌，但既为

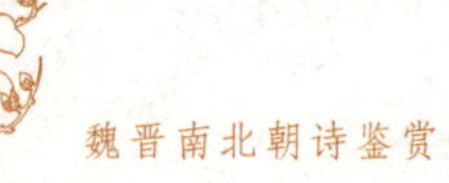

斛律金所唱，也可以其为作者。原为鲜卑语，流传的是汉语的译本。

〔2〕敕勒（chì lè）：古代的少数民族，北齐时居朔州（今山西省北境）。

〔3〕阴山：指内蒙古自治区中部山脉。东西走向，南坡起于河套平原西北端，北端与蒙古高原相连。

〔4〕穹（qióng）庐：毡帐，即今俗称的蒙古包。

鉴赏

此诗本色天然，以至简的语言写出极为广大的天地境界。诗中的每一个景象，如敕勒川、阴山，像穹庐一样的天宇，笼盖着四野。天与野合，苍苍茫茫，风吹草动，时见牛羊。这是千古不易的草原景色，洋溢在这个境界中的，是人们的情思，时而豪迈，时而苍凉。此为民歌，却令无数诗人搁笔，无数画手兴叹！只觉此情此景，自在天地之间，元气淋漓，无可指摘。诚天地之间不可多得之至文，乐章中不可多得的一种元音。

萧悫

萧悫（生卒年不详），字仁祖，南兰陵（今江苏常州）人。本是梁朝宗室，后入北齐，工于吟咏。

秋思诗

清波收潦日[1]，华林鸣籁初[2]。芙蓉露下落，杨柳月中疏。燕帏缃绮被[3]，赵带流黄裾[4]。相思阻音息，结梦感离居。

注释

〔1〕收潦（lǎo）：收起了夏潦。潦，大水。

〔2〕华林：芳林。鸣籁：秋风，秋声。

〔3〕燕（yān）帷：燕地的帷帐。缃绮：一种丝织品。

〔4〕赵带：赵地的带。流黄：一种间色的织染物。裾（jū）：衣服前襟。

鉴赏

《颜氏家训·文章篇》曰:“兰陵萧悫工于篇什,尝有《秋思诗》云:‘芙蓉露下落,杨柳月中疏。’时人未之赏也。吾爱其萧散,宛然在目。颍川荀仲举、琅琊诸葛汉亦以为尔,而卢思道之徒雅所不惬。”萧悫是梁朝的宗室,这首诗应该是他入北齐后,思念梁地的旧好而作,近于庾信、王褒等人的乡关之思。颜之推也是由南入齐的诗人,所以能够欣赏这种源于齐梁的清新细腻的抒情诗,与当时北齐卢思道一派的豪健风格有所不同。

在具体的写法上,这首诗的好处,是紧紧地扣住秋思这个主题。前四句写秋的来临,突出时节的流易所带来的景色的变化:清波收潦,华林中发出秋声,池上的芙蓉开始凋落,柳条映照在秋月中,也有一种萧疏的感觉。这两句大受颜之推的欣赏,说它萧散,宛然在目。正是说它能用至简笔墨写景,富有韵致。

最后四句写秋日之思。作者的秋思,隐约地倾向于男女之情。燕地帷帐中的緗绮被,赵地用流黄织出的带,这里用艳丽的事物,没有明确地写出人物来,是一种暗示。最后两句,抒怀很浓至。这首诗的好处,正是在齐梁清新之体中,融入汉魏晋情诗常有的那种真挚浓厚的情感。

卢思道

卢思道（529—586），字子行，范阳（今河北涿县）人。北齐时为司空行参军等职，待诏文林馆。入周，授仪同三司。隋开皇六年卒。

从军行〔1〕

朔方烽火照甘泉〔2〕，长安飞将出祁连。犀渠玉剑良家子〔3〕，白马金羁侠少年〔4〕。平明偃月屯右地，薄暮鱼丽逐左贤〔5〕。谷中石虎经衔箭〔6〕，山上金人曾祭天〔7〕。天涯一去无穷已，蓟门迢递三千里〔8〕。朝见马岭黄沙合〔9〕，夕望龙城阵云起〔10〕。庭中奇树已堪攀，塞外征人殊未还。白雪初下天山外，浮云直上五原间〔11〕。关山万里不可越，谁能坐对芳菲月。流水本自断人肠，坚冰旧来伤马骨。边庭节物与华异〔12〕，冬霰秋霜春不歇。长风萧萧渡水来，归雁连连映天没。从军行，军行万里出龙庭〔13〕，单于渭桥今已拜〔14〕，将军何处觅功名。

注释

〔1〕《从军行》，郭茂倩《乐府诗集》归入相和歌辞《平调曲》。汉古诗有“十五从军征”。

〔2〕朔方：汉北方边郡有朔方郡，与匈奴相邻。在今内蒙古乌拉特旗一带。此处泛指北方边境。甘泉：汉宫殿名，位于今陕西淳化县境内，离长安二百里。汉文帝时，匈奴来犯，烽火照于甘泉、长安。

〔3〕犀渠：犀牛皮制作的盾牌。玉剑：用玉镶柄的剑。良家子：有身份门第家庭的子弟。

〔4〕金羁：金作的马羁勒。“犀渠”“白马”这两句是说从军者武器装备精良、考究，突出他的良家子、侠少年的身份。

〔5〕“平明”二句：偃月，战阵名，形如半月。右地，匈奴地名。鱼丽，也是一种战阵。左贤，匈奴左贤王。

〔6〕“谷中”句：《史记·李将军列传》记载李广误以石为虎，一箭射入石头里面。这是说从军者射技之高强。

〔7〕“山上”句：汉武帝时名将霍去病远征匈奴，在皋兰山上收缴了匈奴的祭天金人。

〔8〕蓟门：地名，在今北京。迢（tiáo）递：遥远貌。

〔9〕马岭：马岭关，在今山西大谷东南。

〔10〕龙城：在今蒙古国乌兰巴托西南。

〔11〕五原：汉北方边郡，郡址在今内蒙古自治区包头西北。

〔12〕边庭：边关。

〔13〕龙庭：匈奴单于的据地。

〔14〕“单于”句：汉宣帝时，匈奴呼韩邪单于降汉，愿为汉朝守阴山。宣帝在长安城外的渭桥上接见他。

鉴赏

本篇属于拟乐府的体制，是一个歌咏具有良家子身份的豪侠少年从军求功名的诗篇。齐梁时期的一些古乐府、以及标题为“古意”之类的诗篇，写游侠及边塞从军，多用汉事。本篇也是这样，全篇所用的都是汉代的李广、霍去病等人征讨匈奴的故事。

诗歌的前面八句，高调地歌咏从军之士。写他是在边关告急的烽火传到长安附近的甘泉宫时，随着飞将军李广这样名将，从长安出发，直奔祁连山，捣向匈奴盘踞之地，并且迅速地展开战斗。屯驻匈奴右地，追逐左贤王，勇武非凡，甚至缴获了匈奴祭天金人。上述是写征战西部方面的情况，其所写之地，大略相当于今甘肃的皋兰、河西一带。这一带原为匈奴盘踞，武帝派霍去病等名将征讨追剿，伐叛招降，设立了河西四郡。本段基本上是依据这个史事来歌咏的。“天涯一去无穷已”以下的四句，则主要是用汉朝霍去病等人北出代郡、征讨东部匈奴的一些史事。霍去病等在平定河西匈奴之后，出代郡外二千里，大破东部匈奴。从“庭中奇树已堪攀”

这一句开始，混合着写西征北讨军士们的生活，强调他们征战与据守边关的艰难困苦，并且带入他们对平居的家园生活的思念。情调也由前面的高扬、豪壮，转为缠绵悱恻，词采转为流丽。其中语句，如“庭中奇树”出古诗，暗示思妇之情；“坚冰伤马骨”出陈琳《饮马长城窟行》，强调征夫之苦。而像“白雪初下天山外，浮云直上五原间”，则为王之涣《凉州词》所本。正是陆机《文赋》所说的：“谢朝华于已披，启夕秀于未振”，承汉魏而启三唐。卢氏亦可谓诗中之豪矣！

北周诗

庾信

庾信（513—581），字子山，南阳新野（今河南新野）人。梁萧纲为太子时，任东宫抄撰学士等官。梁元帝时出使西魏，被留，周受禅后曾为弘农郡守等职，位至骠骑大将军、开府仪同三司，封义成侯。后世多称其为庾开府。庾信父庾肩吾，父子俱以文学享盛名，同时徐摛、徐陵父子亦擅文学，后世称为“徐庾”。庾信入北朝后诗风大变，多乡关之思，风格趋于沉郁，对南北朝甚至汉魏的诗风有所融合。

奉和山池诗〔1〕

乐宫多暇豫〔2〕，望苑暂回舆〔3〕。鸣笳陵绝浪〔4〕，飞盖历通渠〔5〕。桂亭花未落，桐门叶半疏。荷风惊浴鸟，桥影聚行魚。日落含山气，云归带雨余。

注释

〔1〕奉和（hè）：别人作了一诗，奉命和诗。

〔2〕乐（lè）宫：倪璠《庾子山集》注："长乐宫。"汉宫，此指梁朝的宫殿。暇豫：闲暇快乐。

〔3〕望苑：倪璠注："博望苑。"博望苑为汉囿，此指梁朝的苑囿。

〔4〕鸣笳：鼓吹乐中的吹笳。鸣笳陵绝浪，倪璠注本校记说："'浪'，《英华》、朱本作'限'。"案：这句是写鸣笳之声在波浪上飞越，作"限"误。

〔5〕飞盖：飞车。

鉴赏

这是庾信前期诗的代表作，梁简文帝萧纲有《山池》一诗："日暮芙蓉水，聊登鸣鹤舟。飞舻饰羽毦，长幔覆缇紬。停舆依柳息，住盖影空留。古树横临沼，新藤上挂楼。鱼游向阇集，戏鸟逗楂流。"庾信这首诗是奉和萧诗的。从诗的题材来看，是一首写景诗。诗歌的写景艺术经过谢朓等永明诗人的发展，已经完全摆脱了赋化的体物方法，确立了诗歌独有的一种写景方法。到了梁代，写景艺术又有了新的发展，出现了何逊、阴铿等擅长写景造境的诗人。同时宫体诗人们也注重写景艺术，他们写景注重色彩之丽、意象之柔。庾信的写景艺术正是从宫体派中出来的，从这首诗中也可以看出这一点。

首二句点出宫苑之游，以见“奉和”之意，“暇豫”二字，暇即休暇，“豫”同“愉”。“鸣笳”二句写帝王贵游的气象。笳声在浪尖上传越，车盖从通渠边驰过。接下去数句都是写苑囿中的景，作者选择了最优美的景物来表现，反映了齐梁诗人的审美趣味。

在具体的写法上，庾信特别注重景物与景物的关系，掩映点缀的方法。如“桂亭花未落，桐门叶半疏”其基本的结构是以“花”“叶”来掩映点缀“桂亭”“桐门”这两个有建筑实体感觉的景，是一种主从的关系。至于底下“荷风惊浴鸟，桥影聚行魚”则是一种因果性的关系，荷上生风，惊动荷塘间的小鸟，桥影之间，聚集了许多游动的鱼，这都是和谐的自然中的刹那变化。这两句让人想起谢朓的名句“鱼戏新荷动，鸟散余花落”（《游东田诗》），齐梁诗写景趋向于细腻化。最后两句写时节和气候的变化，也是一种相互包容、叠和的景物关系。

拟咏怀诗二十七首（其十七）[1]

日晚荒城上，苍茫余落晖。都护楼兰返，将军疏勒归[2]。马有风尘气，人多关塞衣。阵云平不动[3]，秋蓬卷欲飞。闻道楼船战，今年不解围[4]。

注释

〔1〕《拟咏怀》：《艺文类聚》直接作“咏怀”。明冯惟讷《诗纪》及倪璠本《庾子山集》都作《拟咏怀》。《拟咏怀》共二十七首，倪璠《庾子山集》注言“皆在周乡关之思，其辞旨与《哀江南赋》同矣”。本篇为第十七首，写秋日荒城傍晚北朝军旅的归来，抒发自己的羁旅之感。

〔2〕“都护”二句：自惭不如傅介子、耿恭，或出使异国，或出征边关，皆立功而归。都护，官名，汉宣帝时置西域都护府，司防边事。此泛指边将。楼兰，汉西域诸国之一。《史记·大宛列传》：“楼兰、姑师，小国耳。”在今新疆罗布泊西北岸。傅介子斩楼兰王，改名鄯善。《汉书·西域传》：“元凤四年，大将军霍光白遣平乐监傅介子往刺其王。介子轻将勇敢士，赍金币，扬言以赐外国为名。既至楼兰，诈其王欲赐之。王喜，与介子饮，醉，将其王屏语，壮士二人从后刺杀之，贵人左右皆散走。……介子遂斩王尝归首，驰传诣阙，悬首北阙下。”疏勒，西域诸国之一。《汉书·西域传》：“疏勒国，王治疏勒城，去长安九千三百五十里。”在今新疆塔里木盆地西喀什噶尔一带。汉明帝永平时戊己校尉耿恭曾据守于此。《后汉书·耿恭传》：“耿恭以单兵固守孤城，当匈奴之冲，对数万之众，连月逾年，心力困尽。凿山为井，煮弩为粮，出于万死无一生之望。前后杀伤丑虏数千百计，卒全忠勇，不为大汉耻。”

〔3〕阵云：云气的一种，其形如陡立的墙壁。《史记·天官书》："阵云如立垣。"

〔4〕"闻道"二句：言故国梁朝仍处于战事之中，未能解围。自叹不能如汉楼船将军杨仆，为国立功。楼船战，《汉书·杨仆传》："南越反，拜为楼船将军。"楼船，高大的战船。南朝战争多用楼船。

鉴赏

此诗体制实近五律。首二句已有笼罩全篇之气，是浑成之境。"都护楼兰返，将军疏勒归"这两句，借汉事叙今情，后来唐人边塞、从军之作，多用此法。从修辞与句法来看，这两句都是两个名词后面加一个动词，是一种很有特色的句法，句势流走而沉着，词色奇巧而不破浑成之气。"马有风尘气"两句，紧贴前面这个叙述而进一步形容关塞兵马的艰虞、沉着的气象。

"阵云平不动"两句，再次形容塞上苍茫严紧的气象，与开头所写荒城落晖景象呼应。这两句所写景象，一句写严静之境，一句写飘飞之境，句势上形成一种呼应。

最后两句，在章法上用强转的方式，突然转向对南朝的叙述，以寄托他的乡关之思。他的这种作法，后来杜甫在写忧时之思时多有效仿。而从庾信来说，这种章法处理，未尝不受到阮籍、鲍照等人结尾处转折的结构方式的影响。

作者的这种描写，除了身在其境，感受北周边塞的雄壮气象外，还表现了自已作为羁旅之臣的感慨。最后终于忍不住再次抒发他的乡关之思。其实也有以北朝的雄强以形南朝孱弱困顿的意思。

拟咏怀诗二十七首（其二十六）

萧条亭障远，凄惨风尘多。关门临白狄〔1〕，城影入黄河。秋风别苏武〔2〕，寒水送荆轲〔3〕。谁言气盖世，晨起帐中歌〔4〕。

注释

〔1〕白狄：古代北方民族狄族的一支，白狄春秋时居住在西北的雍州一带，今陕西境内。

〔2〕“秋风”句：倪璠《庾子山集》作“秋风苏武别”。苏武，汉武帝出使匈奴的使者，被扣留十八年。后归汉，此时李陵已降匈奴，苏武归国时他来送别。作者这里大概是写他在北周，送别某一归还南朝的朋友。

〔3〕“寒水”句：用著名燕太子丹在易水送荆轲入秦行刺的故事。此处泛指作者在北地与豪侠之流的交往。

〔4〕“谁言”句：用项羽作《垓下歌》的故事。《史记·项羽本纪》记载：

项羽在垓下为刘邦的军队所困，闻汉军四面楚歌，帐中晨起，作《垓下歌》。作者这里，大概写一种失败的英雄。或者是指出使北周，未能返命梁朝的自身。齐梁诗赋流行用典，意多宽泛，不必属实地说庾信以项羽自比之不伦。

鉴赏

此诗写作者滞留北朝、亲临边关时的一种感慨。前四句直观地浮现边关独特的景观与地理，强烈地暗示自己此时身在北方异乡，其中蕴藏着对南方乡关的思念。这四句写景十分成功，创造出既浑成又鲜明的境界。这种浑成而又鲜明的美感创造，对后来的唐人是有影响的。后四句突入感慨，完全是写事，并且使用典事。这里主要是写作者从出使到滞留，以及后来他的故国梁朝覆亡这一段身世。但他不直接地叙述，而是用几个古人故事来表现，主要是让读者感受到他的苍凉的情绪。这种写法，是很抒情的。

“关门”一联，不独有境界，且见句法，可谓警策！

寄王琳诗〔1〕

玉关道路远〔2〕，金陵信使疏〔3〕。独下千行泪，开君

万里书〔4〕。

注释

〔1〕王琳：字子珩，会稽山阴人。平侯景有功。梁元帝被杀，西魏立梁王萧詧，王琳为元帝举哀，出兵攻詧。陈霸先篡梁敬帝之位，琳又与陈对抗，兵败被杀。事见《南史·王琳传》。

〔2〕玉关：即玉门关，在今甘肃敦煌西。这里泛指西北边地。

〔3〕金陵：梁国都建康旧称，在今江苏南京一带。

〔4〕君：即王琳。

鉴赏

此诗即后来所说的五绝，当时叫断句、绝句，或“二十字诗”。齐梁至初唐，此体多是两个对仗句，古人叫俳偶。但是写法与长篇的对仗不同，多为排宕的写法。它的要领是对仗的上下句之间要有一个较大的空间距离、或做时间或数量等方面的突出的对比。比如这首诗中，玉关道路之远，金陵信使之疏；千行泪之多，万里书之难得。这些都给人很深的印象。

从知人论世来说，此诗表达了庾信强烈的乡关之思。王琳是忠臣，正在勠力为梁室雪耻，庾信自身羁留北周，心怀故国。这种心情是很复杂的，也很沉痛！余冠英《汉魏六朝诗选》中对后两句有这样的说明：“时王琳在郢城练兵，志在为梁雪耻，他寄给庾信的书信可以想象是不乏慷慨忠壮之词的，所以庾信为之下泪。”这种推测也是十分合理的。但是文本所创造出这个朋友隔万里，滞留远方，信书难得的情节，已经给读者以很大的想象空间，并能发生很强的共鸣。所以，单从写作来看，此诗已经完全体现了五绝体的写作特点，是早期五绝的代表作。

隋 诗

薛道衡

薛道衡（540—609），字玄卿，河东汾阴（今山西万荣）人。历仕北齐、周，至隋历仕内史舍人、番州刺史、司隶大夫等，后被炀帝赐死。道衡在周隋时颇负才名。其诗风华艳而有骨，与卢思道齐名。

昔昔盐〔1〕

垂柳覆金堤〔2〕，蘼芜叶复齐〔3〕。水溢芙蓉沼，花飞桃李蹊〔4〕。采桑秦氏女〔5〕，织锦窦家妻〔6〕。关山别荡子〔7〕，风月守空闺。恒敛千金笑〔8〕，长垂双玉啼〔9〕。盘龙随镜隐〔10〕，彩凤逐帷低〔11〕。飞魂同夜鹊〔12〕，倦寝忆晨鸡〔13〕。暗牖悬蛛网，空梁落燕泥〔14〕。前年过代北，今岁往辽西。一去无消息〔15〕，那能惜马蹄〔16〕。

注释

〔1〕《昔昔盐》:《乐苑》:"《昔昔盐》,羽调曲。"《朝野佥载》:"麟德以来,百姓饮酒唱歌,曲终而不尽者,号为'簇盐'。""盐"即为曲名的一种,祝穆《古今事文类聚续集》:"《玄怪录》籧除三娘工唱《阿鹊盐》,然则歌诗所谓盐者,如吟、行、曲、引之类。"崔令钦《教坊记》中载有《一捻盐》《一斗盐》。余冠英《汉魏六朝诗选》:"昔昔,犹夜夜。盐,犹艳。"闵定庆《花间集论稿》:"盐曲本西域急曲,常用来劝酒以加快速度,增添筵席气氛。"(南方出版社 1999 年,第 26 页)可备一说。

〔2〕金堤:堤塘的美称。《汉书·司马相如传》:"媻姗勃窣,上金堤。"颜师古注:"金堤,言水之堤塘坚固如金也。"梁萧统《锦带书十二月启·无射九月》:"金堤翠柳"。

〔3〕"蘼芜"句:典出汉古诗"上山采蘼芜,下山逢故夫",讲述一位弃妇遇到前夫的故事。复,一作"正"。

〔4〕桃李蹊:《史记·李将军列传》:"桃李无言,下自成蹊。"蹊,小路。

〔5〕采桑秦氏女:用汉乐府《陌上桑》中罗敷采桑的故事。诗中有"日出东南隅,照我秦氏楼"。

〔6〕"织锦"句:晋人窦滔的妻子苏蕙,字若兰。丈夫被谪戍流沙,若兰织锦为回文诗寄赠。

〔7〕荡子:一作"宕子"。游子。古诗《青青河畔草》中有"荡子久不归,空床难独守"之句。

〔8〕恒：一作“常”。千金笑：周幽王宠褒姒，封为后。曾出告示，有能让王后一笑者，赏千金。

〔9〕双玉：一作“白玉”，指双泪。古人形容美人的眼泪为玉筯。

〔10〕“盘龙”句：古代铜镜多饰有蟠龙，又称盘龙镜。这句是说丈夫出去后，女子懒于梳妆打扮。古诗中多有这类情节。

〔11〕“彩凤”句：锦幔上织有彩凤的花纹。彩凤，一作“舞凤”。逐帷低，帘钩不上，帷幔长垂。也是形容夫出守空闺的情形。

〔12〕“飞魂”句：余冠英《汉魏六朝诗选》：“这句用曹操《短歌行》‘月明星稀’四句意。”飞魂，一作“惊魂”。夜鹊，一作“野鹊”。薛氏檃括曹诗“月明星稀，乌鹊南飞。绕树三匝，何枝可依”句意，用来形容女子相思深苦，魂如夜鹊觅枝。所以《文苑英华》作“野鹊”应该是不对的。

〔13〕“倦寝”句：思妇在不寐中回忆新婚时的欢乐情景。倦寝，辗转难以入睡的样子。此句有注“忆”为思，意思是说长夜难眠，思量鸡鸣。按此诗多用丽典，这一句是用《诗经·齐风·鸡鸣》的诗意。《鸡鸣》诗句云：“鸡既鸣矣，朝既盈矣。匪鸡之鸣，苍蝇之声。”写新婚夫妇留恋床笫，不欲早起，妻子以鸡鸣为辞来催促丈夫，丈夫故意说是苍蝇之声。

〔14〕“暗牖”二句：余冠英《汉魏六朝诗选》：“这两句是当时流传的名句。上句出于《诗经·东山》‘蟏蛸在户’，下句是古人所未道。传说炀

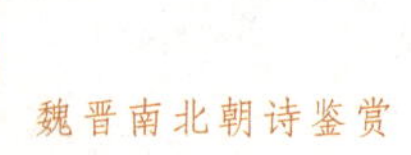

帝将他处死的时候还问他：更能作‘空梁落燕泥’否？”

〔15〕消息：一作“还意”。

〔16〕那能：一作“何能”。惜马蹄：爱惜马蹄。是埋怨他不早日乘马还乡的委婉的说法。

鉴赏

这是一首六朝时很盛行的表现思妇主题的诗，古人也叫闺怨。历来表现闺怨主题的诗，有两种写法：一种写一个很具体的人物，甚至是具有特殊的事件；另一种是写带有普遍性的闺怨生活。这首诗属于后一种，也可以说是一种更为主流的写法。

诗开头四句用多种花木丽物来写浓春光景，作为下面将出现的思妇的典型环境。这里所写的浓春四景，都可以从古诗乐府中找到它们的出典。接下来两句中的“秦氏女”“窦家妻”，正是乐府及诗歌中人物，作者在这里其实将她们作为思妇的代名词。

从“关山别荡子”以下，正式进入对“守空闺”的思妇的生活与情绪的描写。先是从日常的情态来写，恒敛笑容，长垂玉泪，龙镜长覆，凤帷低下，直接地传达其思念苦切的心理。这位思妇，情魂如难觅栖枝的夜鹊，在长夜中不断回忆着初婚时缱绻的情景。然后又转向环境烘托，牖悬蛛网，梁落空泥，这是思妇孤栖的典型环境，同时也暗含赞扬其孤贞的情操。

最后四句表达了一种怨思：前年代北，今岁辽西，是从旁人那里听到的丈夫的情形。每种情形的得到，也是动辄经年的。“一去无消息”两句，以怨望结。暗示了思妇生活的漫长，甚至无望。可以说作者是有意将其处理成真正的悲剧。

这首诗用了很多有关男女情事的典故，是一种丽典。配上这个新声曲调，正是所谓“丽典新声，络绎奔会”。

人日思归诗[1]

入春才七日，离家已二年。人归落雁后，思发在花前[2]。

注释

〔1〕人日：正月的第七日。汉东方朔《占书》记载，岁首七日依次为：一鸡日，二狗日，三猪日，四羊日，五牛日，六马日，七人日。

〔2〕“人归”二句：是说当此之日，雁已北归，而人尚滞留在南方，但思归之情，在春花未开之前勃然生发。

鉴赏

关于这首诗，《隋唐嘉话》有这样的记载：“薛道衡聘陈，为《人

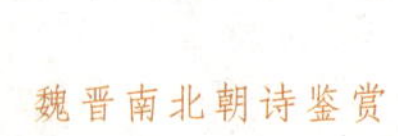

日诗》云：‘入春才七日，离家已二年。’南人嗤之曰：‘是底言？谁谓此虏解作诗？’及云：‘人归落雁后，思发在花前。’乃喜曰：‘名下固无虚士。’”这个关于作诗的故事，生动地传达出当时南北朝分立时南方对北方文学的轻视。“虏”即“北虏”，是南朝人对北魏的轻蔑性的称呼。

这首诗的好处，正如上述记载所评论。开头的两句，好像只是很平常的一种交代，还没见出好处来。但到了三、四两句，写出了出人意料的意思。这正是五七言绝句的结构特点，一、二两句或是铺垫，或交代本事、本情，三、四两句，须有既贴切又新颖，出人意想之外的意象或情节。

杨 素

杨素（？—606），字处道，弘农华阴（今陕西华阴）人。在北周时从齐王宇文宪伐齐，每战有功，入隋之后以平陈之功，封越国公，历尚书右仆射。隋炀帝之谋废兄勇而求为太子，杨素参与其事，后炀帝杀父，素亦参与。隋大业初，拜尚书令，进太师，改封楚。他长于诗咏，风格豪壮，在当时具有文坛领袖的地位。

出塞二首（其一）〔1〕

漠南胡未空〔2〕，汉将复临戎〔3〕。飞狐出塞北〔4〕，碣石指辽东〔5〕。冠军临瀚海，长平翼大风〔6〕。云横虎落阵，气抱龙城虹〔7〕。横行万里外，胡运百年穷〔8〕。兵寝星芒落〔9〕，战解月轮空〔10〕。严鐎息夜斗〔11〕，骍角罢鸣弓〔12〕。北风嘶朔马〔13〕，胡霜切塞鸿。休明大道暨，幽荒日用同〔14〕。方就长安邸〔15〕，来谒建章宫〔16〕。

注释

〔1〕《出塞》：乐府旧题。《史记》载高祖时，宫中歌《出塞》《入塞》。

〔2〕漠南：大漠的南边。这里是汉族与匈奴相争夺的地方。

〔3〕临戎：临军、临阵。

〔4〕飞狐：要塞名，在今河北涞源县北、蔚县南。

〔5〕碣石：山名，在河北昌黎县北。辽东：泛指辽河以东之地，今辽宁省东部、南部。

〔6〕“冠军”二句：冠军，汉霍去病以征匈奴功，曾封冠军侯。长平，汉武帝曾封大将卫青为长平侯。

〔7〕“云横”二句：一作“横虎落阵气，抱龙绕城虹”，当为后人谬改。虎落，古代城寨的藩篱，此处指营帐的防御工事。

〔8〕胡运：胡人的国运，即匈奴在军事上的优势。

〔9〕兵寝：兵事结束。星芒落：太白星光芒落下。古代以太白星象觇侯兵事，太白星过亮是有兵事发生的征兆。

〔10〕战解：战争结束，己方取得胜利。

〔11〕严鐎（jiāo）：寒鐎。鐎，刁斗。原为炊具，军中也用于夜里敲打报急。

〔12〕骍（xīng）角：角弓上赤色的牛角。鸣弓：拉弓发出的鸣声。

〔13〕朔马：朔方的马，这里泛指战马。

〔14〕“休明”二句：是说匈奴平定后，国家政治清明，边荒之地也沐浴王化。休明，政治清明。大道，治世的正道。幽荒，北方边荒之地。日用，

日常的生活，这里指政治清明下百姓安居乐业的生活。

〔15〕长安邸：长安的官邸，这里指朝廷为功臣修筑的官邸。

〔16〕谒：朝谒，朝见。建章宫：汉宫殿名。最后两句是说匈奴平定，边境清穆，百姓们都过上好日子，功臣这才回到长安居住到他的官邸中，到建章宫中朝见天子。

鉴 赏

杨素的《出塞》二首，在当时很有影响，薛道衡等人都有和作。隋朝统一南北后，一度国力强盛，着手解决西北、东北的边疆问题。杨素的这两首诗，就是在这样的背景下写的。但从诗歌所写的内容来看，仍然是用汉代征讨匈奴的史事来缘饰，所以还是一种拟古的写法，至少不能直接当作写实的作品来看。

诗一反以往从军诗多苦语的作风，写汉将出征，颇多壮气。句法劲健，气格沉浑。一扫当时南北朝流行的绮靡雕刻之气，对后来唐代诗人的作品是有影响的。其中“云横虎落阵，气抱龙城虹”“北风嘶朔马，胡霜切塞鸿”，都堪称警策。

杨 广

杨广（569—619），即隋炀帝。隋文帝杨坚第二子。开皇元年（581）立为晋王，后以阴谋夺太子杨勇之位，立为太子，后又弑父自立。历史上炀帝被视为荒淫暴虐之主，但他做的一些事，如修运河、经略河西，还是有所造就的。他在文学上具有较高的造诣，是隋诗的代表作家之一。

夏日临江诗

夏潭荫修竹〔1〕，高岸坐长枫〔2〕。日落沧江静，云散远山空。鹭飞林外白，莲开水上红。逍遥有余兴，怅望情不终。

注释

〔1〕夏潭：夏天的江潭。荫修竹：修竹成荫。

〔2〕坐长枫：坐于枫林之下。

鉴赏

炀帝在文学史上被视为宫体艳丽作风的代表者，但即使像唐初时所撰的《隋书·文学传》也承认他早年的文学，是崇尚雅正的。他的一些诗，在表现自然景物方面，显示出比较高的审美趣味。如他的《春江花月夜》“暮江平不动，春花满正开。流波将月去，潮水带星来”，很好地赋写了“春江花月夜”这个主题，对后来张若虚的同题名篇有一定的影响。

这首诗写夏日江岸眺赏景物的雅兴，颇见境界。同时从体裁上看，正是后来唐人五律的先驱。开头两句写夏日在江潭之上休憩赏景，一“荫”一“坐”，带出了动作。中间两联，全是写景。“日落”一联，是推开去写全景，以日落江静、云散山空为主要表现对象。“鹭飞”一联，则是突出两个局部的景物，即“鹭飞”“花开”。这四句，都能以动态的笔法来写静态之景。最后两句，以写情兴来结尾。这种诗，已经具备了唐诗的句法与境界，在隋诗中是难得之作。

无名氏

送别诗[1]

杨柳青青着地垂，杨花漫漫搅天飞。柳条折尽花飞尽，借问行人归不归？

注释

〔1〕《送别诗》：逯钦立《先秦汉魏晋南北朝诗·隋诗》卷八引崔琼《东虚记》："此诗作于大业末年。实指炀帝巡游无度，缙绅瘁悦已甚，下逮闾阎。而佞人曲士，播弄威福，欺君上以取荣贵。上二句尽之。又谓民财穷窘，至是方有《五子之歌》之忧，而望其返国也。"

鉴赏

此诗崔琼《东虚记》说是隋大业末年，民间见炀帝巡游无度，作诗以讽。这个说法或许可靠。就诗论诗，仍属写征夫思妇之情，并且是一首很好的七言绝句，并且格律全合，正是唐人绝句的先声。也可证平仄相协之法，在隋代已经是一种很普遍的作诗技巧。

全诗四句，前两句咏物，杨柳青青垂地，杨花漫漫飞天。这不仅是咏杨柳，表述浓春时节，更主要是托情，写出思念在此浓春光景中的历乱的情思。第三句柳条折尽，杨花飞尽，意思是春光也要过去，借问行人，究竟归还是不归？全诗采用本就具有离别含意的杨柳，抒发了浓烈的别情，并且是以怨的方式来表达。南齐诗人谢朓《王孙游》:“绿草蔓如丝,杂树红英发。无论君不归,君归芳已歇。”在结构与索物以言情的方法上，这两首诗有相似的地方。但这一首的感情，无疑更加地激越。

南北朝乐府歌辞

无名氏

子夜歌四十二首（其七）[1]

始欲识郎时，两心望如一。理丝入残机[2]，何悟不成匹[3]。

注释

〔1〕《子夜歌》：吴声歌曲。《旧唐书·音乐志》：“《子夜》，晋曲也。晋有女子夜，造此声，声过哀苦。”其内容多为男女恋歌，常用民歌的谐音技巧。《乐府诗集》载录《子夜歌》四十二首。

〔2〕丝：谐“思”。

〔3〕匹：布匹。这里取同字异义之法，暗藏男女匹配的意思。

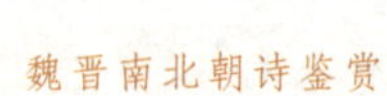

鉴赏

前两句直叙其情事，言始与吾郎交好之时，只望两心永能如一。后两句则用比兴之法，同时又用谐音的方法，说很认真地将丝理入绢机之中，但不知此机已坏，怪道何以总也织不出一匹丝布来。前两句赋，后两句比，以比直接赋，天衣无缝，极为婉惬！自然而巧妙，令人玩味不尽。

子夜歌四十二首（其九）

今夕已欢别，合会在何时。明灯照空局[1]，悠然未有期[2]。

注释

〔1〕空局：空空棋局。

〔2〕期：谐“棋”。

鉴赏

这一首更富谐趣。前两句也是直叙眼前之事，也是情人欢会后热切地询问：“君宵离别后，何日君再来？”后两句是对方的回答：我也不知道何时能再会合，抑或不再能会合。但却不是用正常的语言干脆地回答，而是用一种谐音之法：你看那明灯空照的空棋局了吧？空空地没有一个棋子在上面。也就是说，君问何时？我这里却是没有期呀！感伤的事情，却用这种带点诙谐的方式来表现，近乎黑色幽默。

子夜歌四十二首（其十一）

高山种芙蓉〔1〕，复经黄蘖坞〔2〕。果得一莲时〔3〕，流离婴辛苦〔4〕。

注释

〔1〕芙蓉：谐“夫容”。

〔2〕黄蘖（bò）：落叶乔木，味苦。

〔3〕莲：谐“怜”。

〔4〕婴：触，缠绕。

鉴赏

取譬极巧，谐意极妙，写尽女子爱情之艰辛，吐露尽情。其浓至处，非流亮婉转者可及。深于情，妙于语。“果得一莲时”句，含情无限：“流离婴辛苦”句，也多幽怨，抒情很曲折。

子夜歌四十二首（其三十六）

依作北辰星，千年无转移。欢行白日心[1]，朝东暮还西。

注释

〔1〕欢：吴地方言，吴歌中对爱人的昵称。

鉴赏

情深则望重，望重则怨多。此乃男女相爱中的常见情形，尤其是女性的典型特点，所谓女性重情，情欲相联；男子多欲，情欲常相分离。文学之功，在于揭示人性，多此类也。前两句女子之誓，后两句女子之怨。意思明确的取譬，干脆利落的语气，平常发言中，似闻惊雷之响。

子夜四时歌七十五首（选四）[1]

春歌二十首（其十）

春林花多媚，春鸟意多哀。春风复多情，吹我罗裳开。

夏歌二十首（其八）

朝登凉台上，夕宿兰池里。乘月采芙蓉，夜夜得莲子〔2〕。

秋歌十八首（其十五）

仰头看桐树，桐花特可怜。愿天无霜雪，梧子解千年〔3〕。

冬歌十七首（其一）

渊冰厚三尺，素雪覆千里。我心如松柏，君心复何似。

注释

〔1〕《子夜四时歌》属《子夜歌》系统，分别咏春、夏、秋、冬四季，但不是咏季节的诗歌，仍是写男女之情的，只是每一种都巧妙运用该季节的特征性景物、节令来写。诗境无穷，意象百出，是一种十分巧妙的民间诗歌技巧。《乐府诗集》载录全部的《子夜四时歌》有七十五首，分属晋、宋、齐各代。这里四时歌中各选一首，以为尝鼎一脔。

〔2〕莲子：谐“怜子”。

〔3〕梧子：梧桐子，谐“吾子”。

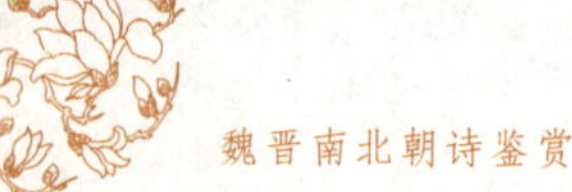

鉴赏

《春歌》看似咏春景，实是写女子心中的春情。前两句分别写春花、春鸟，以“媚”“哀”点景，女子心情已在内。第三句初看像是接着前两句排比而下，写春风之多情，但其意脉已转，与“吹我罗裳开”构成了一个戏剧性的情节，效果极为生动。吴声不仅情词很美，而且都有巧妙的结构，对文人作者是有启发作用的。

《夏歌》写与心爱的人朝夕相处、共度良宵的美妙情景。朝登凉台，明夏时也；夕宿兰池，寓芳意也；乘月采芙蓉，夕夕得莲子，艳极而清。齐梁际沈约《三月三日》诗有“清晨戏伊水，薄暮宿兰池”，似用《子夜夏歌》之句。

《秋歌》全篇咏秋桐，赏桐花，玩梧子。仅以“梧子”谐为“吾子”，则所有对桐树、桐花、梧子的歌咏，全部神奇地转化对情人的爱怜。民歌此种手法，真是巧妙之极。就像民间戏法一样有趣味。

《冬歌》凛然如冬日，一反前三首缠绵之意，冷静地提出爱情中最为关键的忠贞持久的问题。渊冰三尺，素雪千里，天地转入严寒，两人的爱情仿佛也将面对严峻的考验。然我心如松柏一样经冬不凋，试问君心何似？在极冷的天中，藏着炽热的情。

长干曲[1]

逆流故相邀，菱舟不怕摇[2]。妾家杨子住[3]，便弄广陵潮[4]。

注释

〔1〕长干（gān）：建康地名。六朝时秦淮河南有山陇，江东称陇间为“干”。有大长干、小长干。

〔2〕菱舟：采菱的小船。

〔3〕杨子住：扬子江边住。杨，同“扬”。

〔4〕广陵：扬州。

鉴赏

这是一首写男女在水面相悦相戏情景的歌曲。它的落笔，主要在写女子的大胆与泼辣的性格。句句都有挑战的意思，但这里所表现的是对爱情大胆的追求。这里表面上是写不怕荡舟，敢于弄潮，但里面包含着一层意思，正是他们在爱情上的表现。所以，“便弄广陵潮”这个说法，也是语意相关的，言在此而意在彼。

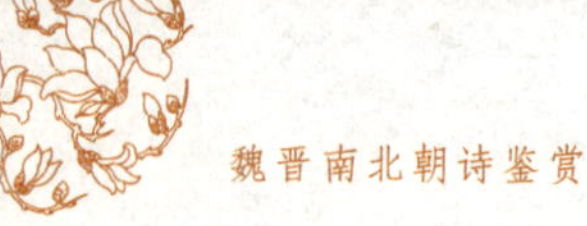

西洲曲[1]

忆梅下西洲[2]，折梅寄江北[3]。单衫杏子红，双鬓鸦雏色[4]。西洲在何处，两桨桥头渡。日暮伯劳飞[5]，风吹乌臼树[6]。树下即门前，门中露翠钿[7]。开门郎不至，出门采红莲[8]。采莲南塘秋，莲花过人头。低头弄莲子，莲子青如水。置莲怀袖中，莲心彻底红。忆郎郎不至，仰首望飞鸿[9]。鸿飞满西洲，望郎上青楼[10]。楼高望不见，尽日栏干头。栏干十二曲，垂手明如玉。卷帘天自高，海水摇空绿[11]。海水梦悠悠，君愁我亦愁。南风知我意，吹梦到西洲。

注释

〔1〕《西洲曲》：郭茂倩《乐府诗集》将本篇收入杂曲歌辞，说是本辞。《玉台新咏》以为江淹所作，明清选本或以为晋辞，或以为梁武帝作。逯钦立《先秦汉魏晋南北朝诗》列入《晋诗》卷十九杂曲歌辞类。现在一般认为是经过文人加工的南朝民歌，可能产生于梁代。

〔2〕西洲：不详。余冠英《汉魏六朝诗选》云："唐温庭筠《西洲曲》云：'西

洲风色好，遥见武昌楼。’本篇的西洲或许在武昌附近。”《魏晋南北朝文学史参考资料》：“本诗云：‘采莲南塘秋’，则西洲与南塘近在咫尺。《唐书·地理志》：‘钟陵，贞元中又更名，县南有东湖。元和三年刺史韦丹开南塘斗门以节江水，开陂塘以溉田。’耿湋《春日洪州即事》：‘钟陵春日好，春水满南塘。’则南塘在钟陵附近，即今江西南昌市。西洲曲可能产生于这个地区。”

〔3〕折梅：《荆州记》：“陆凯与范晔交善，自江南寄梅花一枝，诣长安与晔，兼赠诗曰：‘折花逢驿使，寄与陇头人。江南无所有，聊寄一枝春。’”以上两句似言抒情主人公和她的情人曾在西洲梅树下欢会，今梅花又开，情人却远在江北，故折取梅枝，寄去江北，以达相思。

〔4〕“单衫”二句：从早春转入春末夏初之景。红，一作“黄”。雏，刚孵出来始能啄食的幼鸟。

〔5〕伯劳：鸣禽，仲夏始鸣，一名䴗（jú），是一种小型猛禽。《礼记·月令》：“仲夏䴗始鸣。”孙毂《古微书》：“伯劳好单栖。”

〔6〕乌臼（jiù）：一作“乌桕”。落叶乔木，原产长江中下游，夏天开小黄花，秋天叶子变红。

〔7〕翠钿（diàn）：翠玉做成或镶嵌的首饰。钿，金花。

〔8〕“开门”二句：言独自采莲，是秋景。莲，谐“怜”。

〔9〕望飞鸿：古人以为鱼雁可传书，故其中暗含盼望远人音信之意。

〔10〕青楼：漆成青色的楼。此指女子的居住之所。后代用来代指妓院。

〔11〕海水：指大江或大湖的水。如张若虚《春江花月夜》："斜月沉沉藏海雾"，就是以长江为海。

鉴赏

这是一首男女相悦相思的情歌。其中或有具体的本事，但全用吴声西曲中谐音见意的写法，一片清音缭绕，色相空明，塑造了一双湖光潋滟中情思荡漾的恋人形象。

开头"忆梅下西洲，折梅寄江北"两句，相当于民歌中的兴，或以梅为相思之托，其含意似有若无。南朝有折梅、赠梅的风俗，似始于陆凯、范晔，渐至于文人咏梅，如何逊《咏早梅诗》。

诗人用忆梅、折梅起兴后，紧接着就是一个穿着杏黄衫的女孩出现，双鬓如雏鸦那样黑亮有光，极写其青春年少，娇痴明艳的样子。其下以问句的形式再次提出"西洲"。诗中问"西洲在何处"，实是说所思之人在何处。"两桨桥头渡"则是其人居住的具体地头，如说西洲桥头之类的。又写其门前乌桕树。写乌桕也不是静止地写，而是先从日暮伯劳飞、风吹中写出，写法极为活泼生动，自然谐婉。接下以树下门前为背景，让女子再次亮相。树下门前，门中露出戴着翠钿的俏脸，此写其小家碧玉之态宛然在目。因为小家碧玉，则其行动相当的自由，开门不见郎，即出门采红莲。此一采莲行动，实为相思之寄托，并以"莲"谐"怜"字，余意全在言外。下面"采莲南塘秋”，振起歌声，通过采莲、弄莲、置莲怀中这一连串动作，将“怜”“莲”相谐之意表现得淋漓尽致。低头而弄，置于怀中，怜君之极，思君甚苦。此与古诗《涉江采芙蓉》同一相思情节，但彼为矫激之音，此为婉媚之词，南音与北调，自是不同。思君苦甚，而终不见君至。不见君至，而托于望鸿雁。但见鸿飞满西洲，然终究无以托思郎之情。思念之苦，于是更为上青楼望郎的行动。尽日楼上望郎，空见十二曲栏干，垂手如玉，翠楼凝望，尽日不见，斜晖脉脉水悠悠。最后卷帘而望天，天高而海绿。海绿而梦悠悠，进入一个极为迷离的相思梦境。但这个梦境的背景又是这样广阔，真所谓情天恨海矣！最后四句作情人相呼之语，似由空中传来声音：君之愁，即我之愁，君之思即我之思，君之梦即我之梦。何当南风知我之意，吹我梦至西洲，与君相会。细玩此诗之意，其中似有一段奇情苦恋的故事，惜无本事可考！

此诗极清商曲谐音、托物以指事之能。全诗由忆梅、折梅，至采莲、弄莲、置莲，又转入望鸿，三易托寓之物，皆是思郎、望郎之意。全诗即由这几种托寓之物宛转连络，如环相扣。另外还有此诗的用韵，采取随意转韵的方式。用韵随着语境转化，贴近儿女口吻。有了上面这两个基本的依托，造成极为自由多变的一种章法，不易于模仿。

陇头歌辞三曲[1]

陇头流水，流离山下[2]。念吾一身，飘然旷野。

朝发欣城[3]，暮宿陇头。寒不能语，舌卷入喉。

陇头流水，鸣声幽咽。遥望秦川，心肝断绝[4]。

注释

〔1〕陇头歌：魏晋曲名。陇头即陇坂之头。在今陕西省陇县西北。《三秦记》云："其坂九回，上者七日乃越。上有清水四注下，所谓'陇头水'也。"

〔2〕流离：原为漂泊离散的意思，这里是形容陇头水四面分散流下的样子。

〔3〕欣城：地名，未知具体处所。

〔4〕肝：有的版本作"肠"。

鉴赏

这三章诗，极写游子跋涉艰辛、孤露于外的光景。"陇头"及"陇头流水"是诗中最重要的一种意象，也可以说是抒发上述游子之情的典型背景。陇坂的高峻增加了跋涉的艰难，陇水的流离四下，让人触目伤怀，更何况当此奇寒的风气，说话都困难。当此之时，一种难以忍耐的感伤、凄恻的情绪，喷涌而出。“念我一身，飘然旷野”“遥望秦川，心肝断绝”这样的哀恻的语言，很自然地抒写出来。则此游子孤露之悲极矣！其中自然也包含着一种人生的感慨！

这是一种难以复制的抒情经典，不知影响了多少后世的诗人。“寒不能语，舌卷入喉”，语奇，夸张而真实！

折杨柳歌辞五曲（其二）〔1〕

腹中愁不乐，愿作郎马鞭。出入擐郎臂〔2〕，蹀座郎膝边〔3〕。

注释

〔1〕《折杨柳歌辞》：乐府属梁鼓角横吹曲。其中一首歌中有“上马不捉鞭，反折杨柳枝”之语。

〔2〕擐（huàn）：贯绕。

〔3〕蹀（xiè）座：蹀，行走。座，即坐。

鉴赏

恋爱着的人，因为难以接近对方，不仅羡慕、妒忌跟他（或她）

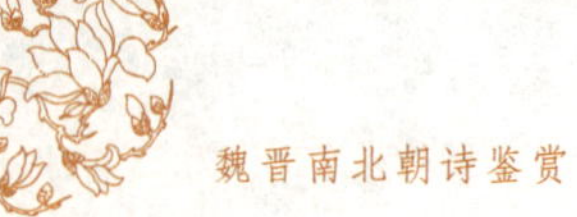

在一起的人，甚至会羡慕、妒忌他（或她）身边的事物，如衣服、乐器之类。民间的诗歌，经常会写这种情形，并且成为了一种表达的方式。文人有时也学习这种写法，如繁钦《定情诗》、陶渊明《闲情赋》都有类似的写法。但其生动贴切，常常不如民间歌曲。此诗中的女子，因不能与所爱之人形影相随，于是无端地羡慕起男子手中的马鞭来。后来清代诗人何廷模《秦淮感旧》诗中有这样两句："羡煞载郎船上桨，随波来去总双双。"（《两浙輶轩录》卷二十五）便是学习吴声的这种表现方法的。

木兰诗〔1〕

唧唧复唧唧〔2〕，木兰当户织。不闻机杼声〔3〕，唯闻女叹息。问女何所思？问女何所忆？女亦无所思，女亦无所忆〔4〕。昨夜见军帖〔5〕，可汗大点兵〔6〕。军书十二卷，卷卷有爷名。阿爷无大儿，木兰无长兄。愿为市鞍马〔7〕，从此替爷征。东市买骏马，西市买鞍鞯〔8〕。南市买辔头〔9〕，北市买长鞭。旦辞爷娘去，暮宿黄河边。不闻爷娘唤女声，但闻黄河流水鸣溅溅。旦辞黄河去，暮宿黑山头〔10〕。不闻爷娘唤女声，但闻燕山胡骑鸣啾啾〔11〕。万里赴戎机〔12〕，关山度若飞。朔气传金柝〔13〕，寒光照铁衣。将军百战死，壮士十年归。归来见天子，天子坐明堂〔14〕。策勋十二转〔15〕，赏赐百千强。可汗问所欲，木兰不用尚书郎〔16〕。愿借明驼千里足〔17〕，送儿还故乡。爷娘闻女来，出郭相扶将〔18〕。阿姊闻妹来，当户理红妆。小弟闻姊来，磨刀霍霍向猪羊。开我东阁门，坐我西阁床。脱我战时袍，着我旧时裳。当窗理云鬓，对镜帖花黄〔19〕。出门看火伴，火伴皆惊惶。同行十二年，不知木兰是女郎。雄兔脚扑朔〔20〕，雌兔眼迷离〔21〕。双兔傍地走，安能辨我是雄雌〔22〕？

注释

〔1〕木兰诗：一作“木兰辞”。木兰，女子名。宋代郭茂倩《乐府诗集》收在梁鼓角横吹曲中，著为“古辞”，并引陈代释智匠的《古今乐录》说：“木兰，不知名。”一般认为是北朝乐府民歌，大概是比较可靠的。当然，也有学者如《古文苑》的编者，认为是唐代人所作。《木兰诗》在隋唐时期的著录不太清楚，但唐永泰元年（765）任浙江西道观察使兼御史中丞韦元甫作有一首五言杂体的《木兰诗》，情节与本诗相类，应该是根据本诗拟作的。又白居易《戏题木兰花》：“怪得独饶脂粉态，木兰曾作女郎来。”应该是指这个木兰。另外杜牧有《题木兰庙》：

"弯弓征战作男儿，梦里曾经与画眉。几度思归还把酒，拂云堆上祝明妃。"也是写木兰女扮男装，征战于北方沙塞之地。木兰庙在唐代齐安郡，即今黄冈。宋人薛季宣有《木兰将军祠》一文，大略云："闻周黄冈葺木兰将军祠，不详其意。读杜牧之集，乃知唐世齐安已祠木兰。用乐府诗考之，其'关山度若飞'之句，与今黄之关山偶合，不必真在黄也。按诗，木兰古胡女，代父征役，定在何许？黄河、黑山，正是北伐，观其叙事，似燕魏北齐间人。名号官称，又颇差异，虽胡燕索魏，实未尝有可汗之名。魏齐勋官未备，唐始十二级，而天子有天可汗之号。如兵帖、将军、尚书郎之类，皆南北以还官书通语，拟乐府诗唐人拟作。然其词意质朴，不加藻缋，自有迈往不群之气，真北朝人语也。要之，古者妇人往往有猛士风烈。"(《薛季宣集》，上海社会科学院出版社2003年张良权点校本）按薛氏为永嘉学派学者，熟知历代军制，又擅长文学，其考证之词，有参考价值。《木兰诗》体制性质上属于民间叙事诗，具有民间说唱的性质，但是文字可能经过文人的修改润饰。

〔2〕唧唧：叹息声。这一句，不同版本有多种异文，有作"唧唧何力力"，有作"促织何力力"等。

〔3〕机杼（zhù）声：织布时踩踏发出的声音。杼，织机上理经线的工具。

〔4〕"问女"四句：这四句中的"思"和"忆"，都有特定的含意，是男女之情的那种思忆。木兰因停梭不织，连连叹息，家中大人疑其有

男女方面的心事，因发“何所思”“何所忆”之问。此处“何所思”的“所思”，同于汉乐府铙歌《有所思》之“所思”。而木兰明确地说自己“无所思”“无所忆”，正是对大人这种疑问的断然否定。

〔5〕军帖：写着征兵的名单的文书。下面所说的“军书”，也是指同样的东西。这应该是民间对官府征兵文书的一种称呼。

〔6〕可汗（kè hán）：汗、可汗，是我国北方匈奴、蒙古、契丹等民族对君上的称呼。唐太宗皇帝，也曾称天可汗。

〔7〕市鞍马：买鞍马。

〔8〕鞍鞯（ān jiān）：马鞍下面的坐垫。

〔9〕辔（pèi）头：骑马用的器具，套在马颈上，由嚼子与缰绳组成。从“愿为市鞍马”以下这几句，写木兰从军自备鞍马的情形。据有关研究，从西魏到唐初，实行府兵制，当时从军者须自备鞍马、弓箭等物。所以，这几句是考证《木兰诗》产生时代的重要证据。

〔10〕黑山：在内蒙古自治区呼和浩特市东南百里，亦名杀虎山，蒙古语称阿巴汗额喇山。

〔11〕燕山：燕然山，今蒙古国境内的杭爱山。

〔12〕戎机：军机，军事行动。

〔13〕金柝（tuò）：即铁刁斗，既是炊具，又是打更器。

〔14〕明堂：周汉以来天子朝会、祭祀、选士的地方。这里是民间对朝堂的一种称呼。

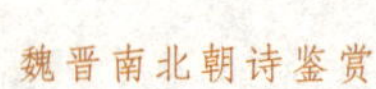

〔15〕“策勋”句：策勋，用勋名来酬赏军功之士。转，按照军功，累积上转勋级。十二转，十二酬勋的等级。余冠英《汉魏六朝诗选》注：“唐武德七年定武骑尉到上柱国十二等为勋官，用来酬赏功臣。‘策勋十二转’是唐代制度，因此这里有经唐人窜改的嫌疑。不过这种地方不必拘泥，诗中许多数字都不宜视为确数。诗中屡次说‘十二’，如军书是十二卷，同行是十二年，策勋又是十二转，若当做确数就都有问题，十二卷的军书卷卷有名是可怪的，‘同行十二年’和‘壮士十年归’是矛盾的，策勋至于十二转也未免太高，很难信为事实。‘十二’无非言其多罢了，正如‘十年’不过是举其成数而已。”这个分析很对，这首诗是民间歌诗，这些地方也体现民间诗歌运用语言的特点。

〔16〕尚书郎：尚书令下属的各曹郎官。

〔17〕明驼：即骆驼。千里足：能行千里的健足。

〔18〕出郭：出城郭。木兰父母出郭相迎，一为欣喜，一为隆重。古代将军战胜回来，君王常率大臣出城相迎。这首诗写父母出城相迎，有仿照这种做法的意思。这是民间的一种表达方式。扶将（jiāng）：扶持。

〔19〕花黄：古代女子的面饰，六朝以来流行。

〔20〕扑朔：跳跃扑腾的样子。

〔21〕迷离：眼神模糊不定的样子。

〔22〕上面这四句，是用雌雄兔子来比拟。意思是说，在停着的时候，雄兔的脚会不停地跳动，而雌兔则是比较静定，两眼显出迷离的样子。但是一旦奔跑起来，谁还能辨别其雄雌呢？这是木兰，或者说作歌的人，解释为什么木兰女扮男装十二年，却没有被同伴们发现的原因。这两句比拟既富有民间的趣味，也十分恰当。

鉴赏

《木兰诗》写女子木兰代父从军的故事。故事发生的年代及地区虽然无法确定，但从诗中传达出的各种信息来看，应该是北朝西魏或北齐时期发生的事情，创作时间也应该在此时不久。但作为一首民间故事诗，在流传的过程中可能会有改动。现在所看到的定本，也有可能要晚一点。在南北朝后期，文人创作的拟乐府及新声乐曲歌词，开始较多地采用七言的体裁。《木兰诗》以五言为主，也夹着七言甚至九言的句子，这种体裁的形式或许能反映它的创作时代。南北朝后期的民间诗歌，具有故事性，有篇幅变长的趋势。南方有《西洲曲》，北方有《木兰诗》。《西洲曲》明显属于吴声歌的系统。《木兰诗》则被《乐府诗集》列入梁鼓角横吹曲辞。现存横吹曲辞篇幅都比较短，但句子有长短杂错者。可见北方的特点，是句式多长短错落。词体源于隋代，也是长短错落的，如《纪辽东》作五七言体。从这些地方来看，《木兰诗》作为北朝歌曲的体制，是比较明显的。

另一方面，则是叙事风格：南歌重情，北歌重事；南歌词语清妙婉约，北歌语言质朴生动。《木兰诗》全篇，除中间“万里赴戎机”六句词语整炼，是比较典型的文人诗风格之外，其余所有诗句都是典型的民间叙事诗的语言风格。不仅口语化的特点明显，而且质朴生动，所用修辞方法也都显示民间诗歌的特点：诗中多次使用顶真式（又称“连锁式”），如“军书十二卷，卷卷有爷名”“壮士十年归。归来见天子”“出门看火伴，火伴皆惊惶”；又多次使用重叠式，如“旦辞爷娘去，暮宿黄河边”“旦辞黄河去，暮宿黑山头”，以及多次换韵，都是比较典型地体现了民歌的特点。（参看蔡孝鎏《从民歌形式看〈木兰辞〉》，原载1954年12月号《语文学习》）

全诗可分为六部分：

第一部分从开头到“从此替爷征”，写木兰坐在家里织布时不断地叹息，引起家人的注意和询问，木兰因此而说出自己要替父从军的打算。作者选择劳动妇女生活中最典型的织布一事，不仅很好地交代了木兰的未婚少女的身份，而且通过家人对她的误解与她自己的一番辩白，将代父从军这一非同寻常的决定很自然地说出，就如说出一个很平常的日常生活的打算一样。可以说，这里包含着作者的一种理解，作者强调木兰是一个普通人家的女子。在可汗点兵，家中男丁必须出征的情况下，木兰熟计父老弟幼的情况，很自然地做出这个决定。这不仅写出她与众不同的勇于担当的性格，同时作者也强调她的孝悌与忠义。应该说，在第一部分里面，人物形象的基本特征就已经很鲜明了。另外，从艺术的效果来看，第一部分具有一种舞台效果。

第二部分从“东市买骏马”到“但闻燕山胡骑鸣啾啾”，写准备军中用品与出征。“东市买骏马”四句用排比法写，很好地渲染了出征之前紧张、有序的气氛。也是为了给人这样的感觉，木兰从军并非儿戏。这一节在继续塑造人物，为女英雄的形象做铺垫。接下写出征，以辞爷娘、宿黄河边、宿黑山、抵达燕山这几个有选择性的场景为代表，成功地叙述了整个出征的过程。这种写法是概括的，同时也是形象的。更重要的是，这里不仅是简单地叙述出征的经过，而且写出了人物的行动，写出了木兰作为女子从军，辞亲赴边的独特的心理感受。这样写，从另一方面使木兰形象更加丰满。

第三部分从“万里赴戎机”到“壮士十年归”，写木兰从军的全过程。这一部分不仅语言风格与其他部分明显不同，在表现方法上，也以概括为主，不做具体的情节铺叙，但它的概括性很强，浓缩效果很好。语言极为精练传神，虽简约，但包含的内容极为丰富，其中每两句诗，都有特定的表现功能。“万里”两句，承前启后，既概括了前面奔赴边关的情形，又写出转战各地的情况。“度若飞”，真乃飞将军气概。“朔气”两句具体地突出征战艰苦的情形。“将军”

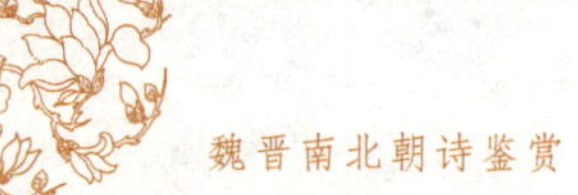

两句写战事之惨烈，征战岁月之漫长。在全诗中，这六句，也可以理解为作诗者或者讲故事者的叙述。以戏曲之文白而言，全诗其他部分都是“对白”，只有这几句是“文唱”，可以说是这首《木兰诗》的诗中之诗。从这个角度来理解，这六句也许就是原创者写的，不一定像通常所说，是后人的修改与润饰。须知民间诗人，也是具有雅材的。

第四部分从“归来见天子”到“送儿还故乡”，写木兰战胜立功，推辞封赏，要求还乡。这部分叙述朝廷封赏之典，木兰见天子并辞封，都极富戏剧表现的特点。其中包括了场面与复杂的情节，以及人物对话，作者数语便了，极见叙事艺术之高。

第五部分写木兰立功还乡与家人团聚。相当于戏剧中的大团圆，而作者也的确是以表现大团圆的方法来写的。其陪衬木兰的人物，依次为爷娘、阿姐、小弟，最后是送木兰还家的军中伙伴。人物如此之多，但始终是以木兰为中心的。爷娘出郭迎木兰，阿姐理妆迎木兰，小弟杀牛羊为木兰设宴，伙伴见木兰恢复红妆而惊呼。句句写他人，句句写木兰。其中更有开东阁门、坐西阁床、脱战袍、着旧裳、理云鬓、贴花黄等这样专写木兰回家行事的六句。煞是热闹，喜气洋洋。情节动作纷至沓来，叙述有条不紊。

最后一部分是诗人的旁白，恰好的评点之语。其比体与比拟的方式，都极为日常化，是生活中的活的语言运用。

总之，《木兰诗》是诗，亦是赋，是画，是小说，是戏剧。其中所反映的，不仅是忠心报国，更是人们对天伦生活的珍惜，对和平生活的向往。其思想价值与艺术价值，都堪称世界文学的一流。